대한민국
다 족구하라 그래!

그날을 위해

대한민국 다 족구하라 그래! 그날을 위해

발행일	2022년 2월 16일		
지은이	김덕수		
펴낸이	손형국		
펴낸곳	(주)북랩		
편집인	선일영	편집	정두철, 배진용, 김현아, 박준, 장하영
디자인	이현수, 허지혜, 안유경, 신혜림	제작	박기성, 황동현, 구성우, 권태련
마케팅	김회란, 박진관		
출판등록	2004. 12. 1(제2012-000051호)		
주소	서울특별시 금천구 가산디지털 1로 168, 우림라이온스밸리 B동 B113~114호, C동 B101호		
홈페이지	www.book.co.kr		
전화번호	(02)2026-5777	팩스	(02)2026-5747
ISBN	979-11-6836-181-2 03810 (종이책)		979-11-6836-182-9 05810 (전자책)

(주)북랩 성공출판의 파트너

북랩 홈페이지와 패밀리 사이트에서 다양한 출판 솔루션을 만나 보세요!

홈페이지 book.co.kr • **블로그** blog.naver.com/essaybook • **출판문의** book@book.co.kr

작가 연락처 문의 ▶ ask.book.co.kr

작가 연락처는 개인정보이므로 북랩에서 알려드릴 수 없습니다.

작가의 말

10여 년 넘는 라오스에서의 생활을 잠시 접고 한국에 복귀했지만, 그곳 생활과는 너무 다른 답답함이 가슴을 조여온다. 다시 한국에 적응하며 예전에는 느끼지 못했던 많은 것들이 새롭게 느껴진다. 세상은 살아 숨 쉬는 생명체이자, 생존을 위해 아니 지금보다 더 강해지기 위해 먹잇감을 찾아 나서야 하는 야생임을 다시 한 번 깨닫는다.

족구라는 익숙한 스포츠가 지닌 가치가 저평가되는 것이 안타까워 집필을 시작했다. 하지만 저평가되는 것은 족구만이 아니었다. 우리가 당연히 우리의 것으로 알고 있던 수많은 가치가 불순한 세력에 의해 그들의 것으로 탈바꿈하려 한다는 소식이 들려온다.

세상에 당연한 것은 없다. 자신을 지키며 자신을 강하게 만들어야 한다.

절대적인 정의는 존재하지 않는다. 다만 이기는 자가 자신이 정의롭다고 말할 뿐이다.

주요 등장인물 소개

- **기찬(홍기찬):** 대한민국족구협회 회장으로 소설의 주인공

- **이 부회장(이대재):** 대한민국족구협회 부회장으로 기찬이 계획한 프로젝트를 라오스에서 추진하는 주요인물

- **정균(김정균, 영어이름 맥스):** 기찬의 친구로 스포츠에이전트 사업을 하며 WOC(세계올림픽위원회)와 가교 역할을 담당하는 인물

- **류 실장(류성민):** 대한민국족구협회 기획실장으로 협회의 주요업무를 헌신적으로 수행하는 인물

- **최 이사(최덕규):** 한국체육회 이사로 기찬이 대한민국족구협회장이 되는 계기를 마련해 줬으며 기찬을 지원하는 인물

- **미스터 존스:** 정균과 친분 관계인 WOC종목채택위원장으로 한국을 지원하는 인물

- **진 대표(중국인):** 중국 투자회사인 왕인베스트의 대표로 대한민국족구에 관한 정보를 수집해 중국에 전달하는 중국 측 핵심인물

- **중국체육회장(중국인):** 중국의 동북공정 사업 중 스포츠 분야를 책임진 인물

- **진 총괄경리(중국인):** 중국체육회의 실무 책임자

- **김영찬 팀장:** 국정원 팀장으로 기찬을 조사하며 그의 계획을 알게 되고 상부의 지시로 적극적으로 기찬을 지원하게 되는 인물

- **강진수 서기관:** 라오스에 파견된 국정원 요원

- **장선일(북한인):** 라오스에서 북한식당을 운영하며 이 부회장의 요청으로 함께 프로젝트를 수행하는 인물

- **리영일(북한인):** 라오스 주재 북한대사

소설 출간에 도움을 주신

대한민국족구협회 홍기용 회장님께 감사드립니다.

목차

D-115

"그래, 그거야!"

대한민국족구협회장인 기찬의 흥분된 목소리가 들려왔다. 주변에서도 시끄러운 함성소리가 들려왔다.

공이 튀어 오르자 네트 앞의 선수가 한 손으로 땅을 짚고는 반원을 그리며 '넘어차기'라는 발차기 기술을 시도했다. 정확히 그의 발에 맞은 공은 네트를 넘어 상대방 코트에 정확히 내리꽂혔다. 수비를 하던 선수는 차분하게 머리로 공을 받아냈다. 무서운 속도로 날아온 공의 속도가 줄어들며 네트 앞에 있던 세터에서 정확히 전달되었다. 공격이 준비되고 있었다.

환호가 이어지며 경기는 계속 이어졌다. 각본에 써 있듯 공격과 수비가 일사불란하게 이루어지며 지켜보는 이들의 시선을 끌어모았다.

세트가 마무리되자 주심의 호각소리와 함께 함께 뛰던 양 팀의 선수들이 기찬의 주위로 몰려들었다.

"좋았어. 조금만 더 맞추면 완벽해."

"회장님, 이거 미친 짓입니다. 변수도 많은 스포츠 경기를 드라마처럼 각본에 맞춰 움직이라고 하니. 휴…."

한숨과 함께 선수의 한탄이 쏟아졌지만 그의 얼굴에는 웃음이 가득했다. 공격과 수비가 일사불란하게 진행되며 볼거리를 가득 선사한 경기는 각본에 짜인 한 편의 드라마였다. 드라마의 감독이 바로 기찬이었다.

"우리는 배우야. 족구홍보를 위한 드라마를 찍고 있는 거라고. 족구가 보여줄 수 있는 최고의 장면을 만들어 사람들에게 보여줘야 해. 알잖아, 우리는 족구홍보단이야."

기찬이 기획한 족구홍보단이었다. 태권도홍보단처럼 극적인 요소와 족구의 화려한 발 기술을 보여주기 위해 각본을 짜고 선수들이 그 각본대로 움직이고 있었다. 양 팀은 이기기 위한 경기를 하는 것이 아니라 족구의 화려함을 보여주는 배우였다. 공격과 수비가 완벽하게 조화를 이루어 한 편의 드라마를 만들어냈다.

"좋아, 한 번만 더 해 보자. 파이팅!"

기찬의 기합소리와 함께 선수들은 코트로 발걸음을 옮겼다. 얼굴과 온몸은 땀으로 범벅이 되어있었지만 그들의 얼굴에는 미소가 떠나지 않으며 힘들어하는 모습이 전혀 보이지 않았다. 모두가 열정으로 뭉쳐 새로운 도전을 하고 있었다.

"홍 회장님, 안 될 것 같았는데, 결국 해냅니다."

기찬과 함께 족구홍보단 구성을 기획한 족구협회 기획실장인 성민의 만족해하는 목소리가 들려오자, 코트로 향하는 선수들을 물끄러미 바라보던 기찬이 고개를 돌려 시선을 성민에게 향했다.

"실장님, 이왕 족구홍보단을 만들었으니까 다른 것도 시도해 볼까 하는데요…"

"예? 다른 것이요? 이것 말고 또 다른 것이 있습니까?"

"예, 내가 고민하던 것 중에 하나가 족구에서 다양한 공격을 보여주고 싶습니다. 그런데 화려한 기술을 보여주기에 뭔가가 부족합니다. 배구처럼 후위 공격도 나오고 시간차 공격도 나오면서 다양한 작전을 구사할 수 있으면 더 재미있지 않을까요?"

성민도 같은 생각이었다. 직접 경기를 하는 사람들은 족구의 묘미를 흠뻑 즐길 수 있었지만 그 경기를 보는 사람들은 단순한 공격에 흥미를 갖지 못하는 것도 사실이었다. 다양한 작전을 펼칠 수도 없었다. 어쩌면 이런 재미요소의 부재가 정기적인 족구 방송 편성을 저해하는 요소일 수도 있었다.

"저도 동감입니다. 생각하고 있는 게 있습니까?"

성민의 눈빛에는 호기심이 묻어 나오고 있었다. 보는 사람이 재미있어야 한다. 반드시 풀어야 하는 숙제였다.

"예, 방법은 많습니다. 그리고 간단합니다. 왜 족구가 배구처럼 세 번의 볼 터치 안에 공을 상대방에게 넘겨야 하지요?"

"예?"

대답은 쉽게 나왔다.

"서브가 넘어오면 공을 받아 세터에게 넘기면 세터가 공격수에게 공격할 수 있도록 공을 올려줍니다. 그리고 그 공을 공격수가 상대방에게 날리는 과정이 전부입니다. 비슷한 룰의 배구는 손으로 하기 때문에 섬세합니다. 하지만 족구는 발로 하는 경기라 섬세할 수가 없습니다. 배구처럼 세밀한 작전을 구사할 수가 없다는 말입니다. 내 말이 맞지 않나요?"

"예, 맞습니다."

"그래요, 실장님도 공감할 겁니다. 그런데 만약 공을 네 번 안에 넘기게 규칙을 바꾸면 어떨까요? 공격 여유가 생기고 다양한 작전을 구사할 수 있을 겁니다. 세 번째 볼 터치에서 넘기는 척하다가 다른 공격수에게 패스할 수도 있어요. 뒤에서 달려온 선수가 배구처럼 백 어택도 할 수 있습니다."

기찬은 무모하다 싶을 정도로 족구에 목숨을 건 사람이었고 족구가 자신의 전부인 사람이었다. 기찬의 아이디어에 성민은 잠시 당황했지만 자신의 생각을 정리하기까지 긴 시간이 필요하지는 않았다.

"회장님 생각이 맞습니다. 어떻게 그런 생각을 다했습니까? 좋습니다, 제가 그림을 그려보겠습니다. 그리고 홍보단에서 테스트해 보지요."

"역시, 제 마음을 알아주는 건 실장님밖에 없습니다."

성민과 하이파이브를 나눈 기찬은 시계를 바라보았다.

"시간이 이렇게 됐네. 실장님이 여기는 마무리해 줘야겠는데요."

"예, 알겠습니다. 빨리 움직여야겠습니다."

성민에게 인사를 나눈 기찬은 연습 중인 선수들에게 손을 들어 인사를 보냈다. 자신의 시계를 한 번 더 바라본 기찬은 누군가에게 전화를 걸며 경기장을 빠져나갔다.

"최 이사님이 고생이 많습니다."

웃음을 머금은 한국체육회장이었지만 불안한 마음을 감출 수 없었다. 한국 스포츠를 총괄하는 한국체육회였지만 주변에 산적한 문제를 항상 풀어가야만 했다.

"뭘요. 괜찮습니다. 이번에는 좋은 성과를 내야 하는데…"

최 이사는 스위스에 위치한 WOC(세계올림픽위원회)에서 열리는 실무자 회의에 참석할 예정이었다. 매년 열리는 회의였고 의제는 다양했다. 특히 스포츠 중계가 국경을 넘어 지구촌 구석구석에 실시간으로 전달되면서 세계 모든 국가는 자국의 스포츠를 해외에 알리기에 혈안이 되어있었다. 그러기 위해서는 반드시 WOC의 승인을 받아야 했다. WOC는 세계 스포츠의 절대권력이었다. 스포츠는 이제 국력을 상징하는 문화아이콘이자 성장시켜야 하는 산업의 한 부분이었다.

체육회장과 최 이사가 이야기를 나누는 한국체육회 휴게실은 직원들로 붐비고 있었다. 그들이 이야기를 나누는 사이 휴게실로 들어서는 낯익은 사내의 모습이 들어왔다. 휴게실에 모습을 드러낸 기찬은 주변을 살피며 누군가를 찾고 있었다.

"어이, 홍 회장! 여기야."

한국체육회장은 두 손을 치켜올렸다. 두리번거리던 기찬은 체육회장과 시선이 마주치자 미소를 보이며 다가왔다.

"여기에 계셨네요. 한참을 찾았습니다."

"그래, 최 이사와 편하게 이야기하기에는 여기가 최고지."

테이블을 가운데 두고 기찬도 자리를 잡았다.

"회장님 그리고 이사님. 이번에는 성과가 있어야 합니다. 일 년에 한 번 열리는 회의입니다. 이번에도 성과가 없으면 다시 일 년을 기다려야 합니다."

"어휴, 홍 회장 성화에 내가 몸 둘 바를 모르겠어."

최 이사는 손사래를 치고 있었지만 얼굴에는 웃음이 가득했다. 십여 년 전 미국에서 생활하던 기찬을 알게 되었고 그 인연이 지금까지 이어지고 있었다.

최 이사는 우연히 미국을 방문했고 기찬을 만났다. 당시 우스갯소리로 미국 교민들 단합을 위해 스포츠가 중요한 역할을 할 수 있을 것이라는 이야기를 던졌다. 기찬은 그 이야기를 흘려듣지 않았다. 얼마 뒤 그는 미국에 한인 족구클럽을 만들고 미 전역을 관할하는 미주한인족구협회를 설립했다. 그리고 그 능력과 열정을 높이 평가받아 한국에 돌아온 기찬은 대한민국족구협회 회장에 취임하게 되었다.

"홍 회장, 우리도 반드시 성사시켜야 되는 프로젝트야. 몇 년째 같은 의제를 던졌지만 WOC에서는 별 반응이 없어."

한 손으로 이마를 어루만지는 체육회장도 이번 출장의 중요성을 잘 알고 있었다. 하지만 WOC회의에서는 이해할 수 없는 상황이 계속되고 있었다.

"우리 자체적으로 해결할 수도 있어. 하지만 그렇게 되면 WOC 눈 밖에 난단 말이야. 얻는 것보다 잃는 것이 더 많다는 걸 홍 회장도 알잖아?"

체육회장은 기찬을 설득하고 있었다. 이야기를 듣는 최 이사는 아무런 말없이 앞에 놓인 커피잔만을 만지작거리고 있었다.

"최 이사님, 왜 아무런 말씀이 없으세요?"

기찬의 시선이 최 이사를 향했다. 눈이 마주친 최 이사는 웃음을 지어 보이기만 했지, 아무런 반응이 없었다.

"회장님 그리고 최 이사님. 이번에도 결과가 없다면 우리 협회 단독으로 준비하겠습니다. 동호인이 200만 명입니다. 그들이 결집하면 못할 것도 없습니다."

"하아, 그래. 홍 회장의 의지는 내가 충분히 이해하고 있어. 이번 WOC에서는 분명히 결과가 나올 거야. 매번 결과가 없다면 말이 안 되지."

"그래, 회장님 말씀이 맞아. 이전 회의에서는 우리가 기대하던 결과가 나올 거야. 우리 긍정의 힘을 믿어보자고."

기찬은 더 이상 할 말이 없었다. 한국체육회도 최선을 다하고 있다는 사실을 누구보다도 잘 알고 있었다. 하지만 다람쥐 쳇바퀴 돌 듯 같은 결과만 반복되는 상황에서 출구가 보이지 않았다. 동호인만 200만 명이 넘는 족구가 제대로 대접받지 못하는 현실이 안타깝기만 했다.

"알겠습니다. 하지만 이번에도 결과가 안 나오면 우리 협회 자체적으로 진행하겠습니다."

"알았어. 내가 어떻게 홍 회장 고집을 꺾겠어. 솔직히 우리도 바라는 거야."

한국체육협회장은 기찬과 악수를 나누고 자리에서 일어섰다. 최 이사는 자리에 남아 기찬과 그들만의 이야기를 계속 이어갔다.

십여 명의 사람들이 회의실에 모여 있었다. 그들의 표정에서는 자신 감이 넘쳤다.

"이번 회의에 한국에서는 누가 참석합니까?"

"예, 한국체육회 최 이사가 참석합니다."

"최 이사요?"

중국의 오성홍기가 정면에 보이며 중국체육회 임원진 회의가 열리고 있었다. 자신감 넘치는 표정들이었지만 '최 이사'라는 말이 나오자 회 의실에는 침묵이 찾아왔다. 회의를 주재하는 중국체육회장의 표정에 서도 웃음이 사라졌다.

"그렇다면 또 그 이야기가 나오겠군요."

"예, 맞습니다. 한국체육회에 없던 대한민국족구협회를 만든 인물입 니다. 집요하게 물고 늘어지고 있습니다. 어쩌면 이번에는 예상외의 결 과가 나올 수도 있습니다."

회의를 진행하던 체육회 회장은 테이블에 놓인 물잔을 입에 가져갔 다. 목이 타오고 있었다. 한국이라는 존재가 이제는 버겁게 느껴지고 있었다. 물잔을 내려놓은 회장의 시선이 답을 하고 있는 인물에게 고 정되었다.

"그런데 우리 준비는 잘 되어가고 있습니까?"

"예, 모든 준비가 예정대로 진행되고 있습니다. 걱정하지 마십시오."

중국체육회 총괄경리는 자신 있게 대답을 했다.

"좋습니다. 이번에 WOC에 공격적으로 접근해야 합니다. 스포츠에서 우리 중국의 위상을 반드시 세워야 합니다. 그리고 한국을 확실하게 밟아야 합니다."

"예, 알겠습니다. WOC 회장과 별도의 미팅을 가질 예정입니다. 그 자리에서 우리 의견을 확실하게 전달할 계획입니다. 그리고 필요하다면 한국의 최 이사와 이야기도 나눠 볼까 합니다."

"예? 최 이사하고요? 의미가 있을까요?"

"솔직히 아직은 예단할 수 없습니다. 하지만 한국의 상황 정도는 파악할 수 있지 않겠습니까?"

"그래요…."

체육회장의 머릿속에서는 수많은 계획이 나열되고 있었다. 중국 중앙당에서 추진 중인 동북공정의 핵심인 아시아의 중국 문화화에 큰 획을 그을 수 있는 기회였다. 하지만 항상 한국에 발목을 잡히고 있었다. 한복, 김치 등 한국 문화 대부분이 중국에서 발원되었다는 주장을 펼치며 공격적으로 나서고 있었지만, 그들만의 외침일 뿐이었다. 세계 어디에서도 그 주장은 먹혀들지 않았다.

"좋습니다. 돈은 얼마든지 있습니다. 호랑이를 잡읍시다!"

어디선가 박수소리가 들리기 시작했다. 한 명이 시작한 박수가 참석자 모두에게 전파되며 회의실은 박수소리로 가득 찼다. 그들은 자신감이 있었다.

D-112

모두 퇴근한 사무실에서 대한민국족구협회 기획실장인 성민은 컴퓨터의 자판을 열심히 두드리고 있었다. 기찬이 새로운 회장으로 취임하고 부쩍 일이 많아졌다. 십여 년 넘게 기찬을 알고 지내온 성민은 기찬이 족구협회장으로 취임하자마자 그의 요청으로 족구협회에서 일을 시작했다. 대기업에서 기획업무를 맡아본 경험을 바탕으로 족구협회에서도 기획업무를 도맡아 하고 있었다.

모든 것이 새로운 도전이자 시작이었다. 너무도 익숙한 족구였다. 하지만 군대 제대한 아저씨들이 심심할 때 하는 놀이로서의 족구가 모두가 알고 있는 족구의 전부였다. 이 족구를 변신시키고자 하는 기찬의 노력에 조금이나마 도움이 되고자 했다. 하지만 고정관념이란 벽은 너무 두꺼웠다.

안쪽에서 벽을 못 깬다면 밖에서부터 깨보자는 생각이 떠올랐다. 많은 계획들이 세워졌다. 물론 머릿속에 그려놓은 계획들이 대부분이었지만 윤곽이 그려지는 계획도 하나둘 나타나기 시작했다. 힘들지만 뿌듯함이 시간의 흐름도 잊게 만드는 힘을 만들어 주고 있었다.

"이제 시작이다…"

성민의 입에서 웅얼거리는 소리가 들려왔다. 웅얼거림과 함께 등을 의자에 기대고는 한 손으로 얼굴을 쓸었다. 깊은 숨을 들이마시고는 다시 컴퓨터 자판에 손을 얹었다. 조용한 사무실에 컴퓨터 자판 두드리는 소리가 다시 들리기 시작했다.

D-111

"와아아!"

함성소리가 들려왔다. 야구장을 가득 메운 관중들은 하늘로 치솟으며 뻗어나가는 작은 흰색의 공에서 눈을 떼지 못하고 있었다. 대낮처럼 조명이 내리쬐는 야구장은 인산인해를 이루고 있었고 그 수많은 관중들 사이에서 기찬의 모습도 보였다.

"아…!"

짧은 순간이었지만 기대감이 묻어 나오던 함성은 탄식으로 바뀌었다.

"어휴, 조금만 뻗었어도…"

"그게 마음대로 되면 신이지요."

아쉬워하는 기찬과는 달리 성민은 전혀 아쉬운 내색을 보이지 않으며 차분하게 경기를 바라보고 있었다.

"회장님, 바쁜 하루였습니다."

식을 줄 모르는 관중들의 함성을 뚫고 성민의 목소리가 다시 들려오는가 싶더니 그 소리를 삼켜버리는 더 큰 함성소리가 들려왔다. 관중들은 늦은 밤이지만 작은 야구공 하나에서 하루의 스트레스를 털어버리고 있었다.

"예, 바쁜 하루였어요. 그런데 류 실장. 나는 야구장에서 관중들이 소리를 지르며 야구를 즐기는 모습이 너무 좋습니다."

대한민국 족구를 이끌어가는 회장의 입에서 나올 수 있는 말은 아닌 듯싶었다. 성민은 의아한 표정을 지으며 기찬의 얼굴을 바라봤지만 깊이를 알 수 없는 기찬의 표정만이 시야에 들어왔다.

"오해하지 마세요. 야구가 아니라 족구가 최고입니다. 야구는 보는 즐거움이 많습니다. 관중들이 예상할 수 있는 많은 작전과 움직임이 관중들을 매료하지요. 하지만 족구는 보는 즐거움이 아니라 하는 즐거움을 선사하는 종목입니다."

기찬과 시선이 마주친 성민은 고개를 끄덕였다. 그의 말이 틀린 말이 아님을 알고 있는 성민이었다. 함성소리가 다시 들려오자 성민은 마른침을 삼켜 목을 적신 후 다시 입을 열었다.

"맞습니다. 하는 사람은 정말 재미있지만 보는 사람은 재미가 없습니다. 그걸 우리 족구협회가 풀어야지요."

"맞습니다. 하는 즐거움을 알려야 하는 것이 우리 임무입니다."

말을 마친 기찬이 갑자기 상의 주머니에서 전화기를 꺼냈다. 계속 진동을 하는 전화기에서 발신자를 확인하는 얼굴에는 반가움이 묻어있었다. 기찬은 서둘러 전화기의 수신버튼을 밀어 전화기 너머의 상대방과 통화를 시작했다.

"응, 알았어."

통화를 마친 기찬의 얼굴에는 미소가 사라지지 않았다. 기다리고 있던 전화였음이 분명했다.

"실장님, 이제 준비해야 할 것 같습니다."

전화기를 주머니에 집어넣은 기찬의 차분한 목소리가 들려왔다.

"예? 갑자기 무슨 말씀이십니까?"

성민의 시선이 기찬의 미간을 향하자 기찬은 자신의 생각을 천천히 풀어내기 시작했다. 이야기를 풀어내는 데 오랜 시간이 걸리지 않았다. 성민은 가볍게 고개를 끄덕이며 기찬과 호흡을 맞추며 진지하게 그의 이야기를 듣고 있었다.

"예, 회장님 생각이 맞습니다. 그렇게 하죠."

성민의 짧은 대답이 들려왔다.

D-110
. . . .

얼굴이 붉게 달아오른 성민의 모습이 보였다. 야구장이 아닌 허름한 포장마차였다.

"캬아, 맞습니다."

소주잔을 한 손에 쥔 성민의 얼굴에는 별 이야기를 다하네 하는 허탈함이 묻어있는 웃음이었다. 일과가 끝나고 찾아오는 포장마차는 기찬과 성민이 일과시간에 나누지 못했던 이야기를 허심탄회하게 늘어놓고 맘껏 상상을 펼칠 수 있는 장소였다. 그렇지만 오늘은 특별한 손님이 찾아왔다.

말끔하게 양복을 차려 입은 세 명의 사내들이 허름한 포장마차에서 술잔을 부딪치는 모습은 묘한 분위기를 만들어냈다. 40대 후반의 자신감 넘치는 사내들의 자세는 꼿꼿했다. 흐트러짐 없는 자세와 자신감 넘치는 표정은 누구도 그들을 제압하지 못할 것만 같아 보였다.

"내가 취임한 지 6개월이 지나고 있어. 이제는 시작해야 해. 내가 이야기했던 김정균 사장이야."

기찬이 옆에 앉아있던 정균을 가리키자 정균은 미소를 보이며 성민에게 악수를 건네며 인사를 나누었다.

"아마 우리나라에 처음으로 스포츠 마케팅을 시도했을 겁니다. 엄밀히 말하면 스포츠 에이전트죠. 우리나라 유망한 선수들을 해외 스포츠팀에 연결시켜주는 사업을 했고 지금도 하고 있습니다. 제 둘도 없는 친구입니다."

기찬은 멈춤 없이 소개를 이어나갔다.

자신에 대한 소개를 넘어선 자랑이 들려오자 정균은 앞에 놓인 소주잔에 손을 가져가며 어색한 분위기를 벗어나려 하고 있었다.

"어이, 왜 그래? 같이 마셔야지."

기찬은 소주잔을 만지작거리는 정균을 발견했다.

"예, 맞습니다. 잔은 함께 해야죠."

어색해하는 정균의 모습을 본 성민도 맞장구를 치며 자신의 소주잔에 손을 가져갔다.

"알겠습니다."

정균이 소주잔을 들자 나머지 두 사내도 함께 잔을 들었다. 청량하게 울리는 소주잔 부딪치는 소리와 함께 맑은 소주가 그들의 목을 타고 넘어갔다. 소주가 목을 넘어가기 무섭게 앞에 놓인 고추장에 볶아진 다진 닭발을 젓가락으로 크게 퍼올렸다.

평소 기찬과 편하게 이야기를 해 오던 정균이었지만 그는 말이 없었다. 얼마 전부터 기찬에게 계속 전화가 왔다. 족구협회 일을 도와달라는 부탁이었다. 스포츠 에이전시를 운영하며 적지 않은 세계 스포츠계 인맥이 구축되어있던 상황에 큰 고민은 필요 없었다. 하지만 결정은 내리지 못하고 있었다.

"족구는 네 명이 하는 경기야. 두 명이 공격, 두 명이 수비역할을 하지. 세 번의 볼 터치 안에 공을 상대방 코트로 넘겨야 하고. 배구하고 비슷하다고 보면 될 거야. 그런데 왜 하필 세 번 안에 넘겨야지? 네 번이면 안 될까? 그리고 왜 네 명이지? 다섯 명이 하면 안 될까?"

갑작스런 기찬의 질문이었다.

"갑자기 무슨 말이야?"

소주잔을 내려놓은 정균이 처음으로 입을 열었다. 기찬이 던져오는 질문에는 항상 의미가 부여되어있었다. 내용을 알고 있다는 듯 성민은 미소를 보이고 있었다.

"허허, 놀랐구나? 놀랄 필요 없어. 우리가 네 번으로 하면 되는 거고 다섯 명으로 하면 되는 거야. 족구를 관장하는 국제기구는 없어. 족구는 우리 대한민국이 만들었고 우리가 모든 것을 새롭게 만들어 놓을 수가 있다는 이야기야."

"맞습니다. 족구는 아직 완성되지 않은 미완의 그림입니다. 경기 규칙뿐 아니라 국제적인 조직, 새로운 운영 시스템도 만들어낼 수 있습니다. 그리고 족구는 보는 즐거움과 함께 누구나 쉽게 직접 즐기는 스포츠라는 새로운 패러다임을 만들 수가 있습니다."

술기운이 오른 성민의 격앙된 목소리도 들려왔다. 앞으로 무엇을 해야 할지를 알아냈다는 사실만으로도 그들은 자신감이 넘치고 있었다.

기찬은 소주잔을 입으로 가져갔다. 비워진 소주잔이 다시금 테이블 위에 놓여졌다. 원하는 대답을 듣고야 말겠다는 의욕을 숨기고 싶지 않다는 듯 비워진 소주잔이 다시 채워졌다.

"우리는 무엇을 해야 할지도 알고, 그것을 어떻게 해야 하는지도 알아. 그런데 추진동력이 없어."

"홍 회장님 말이 맞습니다. 족구협회 조직은 기존의 업무만으로도 포화상태입니다. 도저히 새로운 일을 추진해 나갈 수가 없습니다. 새로운 직원을 뽑는 것도 한계가 있습니다. 충분한 경험과 추진력이 있는 인물이 필요합니다."

성민도 거들고 있었지만 족구협회장으로서 기찬이 무엇을 꿈꾸는지는 알고 있었다. 물론 세부적인 내용은 모르지만 그의 열정은 충분히 이해할 수 있었다. 하지만 왠지 모를 불안함이 정균의 결정을 막고 있었다.

"기획실장인 성민이와 함께 우리 큰 그림을 그려보자. 부탁한다."

입안이 타 들어오며 건조함이 느껴지고 있었다. 정균은 앞에 놓인 소주잔을 입으로 가져갔다.

잔을 내려놓은 정균은 기찬의 시선을 바라보고 있었다. 여러 생각이 교차했다. 비장함이 느껴지는 그를 십분 이해할 수 있었다. 하지만 언젠가는 누군가에 의해 이루어질 일을 굳이 지금 기찬이 짊어지고 나아가야 하는지 의구심도 고개를 들었다. 다른 생각들이 서로 충돌하고 있었다.

"지금 준비 중인 전국족구대회는 새로운 시도야. 이것까지는 기존의 조직과 성민이가 끌고 나가면 돼. 하지만 내가 생각하는 그보다 더 중요한 나머지는 누군가가 해야만 해. 바로 그게 너야. 다시 부탁한다.”

설득은 계속 이어지며 다른 생각을 떠올릴 시간을 주지 않았다. 새로운 시도를 낮게 평가해서는 안 된다는 생각이 머리를 맴돌았다. 물론 일의 가치를 따져야겠지만 서로에 대한 사람의 가치는 그 무엇과도 비교될 수 없었다.

생각을 정리한 듯 미소를 보이는 정균의 얼굴에 집중되는 시선들이 내뿜는 따가움이 느껴졌다.

“내가 오히려 고맙다. 그래, 함께 가자!”

머뭇거림 없는 결정이었다. 기찬과 성민이 곧바로 반응하며 웃음꽃을 피워 올렸다.

“변화는 항상 그를 거부하는 기존과의 싸움임을 잘 알고 있어. 새로운 시도 없이 변화는 없다. 변화의 과정에서 오는 두려움과 고통을 즐기자!”

잠시 숨을 고른 정균의 목소리가 들려왔다.

“정균아, 고마워. 누군가가 지도자는 욕을 먹고 골통이라는 소리를 듣더라도 항상 변화를 시도해야 한다고 말했어. 조직은 생명체야. 변화하고 살아서 움직여야 해. 안 그러면 썩고 문드러질 수밖에 없어. 아무튼 족구협회라는 배를 타고 새로운 길을 떠나는 선장을 믿어준 친구, 너무 고마워.”

“오우, 말씀들이 너무 멋지십니다.”

말 없던 성민의 웃음 섞인 마무리와 함께 세 남자의 술잔 부딪치는 소리가 울렸다.

어둠 속 쌓여가는 술병들을 통과한 달빛이 만들어낸 빛의 여운과 홀로 어둠을 가로지르는 보름달을 친구 삼아 사내들의 웃음소리는 계속 이어졌다.

D-109

수많은 사람들이 WOC본부 건물의 회의장으로 모여들었다. 세계 각 국의 스포츠조직의 실무책임자들이 모이는 WOC 정기회의가 열리는 대회의실은 웅성거림과 웃음으로 활기가 넘쳐났다.

최 이사는 대한민국이라는 명패가 놓인 테이블에 이미 자리 잡고 있 었다. 회의가 시작되며 각국의 스포츠 정책이며 새로운 의제들이 발표 되기 시작했다.

마침내 대한민국을 대표하는 한국체육회의 최 이사 순서가 돌아왔 다.

단상 앞에선 최 이사는 참석자들에게 고개 숙여 인사하고는 준비된 원고를 읽기 시작했다. 시작된 발표는 순조롭게 진행되며 마지막을 숨 가쁘게 향해 나갔다. 발표 시간이 다 되어 감을 알려 주 듯 최 이사의 목소리가 높아졌다.

"진정한 스포츠는 누구나 즐기는 스포츠가 되어야 합니다. 엘리트 스포츠가 아닌 누구나 즐기는 스포츠가 되어야 합니다. 하지만 지금은 어떻습니까? 고도의 전문적인 과정을 거친 스포츠 기계를 양성하여 그들만의 스포츠로 전락하고 있지 않습니까? 즐기는 스포츠는 사라져가고 엘리트 스포츠 기계들이 펼치는 스포츠를 바라만 보고 있습니다. 물론 보는 즐거움을 간과할 수는 없습니다. WOC가 이제는 시선을 돌려야 합니다. 세계 각지의 고유 스포츠를 발굴, 육성하며 그들을 지켜야 합니다. 스포츠는 세계를 하나로 묶는 유일하고도 완벽한 끈입니다. 전 세계인 누구나 쉽게 참여하고 즐기는 스포츠야말로 스포츠의 미래입니다. 존경하는 사무총장님 그리고 자리에 참석해 주신 관계자님들께 다시금 간곡히 부탁드립니다. 누구나 즐기며 하나가 되는 스포츠를 만들기 위해 우리 모두 함께합시다. 그리고 WOC도 이제는 과감한 변화를 해야 합니다. 각국에서 벌어지는 스포츠관련 행사에 개입이 아닌 지원을 해 나가야 합니다. 그것이 WOC의 역할이며 나아가야 할 방향입니다."

평범하게 흐르던 발표가 갑자기 WOC를 향한 질타의 목소리로 바뀌자 회의장은 술렁거리기 시작했다. 의아해하는 참석자들과 놀란 표정의 참석자들 사이에 묘한 감정의 골이 느껴지려는 순간, 최 이사는 단상 위에 놓여 있던 발표문을 조심스럽게 접어 수트 상의에 집어넣었다.

"지금까지 발표를 경청해 주신 여러분께 다시 한번 감사의 인사를 드립니다. 감사합니다."

발표를 마무리 지으며 최 이사는 고개를 숙이며 인사를 건네고는 단상에서 내려왔다. 그의 표정은 밝지 않았다. 물론 박수소리가 들려왔지만 그 소리도 느껴지지 않았다.

발표 전 사전에 진행된 실무회의 결과는 작년과 별다른 것이 없었다. 자리에 앉은 최 이사 자신도 모르게 한숨이 새어 나왔다.

"이사님, 멋있는 발표였습니다."

중국체육회 총괄경리가 웃음을 보이며 최 이사에게 다가왔다. 의미를 알 수 없는 웃음이 그리 반갑지는 않았지만 최 이사 역시 가벼운 웃음으로 인사를 대신하며 이어지는 다른 참석자들의 발표에 집중했다.

"최 이사님!"

중국체육회 총괄경리의 목소리다 다시 들려왔지만 최 이사는 아무런 반응도 보이지 않았다. 발표에만 집중하고 있었다.

D-108

족구협회에 합류한 정균이었지만 정식으로 출근을 할 수는 없었다. 정식 임원이 되기 위해서는 족구협회 이사회의 승인과 함께 순서와 절차가 필요했다. 정균의 족구협회 임원을 위한 이사회는 다음 주에 열리기로 했다.

기찬은 시간을 낭비할 수 없었다. 머릿속에 맴돌던 생각을 이제는 행동으로 옮겨야 했다. 이상한 기운이 그를 서두르게 만들고 있었다.

커피숍에서 정균을 만난 기찬은 미안함을 숨길 수 없었다.

"미안해. 아직 이사회가 열리지 않아서 이렇게밖에 시간을 못 내네."

"미안하긴. 모든 게 절차가 필요한 거잖아. 미안해할 필요 없어. 아무튼 내가 뭘 도와주면 되는 거야?"

앞에 놓인 커피잔에서는 부드러운 갈색의 라떼가 색깔만큼이나 부드러운 향을 조심스럽게 뱉어내며 경직된 분위기를 한결 부드럽게 만들어주고 있었다.

"정균아, 왜 족구가 전국체전에 참여하지 못하는지 이유를 알아?"

"아, 그러네. 전국체전 종목에 족구가 없네."

"그래, 없어. 내가 가장 우선적으로 추진하는 게 바로 그거야. 전국체전 정식종목으로 족구가 채택되는 거야."

"그래? 그런데 한국체육회에서 승인만 떨어지면 되는 거 아니야? 별로 어려울 것 같지 않은데."

정균은 별일 아니란 듯 앞에 놓인 커피잔을 들었다. 커피 향이 입속에 맴돌며 부드러운 액체가 목구멍을 스치면서 내려갔다. 정균은 커피가 목구멍을 타고 넘어가는 유혹을 뿌리치기 어려웠다. 반면 기찬은 커피에는 관심이 없었다. 커피의 부드러움이 사치처럼 느껴졌다.

"맞아, 네 말처럼 간단해. 한국체육회에서 승인만 해 주면 바로 나갈 수 있어. 하지만 그것도 절차가 필요해. 전국체전 종목은 WOC에서 채택된 종목에 한정된다는 거야."

"뭐라고? 우리나라 전국체전인데도 WOC가 관여한다는 거야?"

"글쎄, 관여라기보다는 한국체육회의 정책이겠지. 물론 이해할 수는 없지만."

무엇인가 앞뒤가 맞지 않았다. 그렇다면 우리 고유 스포츠가 우리나라 최대 스포츠 행사인 전국체전에 나갈 수 없다는 이야기로 들렸다. 정균은 고개를 갸우뚱하며 떠오른 생각을 정리해 나갔다.

"홍 회장, 앞뒤가 안 맞지만 한국체육회 정책이라니 어쩔 수 없지. 그런데 조금 이상하다. 혹시 동남아시아 국가들이 모여 겨루는 S.E.A GAME(South East Asian Game), 그러니까 동남아시안게임 종목 중에서 가장 인기종목이 뭔지 알아?"

"글쎄…."

"세팍타크로야. 우리 족구와 유사하지. 그러면 국내 경기도 아니고 동남아시아 십여 개 국이 참가하는 세계적 대회에 인기종목인 세팍타크로가 WOC에서 채택된 종목일까?"

기찬도 모르는 내용을 정균은 알고 있었다. 자신이 모른다는 사실보다 그런 사실을 알고 있는 정균이 옆에 있다는 사실이 더 중요했다. 그것이 바로 그를 필요로 하는 이유이기도 했다.

"글쎄, 솔직히 나도 그건 잘 모르겠다."

"모르는 게 당연한 거야. 아무튼 국가마다 정책이 다르다 생각해야지. 그렇다면 전국체전에 정식종목으로 채택되기 위한 방법은 있는 거야?"

"솔직히 한국체육회도 독자적으로 결정할 수 없는 거 같더라고. WOC의 눈치를 보는 것 같아."

"음, 그럴 수도 있겠지. WOC 눈 밖에 나면 좋을 것이 하나도 없지."

"우리 대한민국족구협회에서도 계속 한국체육회와 이야기를 나누고 있어. 그리고 자세히는 모르겠지만 한국체육회도 WOC와 꾸준히 이야기하는 것 같더라고."

"그냥 한국체육회에서 밀어붙이면 될 텐데…"

아쉬움이 남았지만 지금의 상황은 WOC에서 족구를 정식종목으로 채택해 주는 방법이 유일해 보였다. 정균은 자신이 수없이 접해온 세계 스포츠계의 복잡하고도 미묘한 이해관계가 떠올랐다.

"그래서 나는 방향을 바꾸기로 했어."

"뭐라고? 방향을 바꾸다니?"

항상 예상하지 못한 생각을 하는 기찬을 너무도 잘 알고 있는 정균이었다. 호기심과 기대감이 정균을 감싸기 시작했다.

"하고 싶은 말 다하는 최 이사님이 존경스럽습니다."

늦은 시간 스위스에 위치한 WOC본부 근처 호텔 로비에 있는 위스키바였다. 최 이사는 비슷한 나이 또래의 중국체육회 총괄경리를 만나고 있었다.

"진 경리, 그런 얘기 그만합시다. 피곤해 죽겠습니다."

중국체육회의 진 총괄은 미소를 보이며 앞에 놓인 위스키잔을 들이켰다. 안주도 없이 들이킨 독주였지만 그의 표정에는 변화가 없었다.

"허허, 그렇게 그게 말로만 됩니까? 다 돈이지요."

"물론 돈이지요. 하지만 이제는 이야기가 먹힐 때도 됐는데…"

최 이사도 앞에 놓인 위스키잔을 들어 한 모금 들이켰다. 그의 인상이 일그러지자 그 모습을 본 총괄경리는 미소를 보이며 자신도 위스키를 한 모금 들이켰다.

"아무리 위스키가 좋다고 하지만 중국의 마오타이에 비교할 수 있을까요? 그래도 독주라면 60도는 넘어가야 진정한 독주이고 술 아닙니까?"

"카아! 아무튼 중국 분들은 너무 센 걸 좋아하십니다."

"그렇지요. 그런데 이사님이 기획하고 만드신 족구협회는 잘 돌아가고 있습니까?"

"아니, 갑자기 왠 족구이야기를 하십니까? WOC도 관심을 갖지 않는데…"

"허허, 그냥 물어봤습니다. 우리 중국도 한국의 족구와 유사한 운동이 있어서요."

"아하. 그런데 한국처럼 체계화된 경기규칙도 없고 그냥 공놀이 수준 아닙니까?"

"허허, 그렇지요. 하지만 유사하지요. 아, 잊고 있었는데, 족구협회장이 바뀌었다면서요?"

"예, 얼마 전에 바뀌었지요. 그런데 자꾸 족구 이야기를 하십니까?"

집요하게 족구 이야기를 꺼내는 진 총괄이 얄미웠다. WOC에 족구를 정식으로 채택해 달라는 요청이 올해에도 무산되었다. 최 이사는 그 사실을 알고 있는 총괄경리가 자신을 약 올리고 있음을 뻔히 알고 있었다. 가끔은 편하게 만날 수 있는 사이였지만 그는 항상 사람을 약

올리는 습관을 버리지 못하고 있었다.

"허허, 죄송합니다. 올해에는 WOC와 잘 되었으면 좋았을 텐데…."

"걱정 마십시오. 신임 족구회장이 열정적으로 움직이고 있으니까 가시적인 결과가 곧 만들어질 겁니다."

총괄경리는 주위를 둘러보았다. 늦은 시간인지 바에는 자신들 외에 다른 팀 하나만이 술을 마시고 있었다. 고개를 돌려 최 이사의 미간을 바라보는 그의 얼굴에서는 미소가 사라졌다.

"최 이사님, 이제 중국과 한국이 스포츠에서 함께해야 하지 않겠습니까?"

"예? 갑자기 무슨 말입니까?"

"놀라긴요, 중국과 한국은 한 문화권입니다. 비록 아시아가 스포츠 변방이지만 이제는 그 위상이 변하고 있습니다. 두 나라가 힘을 합치면 큰 사건을 만들어낼 수 있습니다."

"예?"

최 이사의 머릿속이 복잡해졌다. 무슨 제안을 던져올지 궁금하기도 했지만 저들을 믿을 수는 없었다. 모든 것을 거래로 생각하는 그들만의 습성은 우리와는 판이하게 달랐다.

"허허, 진 경리, 이거 너무 앞서가십니다. 그리고 솔직히 불안하네요."

굳었던 최 이사는 오히려 미소를 보이고 있었다. 예상하지 못한 미소에 총괄경리가 오히려 당황했다.

"솔직히 얼마 전 김치가 중국이 원조라며 한바탕하지 않았습니까? 거기다가 한복도 중국이 원조라면서요?"

"예?"

당황하며 웃음을 잃었던 총괄경리의 목소리가 흔들렸다. 서로의 눈치를 보며 애써 숨기려 하던 미묘한 문제를 꺼내는 최 이사에게 한 방 얻어맞은 느낌이었다.

"그러니까 문화 운운하면서 '아시아의 문화는 중국의 문화'라는 맥락 아닙니까? 그건 아니죠. 그런데 갑자기 이번에는 스포츠에서 하나가 되자고 하니 당황스러워서 그렇습니다."

옆자리에 앉은 총괄경리는 대답이 없었다. 하지만 당황해하면서도 스스로 생각을 정리하며 논리를 만들고 있었다. 역시 그는 쉽게 흔들리지 않았다.

"아하, 오해를 하셨습니다. 김치며 한복은 중국정부의 정식 의견이 아닙니다. 동북공정을 오해한 일부 네티즌들의 의견일 뿐이죠. 아무튼 그게 중요한 것이 아니라 우리는 스포츠에 종사하는 사람입니다. 스포츠를 매개로 양국이 잘 되었으면 한다는 뜻입니다."

핑계를 대며 이야기를 뱉어내는 총괄경리도 다시 미소를 찾았다. 최 이사는 그의 의도를 전혀 예상할 수 없었다. 하지만 무슨 수작을 준비하고 있음은 느낄 수 있었다.

"최 이사님, 시간이 되시면 중국체육회에서 초대하겠습니다. 중국이 준비하는 스포츠의 미래를 보여드리고 한국의 조언을 듣고 싶습니다. 괜찮으시죠?"

술잔을 든 총괄경리는 미소를 보이며 가볍게 고개를 숙였다. 어색했던 분위기가 사라지며 최 이사도 잔을 들어 그의 잔과 가볍게 부딪쳤다. 경쾌한 충돌음이 들려왔다.

"예, 그거야 가능하지요. 스포츠의 미래는 우리 모두의 화두입니다."

미묘한 문제를 꺼내며 어색한 분위기를 만들었던 최 이사는 미소와 함께 화답하며 분위기를 다시 원래대로 돌려놓았다. 중국체육회의 총괄 경리와 한국체육회의 최 이사는 서로를 탐색하며 대화를 이어나갔다.

D-106

"놀라기는. 그냥 생각을 말하는 것뿐이야."

정균의 기대감 섞인 표정이 기찬에게 부담으로 다가왔다. 하지만 목소리는 자신감을 넘쳐나고 있었다.

"WOC는 한국체육회에서 잘 맡아서 해 줄 거야. 우리는 나름대로 준비를 해야 해."

"그래 맞아. 준비를 해야지. 그런데 무슨 준비를 하자는 거야? 준비해야 할 것들이 한 둘이 아니잖아."

"응 그렇지. 내가 여러 번 말했지만 해야 할 일들이 많아. 하지만 하나씩 해 나간다면 문제없어. 지금 전국단위 대회를 준비 중이야. 그런데 새로운 시스템일 도입해 볼까 해."

"새로운 시스템?"

"응, 새로운 시스템이야. 만약 이게 성공한다면 새로운 패러다임을 만들 수 있다고 자신해."

기찬은 자신감이 넘쳐 흘렀다. 전국단위 대회에 새로운 시스템을 도입한다는 말 자체가 신선했다. 무엇인지는 모르겠지만 도전은 항상 기대감을 만들어냈다.

"자세하게 설명해 봐. 궁금하잖아."

"알았어. 잘 들어봐. 지금 전국체전이나 각종 대회 예선전은 엘리트 선수들이 참가하고 있어. 예를 들어 전국체전도 그 도에 있는 학교나 단체소속 선수들이 참여하지."

"그래, 맞아. 내가 경기도 출신이더라고 내 학교가 충청도에 있으면 나는 충청도 대표가 되는 거지."

"그래, 뭔가 이상하지 않아?"

"으응, 그러네."

"그게 함정이야. 웬만한 스포츠경기는 엄청난 지원이 필요해. 개인이 감당할 수 있는 범위를 넘어가지. 경기시설부터 장비 그리고 훈련 등등 모두가 돈이야."

기찬은 잠시 숨을 고르며 정균의 눈을 바라보았다. 궁금해하는 정균과 자신감 넘치는 기찬의 시선이 교차했다.

"나는 진정한 스포츠를 만들고 싶어. 누구나 참여하고 열광할 수 있는 스포츠 말이야. 엘리트 스포츠도 필요해. 하지만 우리 족구는 엘리트 스포츠가 아닌 모두가 참여하는 스포츠로 만들고 싶어. 마을단위 예선전을 생각하고 있어."

"마을단위 예선전이라고? 그게 무슨 말이야?"

"응, 족구는 누구나 어디에서든 할 수 있는 종목이야. 행정구역 최소단위인 동이나 리에서 대표팀을 뽑는 거야. 한마디로 동네잔치가 되는 거지. 그렇게 뽑힌 대표들이야말로 진정한 마을대표고. 그들이 겨루면서 최종 승자를 결정짓는 거야. 전국 최대의 스포츠 잔치가 되는 거지."

"그런데 홍 회장, 그게 정말 가능해?"

"불가능하지는 않지. 우리 족구협회는 각 시도별 지방 협회가 있어. 그리고 그 밑에 지역단위 조직까지 구성되어있어. 충분히 가능해."

"음…. 정말 새로운 도전이 되겠는데. 신선한 발상이야."

"그렇지? 지금 기획실장이 준비하고 있어. 그런데 정균아, 내가 이 이야기를 왜 하는 거 같아?"

"설마…."

"맞아. 네가 생각하고 있는 대로야. 이 시스템을 세계로 확대하는 거야. 전 세계가 족구 축제를 벌이는 거야."

"정말이야? 그렇다면 굳이 WOC의 승인도 필요 없고 전국체전 종목 채택도 상관이 없겠다. 그냥 전 세계가 족구축제를 하는 거네."

"그렇지, 바로 그거야. 그리고 그게 정균이 너의 역할이고."

충격이었다. 엄청난 계획이었고 계획대로만 이루어진다면 족구로 전 세계를 묶을 수 있다. 하지만 기대감만으로 이루어 낼 수 있는 일은 아니었다. 정균의 시선이 흔들리고 있었지만 그 흔들림은 오래가지 않았다.

"그래, 해 보자!"

"그래 맞아. 별거 있겠어. 열심히 준비하면 되는 거야."

자신에 찬 기찬은 흔들림이 없었다.

D-105

"회장님, 어떻게 생각하십니까?"

한국체육회장실을 방문한 국회 문화체육위원회 소속 김 의원의 목소리였다. 스포츠관련 행사로 자주 찾는 한국체육회였지만 요즘 찾는 이유는 좀 특이했다.

"글쎄요. 저야 반대할 이유는 없죠. 그런데 국회를 통과할 수 있을까요?"

"하, 그거야 저도 모르죠, 워낙 민감한 사안이라. 그런데 제안만 놓고 보면 그렇게 문제될 것도 없는 것 같습니다."

"아니, 온라인으로 스포츠도박을 하자는 건데, 문제가 없다고요?"

"물론 온라인 스포츠도박이라면 거부감이 생기지만 제안내용을 보면 다릅니다. 실명제로 운영하면서 본인인증 과정을 거치기 때문에 투명성이 보장된다는 거죠. 건전한 도박을 유도하면서 스포츠를 보다 재미있게 즐기자는 데 목적이 있답니다."

"뭐, 의도는 좋네요. 수익금의 50%를 한국체육회에 기부하겠다는데 우리 한국체육회야 좋죠."

"예, 좋은 조건입니다. 그런데 중국 자본이라는 게 가장 큰 걸림돌이 될 것 같습니다. 그리고 기존 스포츠베팅 사업자들도 문제고요."

김 의원은 앞에 놓인 커피잔을 들고는 가볍게 입으로 가져갔다. 중국의 거대 투자회사인 왕인베스트사가 최근 온라인 도박 사업을 제안해 왔다. 기존의 스포츠도박과는 다른 온라인화된 시스템으로 스포츠

전 종목에 대한 제안이었다.

"김 의원, 그 왕인베스트인가 하는 회사에 대해서 좀 아세요?"

"예, 중국에서 손꼽히는 투자회사이고 최근 스포츠 쪽, 특히 스포츠 도박 사업에 관심이 많더군요. 얼마 전 영국 최대 도박 사이트도 인수했답니다."

"그래요…."

"조만간 그 회사 한국대표가 회장님을 만나러 올 겁니다."

"아, 그 얘기 전해 주러 온 거군요. 알겠습니다."

체육회장이 웃음을 보이자 김 의원도 멋쩍은 미소를 지어 보이며 자리에서 일어섰다.

"바쁘신 와중에도 시간 내어 주셔서 감사합니다."

인사를 건넨 김 의원은 서둘러 회장실을 나섰다.

"스포츠도박이라… 큰돈이 움직이겠는데…."

한국체육회장은 짧은 말을 뱉어냈다.

복잡한 생각이 채 가시기도 전에 인기척이 느껴지며 최 이사가 집무실 문을 열고 들어왔다. 출발할 당시와는 달리 피곤한 기색이 역력했다.

"참 힘들군요. 아무튼 고생했습니다."

WOC회의를 마치고 귀국한 최 이사를 맞이하는 한국체육회장의 표정은 어두웠다. 올해에도 족구가 WOC의 채택을 받지 못했다. 이해할 수 없는 처사였지만 달리 방법이 없었다.

"제가 별도로 족구협회장을 만나겠습니다."

"그래요. 아마 실망이 클 겁니다. 하지만 강단 있는 친구라 쉽게 포기하지는 않을 겁니다. 그런데 최 이사님. 중국이 갑자기 왜 이렇게 서두르죠?"

"예? 갑자기 무슨 말입니까?"

"아니, 중국체육회도 그렇고 온라인 스포츠도박 사업을 해 보겠다는 왕인베스트도 움직임이 활발하고…"

체육회장은 지금의 상황이 예사롭게 느껴지지 않았다. 더군다나 스위스에서 중국체육회 총괄경리가 최 이사와 별도의 만남을 가진 것은 이해할 수 없었다. 불안한 생각이 자꾸만 떠올랐다.

"예, 저도 같은 생각입니다. 동북공정의 일환으로 무차별적으로 접근해 오는 게 아닌가 싶습니다. 중국은 그들만의 문화가 없습니다. 문화혁명으로 그들의 문화는 사라지지 않았습니까?"

"그렇지요. 문화가 없는 민족은 절대 선진국이 될 수 없지요. 이제야 문화의 가치를 아는 거지요. 그래서 더 걱정입니다. 무모함이 가장 무서운 경계대상 아닙니까?"

"예, 맞습니다, 회장님, 특히 왕인베스트는 주의해야 합니다. 느낌이 안 좋습니다."

"저도 잘 알고 있습니다. 그러면 족구협회장은 언제 만나실 겁니까?"

"안 그래도 연락을 해봤는데, 지금 지방 출장 중이라고 해서 모레 만나기로 했습니다."

"예, 잘 설명해 주세요. 아마 다른 생각이 있을지도 모릅니다."

"예, 알겠습니다."

인사를 나눈 최 이사는 회장의 집무실을 빠져나왔다. 열 시간이 넘는 비행시간이 가뜩이나 지쳐있는 그를 더 피곤하게 만들었지만 아직은 버틸 만했다. 자신의 책상에 앉은 최 이사는 노트를 펼쳤다. 노트에는 WOC에서 각국 대표들이 발표한 내용이 가득 적혀 있었다. 기지개를 편 최 이사는 노트의 내용을 컴퓨터에 옮기기 시작했다.

"야! 이 새끼야, 그것도 못 받으면 어떡하자는 거야! 발을 슬며시 대야지 공이 안 튀지!"

험악한 목소리가 들려왔다. 상대방 팀과는 달리 수비에 실패한 팀의 분위기는 살벌함마저 느껴지고 있었다.

경기를 지켜보던 기찬은 당황했다. 경기 중 심한 욕이 등장하는 장면은 처음이었다. 하지만 옆에서 함께 경기를 지켜보는 기획실장은 그 장면을 보고 미소를 지어 보였다. 미소의 의미를 알지 못하는 기찬이었다.

"회장님, 분위기 살벌하죠?"

"예, 살벌합니다. 전국대회를 위해 처음으로 열리는 예선전이라 해서 왔는데 분위기가 살벌합니다. 그리고 선수들 외모도 살벌하고요."

"허허, 그렇죠."

살벌한 분위기와는 달리 기획실장인 성민은 그 살벌함을 즐기는 듯 보였다. 기찬은 더 이해할 수 없었다. 숨겨진 이야기가 분명히 있어 보였다.

"회장님, 지금 지고 있는 팀 선수들 분위기가 예사롭지 않죠? 이 동네 건달들이랍니다."

"예? 건달이요?"

"맞습니다. 그리고 상대편도 같은 건달패거리입니다. 서로 자기들끼리 세력다툼을 한다고 하네요."

"예?"

당황해하던 기찬의 얼굴에도 미소가 보이기 시작했다. 뭔가 심상치 않은 기운이 느껴졌지만 기획실장은 전혀 그런 내색을 보이지 않았다.

"아니, 이러다가 싸움이라도 벌어지면 어떡합니까? 그런데 실장님, 계속 웃는 모습을 보니 다른 내용도 있는 거죠?"

"예, 있습니다."

갑자기 함성소리가 들려왔다. 지고 있던 팀이 연거푸 공격에 성공하고 있었다. 선수들은 환호를 지르며 경기장을 휘젓고 있었다.

"그래, 그거야. 야! 무조건 찰 생각만 하진 말고 빈 곳을 봐야지."

경기장 밖에서 다시 감독의 목소리가 들려왔다. 조금 전 실수 때와는 전혀 다른 부드러운 목소리였다. 이번에는 공격을 당한 상대편 감독의 살벌한 목소리가 들려왔다.

"참, 이거 전쟁이나 다름없네요."

경기를 관람하는 기찬은 불안한 감정을 숨길 수 없었다. 자칫 마을단위로 시작되는 새로운 시스템의 예선전이 난장판으로 변해 버릴 수 있었다. 그렇다면 시작부터 모든 일이 꼬이게 되는 최악의 상황이 벌어질 수 있었다. 지역 언론사에서도 이 경기를 관심 있게 지켜보고 있었다.

"회장님, 걱정하지 마십시오. 이 마을에서 남자 장년부는 6개 팀이 나왔습니다. 건달 두 팀하고 경찰 한 팀 그리고 동네 동호인, 세 팀입니다."

"예? 경찰도 나왔다고요?"

"예, 그래서 절대 불상사는 없습니다. 그리고 믿을 수 없는 이야기지만 경찰도 모르는 사실이 있습니다."

"예?"

점입가경이었다. 어찌 보면 이런 상황이 진정한 마을 축제일 수도 있었다. 하나가 된다는 것만으로도 이미 경기를 떠나 축제가 벌어지고 있었다. 기획실장은 자신이 알고 있는 사실을 자신만 즐기는 듯 보였다. 분명 재미있는 이야기가 숨겨져 있었다.

"얼마 전 두 건달패거리끼리 싸움이 있었다고 합니다. 물론 큰 싸움은 아니고 사소한 일로 싸움이 있었다고 합니다. 그런데 알고 보니 한 패거리 두목이 다른 패거리 두목의 멀지 않은 친척이었다고 합니다. 시골에서는 아직도 같은 집안끼리는 절대적인 상하관계가 존재하지 않습니까?"

"그렇지요. 나이에 상관없이 상하관계가 있죠. 한참 나이가 많아도 아들뻘이 되는 경우도 종종 있죠."

"예, 맞습니다. 결국 패거리끼리도 상하관계가 있어야 하는데, 집안에서 형님 동생 하는 사이에 싸움은 벌일 수 없고 해서 결국 이번 족구 경기로 상하관계를 결정짓는다고 합니다."

"예? 설마?"

믿을 수는 없었지만 기찬은 자신도 모르게 웃음을 터뜨렸다. 한바탕 웃음을 쏟아냈지만 기찬은 웃음을 멈출 수가 없었다. 한바탕 웃음과 함께 예선 첫 경기는 피 말리는 경기로 진행되고 있었다.

"이것 말고도 이번 예선전에서 벌어진 재미있는 이야기들이 많습니다. 나중에 시간이 되면 정리해서 전부 다 말씀드리겠습니다."

전국에서 최초로 시작된 예선전은 기대에 부응하며 마을의 축제를 만들어가고 있었다.

강남에 위치한 중국투자회사인 왕인베스트는 아침부터 바쁘게 움직이며 임원회의를 진행하고 있었다. 회의를 주재하는 진 대표는 일반적인 중국인들이 좋아하는 짧은 스포츠형 헤어스타일이 아닌 단정하게 기른 헤어스타일로 인해 외모로는 중국인임을 쉽게 확인할 수 없었다.

"이사님들도 잘 아시겠지만 한국에서 온라인 스포츠베팅 사업은 상징적인 사업입니다. 어떻게든 발을 들여놓아야 합니다. 프로그램 개발을 담당한 한국 측 진행상황은 어떻습니까?"

"예, 스케줄대로 진행 중입니다. 이번 달 말이면 PC데모 프로그램이 완성되고 다음달 초면 데모용 모바일앱도 완성됩니다."

개발담당 이사는 자신감이 넘쳤다. 중국과 달리 한국 개발자들은 철저했다. 시간개념이 없는 중국 개발자들과는 차원이 달랐다. 물론 프로그램의 수준도 하늘과 땅 차이였다.

"알겠습니다. 중국 본사에서도 바쁘게 움직이고 있습니다. 힘냅시다!"

회의를 마무리 지은 진 대표가 회의실을 빠져나가자 나머지 임원들도 하나둘 자신들의 방으로 발걸음을 옮겼다.

회의실 벽면은 사방이 유리조각으로 장식되어있었다. 특히 여의주를 문 용의 모습을 표현한 조각은 보는 이들의 감탄을 자아내기에 충분했다. 무게만도 몇 톤은 되어 보이는 조각은 이곳이 중국 회사임을 상징적으로 보여주고 있었다.

"류 실장, 왜 그래?"

기찬의 당황한 목소리가 들려왔다. 어젯밤 예선전을 관람하고 기획실장이 운전하는 차를 타고 늦은 시간 서울로 복귀했다. 기찬과 기획실장은 많이 지쳐있었다. 전국을 내 집처럼 하루가 멀다 하고 찾고 있었다. 특히 전국대회 예선전이 시작되며 기획실장인 성민은 이미 녹초가 되어있었다.

"예?"

당황한 성민이 무의식적으로 콧물을 훔쳤다. 그러나 콧물 대신 물컹한 액체가 느껴졌다. 코피가 흐르고 있었다.

"아…."

무의식적인 성민의 목소리가 들려왔다. 성민보다 오히려 기찬이 당황하고 있었다. 모든 기획업무를 혼자서 풀어나가는 성민이야말로 협회의 가장 중요한 인물이었다.

"코피잖아."

"괜찮습니다. 뭐 이 정도야 당연한 것 아닙니까? 열심히 일했다고 몸이 신호를 보내는 거죠."

웃음을 보이며 성민은 흐르는 코피를 휴지로 가볍게 닦아냈다.

"오늘은 나 혼자 움직여도 되니까 류 실장은 조퇴하고 집에 가서 좀 쉬어!"

"괜찮습니다."

"아니, 뭐가 괜찮아. 몸이 우선이야. 너무 혹사하고 있잖아. 내가 부탁한다. 오늘은 쉬도록 해, 알았지?"

"예. 솔직히 피곤하기는 합니다, 허허!"

가방을 어깨에 둘러멘 성민은 지친 다리를 이끌고 자신의 차에 올랐다. 열정이 넘치는 기찬을 도와 일을 헤쳐나가는 자신의 모습이 자랑스러웠다. 하지만 몸은 지쳐가고 있었다.

기찬도 미안한 마음을 숨길 수가 없었다. 열악한 환경에서 최선을 다해 주는 성민이 고마울 뿐이었다.

잠시 생각에 잠긴 사이 문 열리는 소리가 들려왔다.

"홍 회장, 나야."

익숙한 한국체육회 최 이사의 목소리였다.

"이사님, 제가 찾아뵌다고 했는데…."

"에이, 누가 오건 무슨 상관이야. 한가한 내가 찾아오는 게 낫지."

최 이사는 능청스럽게 사무실 가운데 놓인 소파에 자리를 잡았다. 기찬도 자신의 책상에서 일어나 소파에 자리를 잡았다.

"미안해, 홍 회장."

"괜찮습니다. 그게 어디 체육회 잘못입니까? 너무 걱정하지 마세요."

"그래, 그렇게 이해해 주니 고맙네. WOC가 너무 완강해. 그런데 너무 도가 지나쳐."

"에이, 어디 한두 번 그랬습니까? 우리가 만들어야죠. 커피 괜찮으시죠?"

"그럼, 당연하지."

기찬은 자리에서 일어나 사무실 한켠에 마련된 커피머신에서 커피 두 잔을 내렸다. 커피가 노즐을 타고 내려오는 짧은 시간이었지만 많은 기억이 머릿속을 스치며 지나갔다. 기억이 스치며 기찬의 얼굴에 미소가 지어졌다. 짧지 않은 최 이사와의 기억이었다. 갓 내려진 두 잔의 커피를 들고 기찬이 소파에 앉았다.

"이사님과는 참 인연이 깊습니다. 지금까지 인연이 이어질 줄은 몰랐습니다."

커피잔을 테이블 위에 나란히 내려놓은 기찬의 밝은 목소리였다.

WOC회의 결과는 중요하지 않았다. 내 주변에 나를 이해해 주는 사람들이 있는 것만으로 충분했다. 이들만 있다면 일은 언제든 이루어진다는 확신에는 변화가 없었다.

"그러게. 아무튼 전국대회를 준비한다며? 반응은 어때?"

"예, 신선하다는 평가가 지배적입니다. 이기기 위한 경기가 아니라 즐기는 축제를 만들자는 것 아닙니까?"

"그래, 맞아. 홍 회장은 항상 새로운 걸 추구하잖아. 미래가 밝아."

"과찬의 말씀입니다. 아 참, 이사님 스포츠에이전트 사업을 하는 김정균 대표 아시죠?"

"김정균 대표? 그 김 대표 말이지? 물론이지. 홍 회장도 그 김 대표 소개로 만났잖아."

"예, 맞습니다. 김 대표가 이사님과 다른 체육회 인원들을 미국에서 소개시켜줬죠. 그래서 말인데요, 그 김 대표를 영입하려고요."

"응? 김 대표를 영입한다고?"

"예. 할 일이 많습니다."

기찬을 바라보는 최 이사는 고개를 가볍게 끄덕였다. 김 대표가 아니었으면 기찬을 만나지도 못했고 지금의 족구협회장을 만들 수도 없었다. 그는 고마운 존재였다.

"그래, 잘됐네. 아마 큰 도움이 될 거야. 그리고 전국대회 추진하면서 도움이 필요하면 언제든 연락 줘. 내가 두 팔 걷고 도와줄게."

"말씀만이라도 고맙습니다. 류 실장이 준비를 잘해 놓아서 큰 문제는 없을 겁니다."

"그래, 류 실장이 일은 확실하게 하지. 그런데 김 대표까지 합류하면 날개를 달겠는데."

"그렇죠? 물론 거기에 이사님도 함께 하신 겁니다."

"그런가? 허허, 고맙네."

자신감이란 단어가 적당했다. 기찬은 무엇이든 할 수 있다는 자신감과 함께 큰 그림이 완성되기까지 얼마 남지 않았다는 확신을 갖고 있었다. 이야기를 마친 최 이사도 미소를 머금은 채 사무실을 떠났다.

"홍 회장, 이걸 봐! 너도 잘 알겠지만 족구와 유사한 경기가 꽤 많아."

"응, 알고 있어. 이제 너도 전문가 반열에 자리를 잡아가는데? 허허!"

기찬의 사무실을 찾아온 정균도 웃음을 보이고 있었다. 나름 준비를 하고 있지만 세계에 족구를 내보인다는 것이 쉽지만은 않았다. 자료를 확인하고 있지만 기존의 장벽은 국내에만 있는 것이 아니었다.

"풋볼테니스, 풋발리볼, 세팍타크로 등등 꽤 많아. 요즘은 테크볼이라는 것도 인기지. 그런데 풋발리볼이 참 매력이 있더라고."

"풋발리볼?"

"응. 일단 우리가 많이 보아온 해변에서 하는 비치발리볼 있잖아? 그것처럼 해변에서 하는 일종의 족구야. 그런데 1965년 브라질에서 시작돼서 지금은 전 세계에 꽤 많이 퍼져 있더라고."

"그래, 나도 들어본 것 같다."

"맞아. 역사가 있으니까 2016년 하계올림픽에서는 데모 종목으로 채택되기도 했어. 지금은 호주, 미국, 이탈리아, 영국, 스페인 등 국제적으로 확산되어있고, 이스라엘에서는 코로나 풋발리볼이라는 정식 리그도 2008년에 시작되었고."

"그래? 그 종목 말고도 풋넷이라고 해서 체코를 중심으로 유럽에 퍼져있는 종목도 있어."

"어, 그래. 아무튼 나는 풋발리볼 하고 우리 족구가 유사하지만 겹치지 않아서 좋다고 봐. 일단 해변이 없으면 풋발리볼도 할 수가 없지. 그렇다면…"

한참을 움직이던 정균의 눈동자가 한곳에 멈춰 섰다. 기찬의 시선도 함께 고정되었다.

"무슨 생각을 하는 거야? 궁금하잖아."

"궁금하지? 간단해. 그들과 연계하는 거야. 이미 풋발리볼은 국제적인 네트워크를 가지고 있어. 우리가 하고자 하는 걸 이미 갖고 있는 거지."

"음…"

기찬의 반응은 곧바로 나오지 않았다. 고민해야 할 부분이 남아있었다.

"그래, 괜찮은 방법이야. 해변에서는 풋발리볼, 내륙에서는 족구. 그리고…"

"홍 회장, 지금은 너무 고민하지 말자. 우선 내 아이디어일 뿐이야. 천천히 하지만 늦지 않게 계획을 만들어 보자."

"좋았어. 전 세계에도 족구 축제를 만들어야지. 우리가 지금 벌이는 예선전처럼 전 세계가 동시에 족구 예선전을 벌이는 거야. 족구축제지. 와! 내가 생각해도 소름 돋는다."

"그래, 나도 마찬가지야. 풋발리볼 말고 다른 종목에 대한 조사도 계속 해 볼게. 멋진 그림 그려보자."

"좋은 생각이야. 그리고 족구협회 이사회가 조만간 열릴 거야. 정식으로 너를 해외 담당이사로 영입하려고 하거든."

"그래, 잘 됐네. 하지만 굳이 이사로까지 할 필요는 없는데. 이렇게 도와주면 되잖아?"

"아니야. 정식으로 우리 협회 임원으로 일을 해야 해. 그래야 누구를 만나도 자신 있게 밀고 나가지."

"그런가…"

모든 것이 손에 잡힐 듯했다. 하지만 생각과 현실은 분명 다르다는 사실을 두 사내는 잘 알고 있었다. 그들은 판도라 상자를 열었다. 상자 속에 잠자던 희망이라는 단어가 열린 뚜껑 사이에서 고개를 내밀고 있었다.

"WOC의 반응은 어떤가?"

"변화가 없습니다. 하지만 이제 스포츠는 문화의 중심이자 엄청난 부를 안겨주는 분야라는 점을 인정하는 분위기입니다."

WOC회의를 마치고 귀국한 중국체육회 총괄경리는 담담하게 이야기를 시작했다. 이야기를 듣는 중국체육회장의 표정도 담담해 보였다.

"그렇지. 스포츠는 황금 알을 낳는 거위야. 물론 문화의 큰 축을 담당하고 있지만."

"맞습니다. 당의 선택이 옳았습니다."

"그래, 맞아. 선제적으로 접근해야 해. 물론 기존 종목에 대한 투자도 게을리하면 안 되지만 새로운 돌파구를 찾아야지."

이야기를 나누는 회의실은 계속 자료를 가져오는 직원들로 산만해 보이기까지 했다. 하지만 역동적이기도 했다.

"그리고 잘 알겠지만 지금 한국에서 왕인베스트가 사업을 추진 중이야. 가능성은 충분하다고 보지만 결코 쉽게 승인이 나지는 않을 거야."

"예, 알고 있습니다. 한국에서 온라인으로 스포츠도박을 하는 거죠? 그런데 한국 정서상 그게 가능할까요? 물론 우리 중국만큼은 아니라도 도박을 좋아하는 한국이긴 하지만요…."

"그래. 하지만 시도는 해야지. 알지만 왕인베스트는 중국 국가펀드가 운영하는 회사야. 한국도 그 내용은 잘 모를 거야. 잘 이용해야 해. 한국에 회사를 차린다는 것이 쉽지는 않잖아."

"예, 알겠습니다."

"아, 한국체육회 최 이사는 만났지?"

"예. 만나서 이야기를 나누었습니다. 그런데 역시 고지식하기는 예전과 변함이 없더군요."

"그래? 아무튼 계속 연락을 취하면서 관리하도록 해."

"예, 알겠습니다."

이야기를 마무리 지은 중국체육회장은 자신의 집무실로 돌아왔다. 그의 책상에는 중국 공산당 체육위원회에서 작성된 문서가 눈에 들어왔다. 체육회장은 조심스럽게 그 책자를 펼쳐 내용을 다시 읽어 내려갔다. 매일 한 번씩 읽는 문서였지만 항상 새로웠다. 그의 얼굴에서는 결연함마저 느껴졌다.

"아시아에서 시작하는 거야. 그다음은 전 세계야."

체육회장의 입에서는 속삭임처럼 들리지만 단호함이 묻어있는 다짐이 흘러나왔다.

"회장님, 속도를 조절해야 합니다!"

족구협회 이사회가 열리는 회의실에는 웅성거림과 함께 고성소리가 들려왔다. 회의를 진행하는 기찬의 얼굴은 붉게 달아올라 있었다.

"속도를 조절하자고요? 맞습니다. 속도를 내야죠."

"회장님, 그 이야기가 아니라 속도를 줄이자는 이야기 아닙니까? 지금 지역협회도 새로운 예선전 진행으로 정신이 없습니다. 그런데 새로운 이사를 영입하자고요?"

"예. 인원이 부족하니 인력을 충원해야죠. 우리는 세계로 향해야 합니다."

기찬도 뒤지지 않았다. 소리 높여 발언을 하는 지역협회장도 질 수 없다는 기세였다.

"국내에 집중하고 차후에 넓히면 됩니다. 지금은 국내 선수권대회에 집중해야 합니다. 새로운 예선시스템도 도입하지 않았습니까?"

회의를 지켜보는 기획실장은 아무런 표정이 없었다. 새로운 회장으로 취임해 6개월간 쉬지 않고 달려왔다. 지칠 줄 모르는 회장이었지만 한편으로는 걱정이 앞섰다. 새로움을 거부해온 기존 임원들과의 마찰은 점점 위험수위에 접근하고 있었다. 그도 모르게 작은 한숨이 새어 나왔다.

기찬도 분위기를 느끼고 있었다. 새로운 예선 시스템을 도입하며 지역협회도 한계에 다다르고 있었다. 시도 협회산하 지역협회는 일일이 마을을 찾아다니며 예선전을 독려하고 있었다. 물론 지방정부에 공문을 보내 협조를 요청했지만 마무리는 항상 족구협회의 몫이었다.

"회장님, 우리 족구협회의 이사진도 유능합니다. 새로운 이사는 필요 없습니다."

기찬은 더 이상 말이 없었다. 자신이 무리수를 던진다는 생각을 지울 수 없었다. 그런데 이상하리만큼 다급함이 그를 밀어붙이고 있었다. 서둘러야 한다는 강박관념이 그를 에워싸고 있었다.

"예, 알겠습니다. 기존 임원님들의 의견을 수렴해서 새로운 이사 선임 건은 폐기하겠습니다."

실내는 조용했다. 어디선가 박수소리가 들려오기 시작했다. 구석에서 시작된 박수소리는 호응을 얻으며 참석한 모두에게서 박수가 터져 나왔다. 겸연쩍은 표정의 기찬은 단상에서 내려왔다. 임원진이야말로 가장 큰 응원군이자 가족 같은 존재였다. 그들의 충정도 헤아려야만 했다.

"힘드시죠?"

단상을 내려오는 기찬에게 기획실장인 성민의 목소리가 들려왔다.

"괜찮습니다. 그냥 거수만 하는 사람들보다야 발전적인 거 아니겠습니까?"

하지만 기찬의 표정은 어두웠다. 그들을 이해시키지 못하는 자신의 부족함이 먼저 느껴졌다.

"여보, 왜 그래?"

피곤한 표정으로 어깨가 축 처진 채 아파트에 들어서는 성민은 지쳐 보였다. 이 모습을 바라보는 부인은 마음이 아프기만 했다. 잘 다니던 대기업을 그만두고 선배의 요청으로 족구협회에서 근무하는 남편의 얼굴에선 이미 웃음이 사라진 지 오래였다.

"괜찮아. 오늘 피곤한 일이 많아서 그래. 나 좀 씻을게."

옷을 벗어 던진 성민은 곧장 샤워실로 향했다. 피로가 한꺼번에 몰려왔다. 잦은 출장에 오늘은 신경을 곤두세우고 이사회를 지켜봤다. 알 수 없는 만감이 교차했다. 새로운 이사를 선임하는 자리였지만 자신이 배제된 사실이 달갑지는 않았다. 자신은 일개 직원일 뿐이었다. 모든 일을 자신이 처리하지만 직원이라는 한계는 항상 그를 막고 있었다.

'잊자!'

가을로 들어서며 제법 날씨가 서늘해졌다. 따뜻하게 내리꽂는 물줄기가 피로를 조금이나마 상쇄시켜줬다.

"여보, 얘기 좀 하자."

샤워를 마치고 나오는 성민에게 부인은 식탁을 가리켰다.

"정말 괜찮은 거야?"

"뭐가?"

성민은 시큰둥하게 부인의 말을 받아쳤다. 쉬고 싶을 뿐이었다. 하지만 부인도 힘들어하고 있음을 이미 알고 있는 상황에 그녀의 말을 무시할 수는 없었다.

"아니, 당신이 너무 힘들어하잖아. 정말 힘든 만큼 가치 있는 일이라고 생각하는 거야?"

아내는 평소와 달랐다. 무슨 일이든 성민을 믿어주던 아내였다. 하지만 오늘 분위기는 분명히 예전 같지 않았다. 성민이 머뭇거렸다.

"빨리 말해 봐. 그 족구가 당신 인생하고 바꿀 만한 가치가 있는 거야? 당신 모습이 어떻게 변했는지 알아?"

대기업은 생리에 맞지 않았다. 열정을 바치고 얻는 것이 돈 밖에는 없었다. 물론 돈도 중요하지만 삶의 의미가 부여되지 않은 속물로 변해가는 자신이 싫었다. 때마침 족구회장이 된 기찬의 제안은 그에게 희망으로 다가왔다. 새로운 도전이었다.

정적이 흐르고 있었다.

"자기야. 예전에 회사 다닐 때하고 달라진 게 없어. 처음에는 의욕이 넘치고 활기찼던 당신이 지금은 예전 직장인 모습으로 돌아와 있어."

성민은 할 말이 없었다. 자신도 찬성했지만 정균의 이사 선임을 서두르는 기찬의 모습에서 배신감이 느껴졌다. 함께 해온 자신은 배제되고 새로운 인물을 자기보다 윗자리에 앉히고자 하는 기찬의 모습은 예전 같지 않아 보였다.

"괜찮아. 지금 전국대회 예선전이 진행 중이라 그래. 새로운 방법을 시험 중이거든."

아내에게 더 이상 불안감을 안겨주고 싶지 않았다. 또한 사실도 그랬다. 힘든 상황이라 이상한 생각이 떠오른다고 애써 자신을 위로하고 있었다.

"자기야. 솔직해 봐. 다른 사람 눈은 속여도 내 눈은 못 속여. 우리 관두고 조그만 가게라도 열자. 그 정도 돈은 나도 있어. 점점 지쳐가는 당신이 너무 안쓰러워. 회장이라는 당신 선배만 좋은 거지, 당신은 지쳤다고."

성민의 머릿속이 멍해졌다. 무슨 말을 해야 할지 생각이 떠오르지 않았다. 쉬고 싶다는 생각만이 머릿속을 맴돌고 있었다.

"최 이사님 계십니까?"

사무실 문을 열고 왕인베스트의 진 대표 모습이 보였다. 로비에서 왕인베스트 대표가 찾아왔다는 통보는 받았지만 최 이사는 당황하지 않을 수 없었다. 왕인베스트 대표가 체육회장도 아닌 자신을 찾아올 이유가 없었다.

"예, 들어오십시오."

짧은 인사와 함께 진 대표는 최 이사 사무실에 들어섰다. 최 이사가 소파로 안내하며 커피포트에서 뜨거운 물과 함께 차를 가져왔다.

"반갑습니다. 왕인베스트의 진 대표입니다."

진 대표가 명함을 내밀자 최 이사도 자신의 명함을 진 대표에게 건넸다.

"말씀은 많이 들었습니다. 온라인 스포츠베팅 사업을 준비 중이시라고요."

"예, 맞습니다. 회장님께 안부 인사차 찾아뵈었는데 출장 중이라고 하시면서 이사님을 뵈라 하시더라고요."

"그래요? 아무튼 반갑습니다. 준비 중이신 사업은 잘되고 있죠?"

"예, 덕분에 잘되고 있습니다. 그리고 WOC에 다녀오셨다면서요?"

"예, 회의 마치고 며칠 전에 돌아왔습니다. 중국체육회 총괄경리님도 만나고 왔지요."

가벼운 이야기가 진행되고 있었다. 진 대표도 처음 만나는 최 이사를 조심스럽게 관찰하고 있었다. 최 이사도 언젠가는 만날 줄 알았지만 진 대표에 대해 궁금한 점이 많았다.

"중국에서 총괄경리님이 연락을 주셨습니다. 스위스에서 만난 최 이사님 찾아뵙고 인사를 꼭 드리라고 하시더라고요. 그래서 겸사겸사 찾아왔습니다."

"그래요? 잘 됐습니다. 저도 총괄님을 만나서 좋은 이야기 많이 들었습니다."

"예, 그러시군요. 요즘 한국이 부럽습니다. 스포츠 분야에서 탁월한 성과를 내고 있지 않습니까?"

"그런가요?"

"예, 우리 중국이 배워야 할 점이 많습니다. 좋은 조언 부탁드립니다."

"별말씀을 다하십니다."

화기애애한 분위기 속에 대화는 진행되고 있었다. 진 대표는 특별한 이유 없이 찾아온 듯싶었다. 최 이사도 편한 분위기에서 대화를 나누는 것이 부담스럽지 않았다. 개인적인 친분도 중요하다 싶은 두 사내는 편하게 이야기를 주고받았다. 하지만 긴장을 놓을 수는 없었다. 이유

없는 만남은 절대 있을 수 없는 일임을 두 사내는 너무 잘 알고 있었다.

"이사님, 중국에도 꽤 많은 스포츠협회가 있습니다. 특히 구기 종목에 역량을 집중하고 있습니다. 특정하자면 축구죠."

"예, 잘 알고 있습니다. 좋은 성과가 있을 겁니다."

"예, 그래야죠. 그런데 이사님이 족구협회 설립에 주도적으로 역할을 하셨다는 이야기를 들었습니다. 그리고 그 족구가 WOC에서 채택되기 위해 노력하신다는 이야기도 들었습니다."

"아, 그래요? 어디를 가나 족구 이야기입니다. 중국체육회장님도 관심이 많으시다고 이야기 들었습니다."

"예, 관심이 많으십니다. 족구가 중국에서도 익숙한 종목이거든요. 필요하시다면 WOC에서 족구가 채택되도록 중국도 협조할 생각입니다. 이 이야기는 꼭 해드리고 싶었습니다."

"정말이세요? 듣던 중 반가운 소리입니다. 서로가 도움을 주고받으면 이보다 더 좋은 일이 어디 있겠습니까?"

"예, 맞습니다. 서로가 도움이 되어야죠. 아시아는 중국과 한국이죠. 일본은 영 아니지 않습니까? 허허!"

진 대표의 호탕한 웃음 속에는 자신감이 묻어있었다. 최 이사도 같이 웃음을 지어 보였지만 중국의 속내를 알아낼 수는 없었다. 스포츠 도박 사업을 추진 중인 기업을 동원해 한국체육회를 휘젓는 그들의 행태를 이해할 수 없었다.

"기업 하시는 분께서 스포츠 외교도 하시네요. 대단하십니다."

"그런가요? 시키니까 하는 거죠. 제 일 하기도 바쁩니다."

"허허, 솔직하십니다."

두 사내는 허심탄회하게 첫 대화를 나누었다. 진 대표가 돌아갔지만 최 이사는 개운하지 않았다. 체육회장이 부재중임을 알고 의도적으로 자신을 찾아온 것임 알아차릴 수 있었다. 하지만 의미 없이 낭비한 시간은 아니었다. 진 대표에 대한 궁금증이 조금이나마 해소된 것으로도 충분히 의미 있는 시간이었다. 하지만 진 대표가 왜 자신을 찾아왔는지 그 목적은 전혀 알 수 없었다.

"한국은 참 재미있는 나라입니다."

"그러게요. 항상 새로운 걸 좋아합니다."

WOC 종목채택위원회가 열리고 있었다. 한국에서 집요하게 요구하는 족구에 대한 채택 여부를 다시 한번 검토하는 자리였다. 이 자리에서도 지금 한국에서 벌어지는 전국 마을단위 족구예선전에 관심이 집중되어있었다.

"새로운 걸 시도하는 것이 나쁜 건 아니죠. 솔직히 배워야 합니다. 그런데 세상이 어디 그렇습니까?"

위원들은 각자 생각하는 내용을 서슴없이 뱉어냈다. 자연스러운 분위기에서 자신들의 생각을 전달하는 브레인스토밍에 익숙해 보였다. 하지만 결정이 바뀔 것 같은 첨예한 분위기는 느껴지지 않고 있었다. 최 이사의 절박함에 형식적인 자리를 마련한 듯 보였다.

"그러게요. 지금 종목들 관리하는 것도 버거운데 새로운 종목을 추가해 달라는 건 무리죠."

"예, 맞습니다. 하지만 몇 년째 요구하고 있습니다. 솔직히 이제는 채택해 줄 만도 합니다만…"

"그렇지요. 하지만 아직은 아닙니다. 잘 아시지 않습니까?"

"예, 잘 알고 있습니다. 우리도 약속은 지켜야죠."

위원들은 아무런 일 아니라는 듯 미소를 보이며 이야기를 계속 이어 나갔다.

"난 솔직히 아시아에서 구기 종목을 선도한다는 것이 영 마음에 걸립니다. 스포츠는 우리 서구가 지배하는 분야입니다. 아시아는 변방일 뿐입니다. 그저 돈 내고 구경만 하면 그만입니다."

"예, 그렇죠. 그런데 아시아가 너무 앞서갑니다. 16세기부터 유럽이 세계를 지배했습니다. 네덜란드, 스페인, 영국 그리고 영국에서 파생된 미국. 세계는 우리 손안에 있었습니다."

"맞아요. 그런데 어느 순간부터 아시아가 고개를 드는군요. 허허, 물론 일부 분야이지만 경계해야 합니다."

"난 한국을 좋아하지만 너무 공격적입니다. 이름도 익숙하지 않았던 한국의 대중문화가 세계를 경악시키고 있습니다. 하지만 스포츠에서도 이름을 내밀려고 하는 건 정말 막아야 합니다."

"예, 맞습니다. 아시아인은 작고 약합니다. 체격이나 체력에서 세계 스포츠 강자로 나설 수는 없습니다. 신이 그렇게 만들었습니다. 물론 개인들이 일부 종목에서 두각을 나타내지만 그건 극히 일부분이죠. 진정한 스포츠는 몸끼리 부딪히며 싸우는 구기 종목입니다."

"그럼요."

위원들은 도취되어있었다. 스포츠는 이미 황금 알을 낳는 거위가 되어있었다. 막대한 부를 창출하는 21세기의 새로운 비즈니스 모델이기도 했다.

"영국은 축구의 나라입니다. 아니, 유럽은 축구의 대륙이죠. 축구는 스포츠를 떠나 문화입니다."

"문화? 그렇죠. 문화이자 삶이죠. 영국이 축구를 만들지 못했다면 지금의 영국은 없었을 수도 있습니다."

"맞습니다. 그래서 한국이 무서운 겁니다. 신체접촉이 없는 족구는 가능성이 있다고 판단한 겁니다. 한국을 포함한 아시아권에서도 해 볼만한 경기입니다."

알고 있었던 내용이었지만 긴장하지 않을 수 없었다. 웃음을 머금고 이야기를 하던 위원들 사이에 침묵이 흐르기 시작했다. 스포츠라는 한 분야이지만 문화 전반에 미치는 효과는 상상할 수 없는 파급력을 지니고 있었다. 아시아의 한국이라는 국가가 과연 이런 이면까지 고려해서 접근하고 있는지 그들도 알지 못했다.

"하지만, 걱정하지 않아도 됩니다. 자기들끼리 밥그릇 싸움을 하고 있지 않습니까?"

조용하던 회의실이 다시 활기를 찾기 시작했다. 사라졌던 웃음이 위원들 얼굴에서 다시 보이기 시작했다.

"맞습니다. 다행이죠. 밥그릇이 무서운 겁니다. 그게 그들의 한계입니다."

"맞습니다. 허허!"

"하하하!"

여기저기서 웃음소리가 들려왔다. 한때 긴장감이 감돌던 회의실은 다시 활기를 되찾으며 회의를 이어갔다.

사무실 벽면이 스포츠와 관련된 사진들로 꽉 차 있다. 정균은 오늘도 컴퓨터 모니터를 바라보며 한 손으로는 열심히 무엇인가를 적어 내려가고 있었다. 스포츠 마케팅 사업은 생각 외로 복잡한 사업이다. 특히 에이전트는 소속된 선수들의 모든 것을 파악하고 있어야 했다. 또한 스포츠 전반에 걸친 상황을 항상 모니터링해야만 했다.

"정균아!"

낯익은 목소리가 들려왔다. 기찬이 사무실로 들어서고 있었다.

"아니, 지방에 가야 한다며?"

"응, 가기 전에 찾아왔지. 오늘도 바쁘네."

소파에 앉은 기찬은 기지개를 켜며 긴 한숨을 내뱉었다. 잠시 후 정균이 냉장고에서 에너지 드링크 두 병을 꺼내 맞은편 소파에 앉았다. 에너지 드링크는 기찬이 가장 좋아하는 메뉴였다. 다른 어떤 음료수보다 이 에너지 드링크에 집착하고 있었다.

"정균아, 미안하다. 생각대로 안 되네."

"아휴, 괜찮아. 예상했던 일 아니야? 어차피 나는 여기서 일하는 게 편해."

에너지 드링크 마개를 돌리는 정균은 아무런 일 아니란 듯 손에 든 음료수를 기찬에게 건넸다.

"그래, 이해해 주니 고맙다. 당분간 네 사무실에서 수고 좀 해 줘."

"알았어. 그런데 지방에는 무슨 일로 가는데?"

"지금 예선전이 한창이잖아. 예선전이 끝나면 16강부터 TV중계가 예정되어있어."

"정말? 잘됐네. 예감이 좋아. 그런데 중계하고 출장하고 무슨 상관이야?"

"생각보다 준비를 많이 해야 해. 내가 한 가지 물어볼게. 축구중계 하면 떠오르는 해설가 있어?"

"축구중계? 유명한 해설가야 많지. 안정환도 있고, 이영표도 있고…."

"맞아. 선수 경험이 많은 해설가들이 즐비하지. 그러면 족구는?"

"족구?"

정균의 얼굴에 겸연쩍은 미소가 비쳐졌다. 기찬다운 황당한 질문이었다.

"글쎄…."

"야, 왜 당황해? 족구 전문 해설가가 어디 있어? 없지."

"그래, 없어. 그래서?"

"나는 족구해설 전문가를 만들고 싶어. 이번이 기회다 싶어. 감칠맛 나는 해설이 있다면 훨씬 낫잖아. 전문 해설가를 양성해 볼까 하고…."

전혀 생각해 보지 못한 또 다른 시도였다. 기찬의 머릿속을 헤집어 보고 싶을 만큼 엄청난 생각들이 하루가 멀다 하고 튀어나오고 있었다. 하지만 걱정하지 않을 수 없었다.

"홍 회장, 아니 기찬아, 너무 많은 일을 한꺼번에 하려는 것 아니야? 솔직히 걱정된다."

"걱정?"

예상하지 못한 정균이 걱정한다는 말에 기찬은 잠시 멈칫하며 정균을 바라보았다. 의욕적으로 일을 추진하는 자신을 이해해 주는 정균이었기에 응원을 은근히 기대하고 있었다. 하지만 걱정이라는 단어가 정균의 입에서 나왔다.

"맞아. 내가 과하게 속도를 내고 있는 줄은 알아. 하지만 지금까지 준비된 게 하나도 없어. 찾아온 기회를 살리고 싶은 것뿐이야. 명예욕 때문에 족구협회장이 된 게 아니잖아. 그건 네가 제일 잘 알잖아?"

두 손을 펼치며 이야기를 하던 기찬의 눈이 벽면에 걸린 사진에 고정되었다. 정균도 기찬의 시선이 머무르는 사진에 고정되었다.

빛바랜 사진에는 몇 명의 사내들이 어깨동무를 하고 있는 모습이 고스란히 남아있었다. 운동복 차림의 그들이었지만 유독 엄지손가락을 치켜세운 기찬의 모습이 눈에 들어왔다.

"정균아, 저 사진만 보면 묘한 감정이 일어. 너하고 최 과장, 물론 지금은 이사님이 되었지만 미국에서 함께 족구 경기를 하고 찍은 사진이야."

고등학교를 졸업하고 공장에서 일을 하던 기찬은 아무런 말도 없이 홀로 미국으로 떠났다. 이십 여 년 넘게 미국 생활을 하며 그곳에서 자수성가해 회사를 운영하고 있었다. 우연히 연락이 닿은 정균이 때 마침 한국체육회 직원들과 함께 미국을 방문했을 때 소일거리로 족구 경기를 하고 찍은 사진이었다. 사진 속에는 지금 한국체육회 최 이사의 과장 시절 모습도 남아있었다.

정균도 묵묵히 사진을 바라보고 있었다. 말로 표현할 수 없는 아련함이 밀려오고 있었다.

"저 때 최 과장이 나보고 미주 한인들 단합을 위해 족구협회를 만들어 보겠냐고 했던 말 기억나?"

"하, 기억나지. 정말 오래된 이야기 같은데, 지금도 기억이 생생하다."

"그래, 그렇게 해서 미주 족구협회도 만들고 미국에 족구도 소개하고 하면서 지금의 내가 있는 거지."

더 이상의 말이 필요 없었다. 명예욕도 그 어느 것도 아니었다. 단지 족구가 좋아서 족구에 미쳐있는 것뿐이었다.

"휴, 말이 필요 없다. 내가 너를 대강 본 것 같아 미안해. 내 마음 알지?"

웃음을 머금은 정균은 두 손을 모아 합장하며 머리를 숙이는 과장된 행동을 보였다. 기찬의 얼굴에서도 미소가 피어오르며 웃음이 흘러나왔다.

"너 미안해하라고 일부러 그런 게 아닌데. 아무튼 이번에 온 기회를 확실히 잡을 거야. 스포츠계에서 유명한 인사 한 분을 만나기로 했어. 그분도 족구에 관심이 많으시더라고."

"아, 그분을 족구 전문 해설가로 만들려고?"

"그래, 할 수 있는 일은 다 해 봐야지. 그리고 정균아, 지난번 이야기 했던 거 말이야. 해외에 있는 족구와 유사한 종목단체들."

"음, 이미 시작했지. 족구 관련 자료하고 제안서 준비 중이야."

"역시 김정균이야."

엄지를 치켜세우고는 기찬이 자리를 떠났다. 정균도 아무런 일도 없었다는 듯 다시 자신의 책상 위에 놓인 컴퓨터 자판에 손을 얹었다.

"이렇게 모셔서 죄송합니다."

"괜찮습니다."

늦은 시간 양주병들로 전면이 장식된 카페에 왕인베스트 사의 진 대표가 한국체육회장을 만나고 있었다.

"자주 한국체육회를 방문하니까 시선이 많더라고요. 그래서 이렇게 자리를 마련했습니다."

"아휴, 괜찮습니다. 그런데 국회에서 아직 답이 없나 보죠?"

"예, 없습니다. 물론 민감한 문제지만 실명인증제를 도입하면 간단하게 해결됩니다."

"그렇죠. 그런데 왜 하필 한국에서 이런 사업을 준비하십니까? 중국 시장이 더 크지 않나요?"

"중국이요? 말도 마십시오. 덩어리만 크지 빛 좋은 개살구입니다."

"예? 빛 좋은 개살구라고요? 아니, 한국 사람처럼 이야기하십니다. 누가 보면 그냥 한국 사람인 줄 알겠습니다. 허허!"

"그런가요? 아무튼 한국은 모든 것이 집약되어있는 나라입니다. 크지 않은 국토에서 전 세계 모든 프로스포츠가 이루어지는 나라입니다. 매력 있죠."

"그런가요? 그렇다면 정말로 전 스포츠 종목을 대상으로 하실 겁니까?"

"그럼요. 모든 스포츠 종목을 대상으로 운영할 겁니다."

"대단한 계획입니다."

이야기를 나누는 사이 마담이 포도주 한 병과 치즈를 담은 접시를 가져왔다. 웃음으로 고맙다는 인사를 전한 진 대표가 체육회장의 잔에 포도주를 따르기 시작했다. 곧이어 자신의 잔에도 한가득 포도주를 채웠다.

"대화가 건조하시죠? 대화는 역시 알코올로 분위기를 조절해야 합니다."

"허허, 맞습니다."

두 사내는 잔을 들어 건배한 뒤 잔에 채워진 포도주를 한 모금씩 들이켰다. 메말라 있던 목구멍이 한결 부드러워짐을 느낄 수 있었다.

"회장님, 국회에서 쉽게 결정 날 것 같지는 않습니다. 그래서 말인데요…"

"예?"

체육회장은 긴장했다. 무리한 부탁이 들어온다면 서로의 입장만 난처해질 뿐 득이 되는 것은 아무것도 없었다. 올 것이 왔구나 하는 생각이 스치는 사이 진 대표의 목소리가 들려왔다.

"회장님, 우리는 욕심이 없습니다. 사업을 시작하는 것만으로도 목표는 달성됩니다. 제가 제안을 드리겠습니다. 우리 왕인베스트는 자금 지원만 하는 걸로 하고 한국체육회에서 운영을 맡아 주십시오. 지분도 51% 드리겠습니다."

"예? 그게 무슨 말입니까?"

예상하지 못한 제안이었다. 로비를 해 달라는 정도의 제안을 예상하고 있었다. 하지만 진 대표의 제안은 이를 훨씬 뛰어넘는 제안이었다.

"우리 왕인베스트는 수익금의 일부분만을 배당으로 받겠습니다. 모든 일체의 권한은 한국체육회에서 가져가시라는 겁니다."

"예?"

말도 안 되는 제안이었다. 한국체육회가 수익사업을 할 수 있는 상황도 아니었다. 하지만 전혀 예상하지 못한 상황이 벌어지고 있었다. 체육회장은 당황하기 시작했다.

"대표님, 제안은 고맙습니다. 하지만 쉽게 답할 수 있는 사안은 아닌 것 같습니다. 이건 왕인베스트가 승인을 받는 것보다 더 복잡할 수 있습니다."

"예, 압니다. 그만큼 우리는 원하는 것이 없다는 겁니다. 상징적으로 한국에서 사업을 시작하고 정부기관인 한국체육회와 함께한다는 내용이 중요합니다. 그리고 회장님, 수익은 우리가 보장할 수 있습니다."

편하게 만나는 자리인 줄 알았다. 하지만 진 대표는 많은 고민을 하고 자리에 나온 것이 분명했다. 나쁘지 않은 제안이었지만 쉽게 결정할 수 있는 사안 또한 아니었다.

자리를 마무리 짓고 나서는 체육회장은 진 대표의 숨겨진 의도가 무엇인지 전혀 알아차릴 수 없었다. 하지만 그들이 해결할 수 없는 문제에 직면해 있음을 직감할 수 있었다.

"뭐라고요? 그게 정말입니까?"

"그렇다니까요. 어제저녁에 만났는데 느닷없이 그런 제안을 하더군요."

한국체육회장은 출근하자마자 국회 문화제육위원회 김 의원과 통화하며 사실 확인부터 시작했다. 전화를 받는 김 의원도 당황해하고 있었다.

"혹시 국회에서 결정된 내용이 있나요?"

"아니요, 국회에서는 아직 본격적으로 검토도 하지 않았습니다. 왕인 베스트도 이 내용은 알고 있는데…."

"그래요? 이상하네. 왜 그러지?"

"회장님, 제가 왕인베스트를 좀 더 조사해 보겠습니다. 우리한테도 호의적으로 접근하면서 꼭 성사시켜 달라고 부탁까지 했는데."

"그러게요. 이상합니다. 그리고 혹시나 해서 말씀드리는데 이번 건은 의원님만 알고 계셔야 합니다."

"뭘요?"

"아니, 내가 왕인베스트 진 대표를 만났고 제안을 받았다는 사실이요."

"아, 당연하죠. 저만 알고 있겠습니다."

"그래요. 조금 있으면 국정감사인데 사소한 일이라도 걸리면 피곤하잖아요."

"예, 걱정 마십시오."

전화를 마친 체육회장은 불안한 마음을 감출 수 없었다. 괜한 이야기를 건넨 것이 아닌가 걱정이 들기 시작했다. 하지만 확인은 반드시 필요했다. 왕인베스트의 존재를 분명히 하고 넘어가야만 했다.

"회장님!"

비서의 목소리가 들려왔다.

"그래, 들어와."

목소리가 떨어지기 무섭게 여비서가 결재파일을 들고 회장실에 들어왔다. 표정이 밝아 보이지 않는 것으로 보아 분명 나쁜 소식을 들고 온 것이 확실했다. 예상은 빗나가지 않았다.

"어젯밤 WOC에서 공문이 전자메일로 발송됐습니다."

"그런데? 뭐 안 좋은 소식이라도 있는 거야?"

"예, 지금 한국에서 진행 중인 전국족구선수권 대회에 대한 내용입니다. WOC에서 민감하게 반응하는데요."

"뭔데? 빨리 얘기해 봐!"

"우선 WOC에서 채택하지 않은 종목에 대한 전국단위 대회 개최에 유감이라면서, 마을단위 예선이라는 이상한 방법으로 정식 선수로 등록되지도 않은 선수들이 경기에 참여하는 것은 스포츠 정신에도 위배되고…'.'

"뭐라고? 스포츠 정신? 그리고 선수등록은 또 뭐야?"

"그러니까 국가단위 경기에 관한 모든 기록이 WOC에 남아야 하는데 협회에 등록되지도 않은 일반 주민들이 참가하는 경기는 WOC에서 인정할 수 없다고 합니다. 모든 기록은 무효라면서 전국단위 TV중계도 중지하라고 합니다."

"뭐? 개새끼들! 말도 안 되는 소리하고 있네! 우리가 우리 마음대로 하겠다는데 왜 말들이 많은 거야?"

체육회장 입에서 욕설이 튀어나오자 비서는 당황했다. 평소 욕설은 물론, 쌍스러운 단어도 입에 대지 않는 동네 아저씨처럼 푸근한 체육회장이었다. WOC가 과도한 행동을 하긴 했지만 이처럼 화를 내는 그를 처음 본 비서는 어찌할 바를 모르며 목석처럼 굳어버렸다.

"놀라게 했군. 괜찮아. 그 서류 내려놓고 나가봐."

"예!"

비서는 출력된 전자메일을 회장 책상 위에 올려놓고는 서둘러 회장실을 빠져나갔다.

"회장님!"

상황을 전달받은 최 이사가 회장실에 들어왔다. 비서로부터 전해 들은 내용은 도저히 이해할 수 없었다. 얼마 전 다녀온 WOC회의에서도 종목 채택에 대한 이야기만 있었을 뿐이었다.

"어떻게 하면 좋겠습니까?"

힘없는 체육회장의 목소리가 들려왔다.

"방법을 찾아야죠. 너무 걱정하지 마십시오. 제가 방법을 찾겠습니다."

항상 자신감을 잃지 않는 최 이사였지만 이번만큼은 목소리에서 자신감이 느껴지지 않았다. 최 이사는 말을 남기고 회장 집무실을 나섰다.

"WOC의 반응이 이해가 안 됩니다."

한국체육회를 찾은 기찬은 지금의 상황을 이해할 수 없었다. WOC의 경기 채택 여부를 떠나 지금 벌어지는 대회마저 중단을 요청한 그들의 의도를 파악할 수 없었다.

"물론 나도 이해가 안 돼요. 도대체 왜 그러는지 모르겠어."

체육회장도 마찬가지였다. 최 이사의 보고대로라면 올해에도 족구를 정식종목으로 채택하지 않는 수준에서 WOC회의는 마무리되었다. 하지만 공문까지 발송하며 족구 예선전을 취소하라는 요청은 상식 밖의 행동이었다.

"최 이사가 지금 백방으로 확인 중이니까 조만간 답이 나올 겁니다."

"예, 알겠습니다. 그런데 회장님. WOC에서 문제 삼는 게 선수등록 여부 아닌가요? 물론 우리협회에서도 전국단위에 대회에 출전하기 위해서는 선수등록이 되어있어야 한다는 규정이 있습니다. 물론 이 경우는 전국초청대회의 경우입니다. 이번처럼 예선전을 거치고 본선이 이루어지는 경우, 예선전 참가자는 해당되지 않습니다."

"나도 압니다. 우리 족구협회 자체에서도 문제가 없는 건데…. 선수로 등록되지도 않은 사람들이 하는 경기는 정식경기로 취급할 수 없다는 거니…. 후, 우리도 WOC 눈치를 봐야 하니까 미치겠어요."

체육회장의 한숨에는 많은 의미가 포함되어있었다. 스포츠는 거대한 사업모체이다. 스포츠 경기와 관련된 사업모델은 수를 헤아릴 수 없을 정도로 중계권은 물론 관광 등 엄청난 사업들이 연계되어있었다. 올림픽 경우만 해도 해당 개최도시는 입장권 수입 외 연계된 관광 사업에서 얻는 수익으로 개최비용을 상쇄시킬 수 있을 정도였다. 물론 중계권 판매 수익은 전액 WOC에서 가져가며 올림픽은 WOC의 가장 큰 수익원 중 하나로 자리매김하고 있었다.

"좋습니다, 회장님. 거두절미하고 WOC가 원하는 대로 참가자들을 선수로 등록시키면 되는 것 아닙니까?"

"그래요, 그러면 됩니다. 그런데 그 많은 참가자들을 무슨 방법으로 짧은 시간에 등록시킬 수가 있어요? 지금 경기가 한창인데 물리적으로 불가능하지 않습니까?"

"회장님, 지금 세상이 어떤 세상입니까? 또 한국이 어떤 나라입니까? 제게 생각이 있습니다."

"뭐라고요? 정말입니까?"

"그럼요. 경기 전 현장에서 선수로 등록하는 겁니다. 간단하죠?"

"예? 현장에서 선수등록을 한다고요?"

"예, 간단합니다. 키오스크 시스템을 설치해서 본인 확인절차만 거치고 바로 등록하는 거죠. 아시잖아요, 요즘은 버스표 판매도 터미널에서 자판기 형태 기계에서 하지 않습니까? 그게 바로 키오스크 시스템입니다. 물론 우리 협회 직원도 파견할거고요."

"오, 괜찮은 방법인데요. 알겠습니다. 우리 체육회 차원에서도 검토해 보고 WOC와 협의해 볼게요."

"알겠습니다. 그런데 회장님, 왜 WOC에서 우리 족구를 그냥 놔두지 않는 거죠? 도저히 납득할 수 없는 일들이 벌어지니 자꾸 이상한 생각이 듭니다."

"이상한 생각이라고요?"

"예, 우리가 알지 못하는 이유가 있을 수도 있다는 생각이 듭니다."

"으음…"

충분히 예상할 수 있는 가정이었다. 한국이라는 나라에서 벌어지는 족구라는 사소하다면 사소한 스포츠 경기였다. 이런 경기에 WOC라는 거대조직이 관심을 갖고 관여한다는 사실은 쉽게 이해되지 않는 일이었다.

"그래, 홍 회장 얘기를 들으니 그럴 것도 같습니다. 알았어요. 이것도 확인해 볼게요.

"예, 체육회 차원에서도 확인 부탁드립니다. 그리고 우리 족구협회 자체적으로도 조사해 보겠습니다. 아무튼 어이가 없습니다. 선수등록을 해야 한다, TV중계를 하지 마라, 이게 말이 됩니까?"

"예, 분명히 말이 안 되는 겁니다."

이야기를 마무리 지은 기찬은 서둘러 체육회장실을 빠져 나왔다.

예선전이 한창 벌어지는 상황에 예상하지 못한 복병을 만났다. 만약 WOC에서 현장 선수등록을 불허한다면 그 이후 벌어질 상황은 불을 보듯 뻔한 일이었다. 족구협회에 대한 신뢰는 회복할 수 없는 수준까지 떨어지며 상상하기도 싫은 최악의 상황이 벌어질 수도 있었다.

기획실장인 성민의 표정이 일그러져 있었다. 테이블 맞은편에 앉은 기찬도 표정이 밝지 않았다.

"회장님, 키오스크가 말만으로 되는 건 아닙니다. 생각해야 할 것이 한두 가지가 아닙니다."

체육회장에게 자신 있게 말을 던지고 나왔지만 성민의 이야기에 기찬은 혼란스럽기만 했다. 생각과 현실과의 괴리감이 느껴졌다.

"동시에 예선전이 진행 중입니다. 키오스크로 선수등록을 한다면 도대체 얼마나 많은 키오스크 단말기가 필요하지 않십니까? 여기 예선전 일정표를 보십시오. 동시에 수십 곳에서 예선전이 펼쳐집니다."

"알아. 하지만 방법이 없잖아."

성민이 건넨 종이에는 예선전 일정이 빼곡히 정리되어있었다. 예선전이 펼쳐지는 모든 장소에 키오스크 단말기를 설치해야 한다. 그것만이 아니었다.

"그 많은 키오스크 단말기만 있으면 뭐합니까? 프로그램이 있어야 할 것 아닙니까?"

"프로그램?"

"그렇죠. 단말기끼리 연동되어야 하고 우리 협회의 서버와 연동되어야 합니다. 그리고 본인인증을 위해선 행정안전부 서버와 연결되어서 본인인증 절차를 밟아야 합니다."

적지 않은 자금이 소요되는 작업이었다. 본인인증이야 첫 출전하는 경기 전에 한 번만 하면 된다지만 그 한번을 위해 수십에서 수백 대의 키오스크 단말기가 필요했다. 그리고 행정안전부의 협조와 족구협회 내에 메인 서버를 설치해야 했다. 물론 프로그램 개발은 필수였다.

"회장님, 다 좋습니다. 그런데 한계라는 것이 있습니다. 그리고 사전준비가 필요합니다. 회장님이야 말로만 하면 되지만 저는 그걸 만들어내야 합니다."

성민은 지쳐있었다. 너무 많은 일들이 벌어지고 이를 해결해야 하는 과정이 계속 이어지고 있었다. 열정으로 시작한 일이지만 열정만으로 해결될 일도 아니었다. 기찬은 아무런 말이 없었다. 해결책이란 생각에 뱉어낸 이야기였다. 어떤 준비와 과정이 필요한지 생각하지도 않았다.

"류 실장, 그러면 어떻게 해야 해?"

항상 자신만만하던 기찬이었지만 모든 것을 알고 있지는 못했다. 무력감과 함께 아무런 생각도 떠오르지 않았다.

"체육협회에서 단말기 지원은 해 줄 수 없을 겁니다. 단말기와 프로그램 개발에 필요한 비용은 우리가 만들어야죠. 그런데 우리가 활용할 수 있는 예산도 충분하지 않습니다. 남아있는 모든 예산을 단말기와 프로그램 개발에 쏟아 부으면 올 한 해 협회 운영은 어떡합니까?"

답이 떠오르지 않았다. 기업의 협찬을 요청하는 것도 무리였다. 예선전이 시작되기 전에 기업의 협찬을 요청할 수는 있었지만 이미 예선전은 열리고 있었다. 키오스크 단말기만 확보된다면 가능성은 열려 있었지만 확보할 수 있는 방법이 기찬에게는 떠오르지 않았다.

한편으로는 짜증을 부리는 성민에게 적지 않은 당혹감이 느껴졌다. 아무 말 없이 항상 자신을 따라와 주던 성민이 갑자기 짜증을 부리리라고는 전혀 예상하지 못했다. 처음으로 그에 대한 실망감마저 들었다. 하지만 성민에 대한 생각은 나중 일이었다. 무조건 키오스크 단말기와 프로그램을 개발해 놓아야 했다. WOC에서 설령 현장등록을 허가하지 않더라도 준비는 해 놓아야만 했다. 아무도 다음 상황을 예측할 수 없었다.

"류 실장, 알았어. 어떻게든 단말기는 확보해 놓을게. 그리고 미안해. 일은 항상 내가 벌이고, 수습은 류 실장이 하잖아."

"아닙니다. 사전에 선수등록을 해야 하는지 확인하지 못한 제 실수가 큽니다."

성민도 미안한 마음이 들었지만 이번에는 기찬의 무모함에 제동이 필요하다는 생각을 지울 수 없었다. 기찬에게 고개를 숙여 인사를 건넨 성민은 자신의 자리로 돌아갔다.

"아…"

작은 한숨이 기찬의 입술 사이로 새어 나왔다. 고비를 넘어가야 하지만 힘이 남아있지 않았다. 그렇다고 자신에게 고비를 넘겨줄 지원세력도 지원장비도 전혀 눈에 띄지 않았다. 다시 한숨이 새어 나오려는 순간 기찬의 전화기에서 벨이 울리기 시작했다.

"홍 회장, 이야기 들었는데, 힘들지?"

최 이사로부터 예상하지 못한 전화가 걸려왔다.

"어, 이사님, 체육회에 갔는데 자리에 안 계시더라고요. 그래서 체육회장님만 뵙고 왔습니다."

"알고 있어. 아마 그 자리에서 이상한 얘기도 들었을 거야. WOC에서 선수등록을 문제 삼잖아?"

"예, 맞습니다. 그래서 지금 고민 중입니다."

"으음, 쉽지 않을 거야. 나도 백방으로 확인 중인데, WOC에서 그 내용을 철회하지는 않을 거 같아. 그런데 현장에서 선수등록을 받겠다고 했다면서? 키오스크를 사용할 거라고?"

"예, 맞습니다."

발 없는 말이 천리를 간다고 최 이사는 이미 체육회장과 기찬이 나눈 대화내용을 훤히 알고 있었다. 기찬을 말없이 도와온 최 이사도 족구협회의 상황을 잘 알고 있었다.

"그런데 그 비용이 만만치 않을 텐데. 적어도 수십억은 있어야 할 걸. 프로그램이야, 뭐 얼마 걸리겠어. 하지만 걱정이네. 그래, 방법은 있어?"

"방법이요? 별수 있나요. 기업들에게 협찬요청을 해야죠. 다른 방법이 없더라고요."

"기업협찬이라고?"

"예."

"그래? 잠깐만…"

잠시 대화가 중단되었다. 최 이사는 갑자기 떠오른 생각을 정리하고 있었다. 기찬도 기업협찬을 받겠다고 했지만 떠오르는 기업이 없었다. 협찬을 해 줄 만한 기업들은 이미 다른 종목에 협찬을 하고 있는 상황이었다. 족구협회는 오로지 체육회에서 나오는 운영자금과 기찬이 운영하는 미국 회사의 지원으로만 운영되고 있었다. 솔직히 답이 보이지 않았다. 전화기 너머로 목소리가 다시 들려왔다.

"홍 회장, 기업협찬이라고 했잖아? 그러면 꼭 한국 기업만 생각하고 있는 거야?"

기찬도 거기까지는 생각해 보지 못했다. 기업협찬만 생각했지, 한국 기업인지, 외국 기업인지는 생각할 틈도 없었다.

"예…. 사실 아직 생각해 보지 못했습니다. 그런데 이왕이면 한국 기업이면 좋지 않겠습니까?"

"그래, 한국 기업이면 좋겠지. 그런데 자네도 알겠지만 웬만한 큰 기업은 이미 다른 종목에 협찬을 하고 있어. 족구협회에서 협찬을 요청하면 쉽게 응하지 못할 거야. 꼭 구걸하는 것처럼 보이잖아."

"그렇죠. 보기에도 안 좋죠. 분명히 기업에 구걸하는 것처럼 보일 겁니다."

"맞아. 그래서 말인데, 외국 기업은 어때?"

"외국 기업이요? 외국 기업도 물론 괜찮죠. 그런데 제가 선이 닿는 외국 기업은 떠오르지가 않네요."

"그래, 그럴 거야. 그런데 말이야. 지금 우리 체육회하고 선이 닿는 외국 기업이 있어."

"예? 정말입니까?"

한 줄기 빛이 보이는가 싶었다. 전혀 예상하지 못한 중요한 정보였다. 기찬은 호흡을 가다듬으려 심호흡을 하고는 얼굴에 전화기를 가까이 가져갔다.

"그렇다면 저나 우리 족구협회가 거부할 이유가 하나도 없죠? 도대체 어떤 기업입니까?"

"허, 그러니까 관계가 좀 애매해. 한국에서 스포츠 관련 사업을 하겠다는 중국 기업이야."

"예? 중국 기업이요?"

중국이라는 단어에 갑자기 기찬의 말문이 막혔다. 예상하지 못했던 중국이라는 단어가 주는 알 수 없는 거부감이 느껴졌다. 문화 전 분야에서 한국과 대립하는 중국이었다. 모든 것이 중국에서 발원되었다면서 김치, 한복 거기다가 한글까지 자신들이 원류라는 주장을 하는 중국이었다.

"홍 회장, 중국이라는 게 좀 그렇지?"

"예, 솔직히 그렇네요. 하지만 건전하게 협찬에만 응해 준다면야 거부할 이유도 없다고 생각합니다. 물론 제 개인적인 생각이지만요."

"그래…."

"그런데 이사님. 저에게 그 회사를 소개시켜주는 데 아무런 문제도 없는 겁니까? 체육회와 다른 일로 엮여있는 회사인데 협찬을 요청하면…."

"괜찮아. 홍 회장이 누군데. 나는 무조건 홍 회장 편이야. 그래, 그러면 결정한 거지?"

"예."

"알았어. 우선 홍 회장 의도를 알았으니까 내가 그 회사에 물어볼게. 물론 장담은 할 수는 없지만 그쪽에서도 거부할 이유는 없다고 생각해. 조금만 기다려보자. 그리고 힘내!"

"예, 알겠습니다. 이사님, 정말 고맙습니다."

예상하지도, 기대하지도 않았던 소식을 최 이사가 전해왔다. 물론 기대할 수도 없지만 그렇다고 거부할 수도 없는 상황이었다. 기찬은 조용히 전화기를 내려놓고 의자에 몸을 파묻었다. 지금까지 벌어진 일들이 하나둘 기억 속에 떠올랐다. 희망과 절망 모든 것이 뒤섞인 한 편의 드라마가 머릿속에 그려지며 기찬의 눈은 서서히 감겨가고 있었다.

"위원장님, 결정을 내려야 할 것 같습니다."

"글쎄, 포기할 줄을 모르네."

국제경기를 승인하는 WOC의 승인위원장은 담담하게 답을 내놓았다. 한국에서 열리는 족구선수권대회를 인정할 수 없다는 공문이 발송된 지 이틀 만에 한국에서 답변이 도착했다.

"참 애매합니다. 더 이상 경기를 막을 명분이 서지 않습니다. 현장에서 선수등록을 하겠다는데…."

"결정하는 거야 별거 아니지. 하지만 우리 WOC도 명분이 있어야 해."

한국체육회에서는 경기를 막는 WOC에 대해 조목조목을 반박을 해왔다. 그리고 필요하다면 현장에서 선수등록을 진행하겠다는 구체적인 방법까지 제시했다. 한국의 주장이 다 옳지는 않았지만 그렇다고 틀린 말을 한 것도 아니었다. 입장의 차이일 뿐이었다.

"위원장님, 제 생각은 한국체육회의 주장이 틀린 것도 없다고 봅니다. 자국 내에서 벌어지는 전국대회에 우리 WOC가 관여한다는 것은 분명한 월권이라는 말은 맞습니다."

"아닙니다. 우리는 규칙이 있습니다. 그 규칙은 모든 회원국이 동의한 내용입니다. 각 국가에서 벌어지는 국가단위 스포츠 경기는 반드시 WOC에서 정한 규칙을 준수해야 합니다. 정식 선수로 등록되지 않고서는 경기에 참가할 수 없다는 조항은 반드시 지켜져야 합니다."

"예, 맞습니다. 선수가 아닌 일반인이 하는 경기는 정식 스포츠 경기가 아닙니다. 놀이일 뿐이죠."

위원들 간에도 의견이 분분했다. 하지만 이미 경기가 진행 중인 상황에 빠른 결정을 내려야만 했다. 어쩌면 한국과의 대립을 감수해야 할수도 있었다. 하지만 위원장은 쉽게 결정을 내릴 수 없었다. 다른 이유가 있었다.

"위원장님, 압니다. 저들과의 약속을 지켜야 하는 것도 중요합니다. 저들 말로는 조만간 결과물이 나온다고 하지 않았습니까?"

"하, 정말 어렵네요. 별로 중요한 것도 아니고, 그냥 하게 놔두면 되는데…."

"맞습니다. 일정조건만 만족하면 하게 놔두면 됩니다. 괜히 긁어 부스럼을 만들 필요는 없습니다. 한국을 자극해도 안 됩니다. 한국 에스전자가 올림픽 최대 스폰서입니다."

"물론 그렇지만 지금까지 저들과 함께 해 왔습니다. 스폰서는 스폰서일 뿐입니다. 그들도 이익이 있으니까 스폰서를 하는 거고요. 아무튼 이 정도는 우리가 해 줘야죠."

"아니죠. 경기는 승인해 줘야 합니다. WOC에서 정식종목으로 채택하지 않은 것만으로도 우리 역할은 충분히 이행했다고 생각합니다."

팽팽한 분위기는 평행선을 달리고 있었다. 위원장은 결정을 내려야만 했다. 온갖 생각이 떠오르며 명분 있는 답변을 찾기 위해 그 생각들을 이리저리 조합하고 있었다.

"가장 좋은 방법은 저쪽에서 문제 삼지만 않으면 됩니다. 솔직히 문제될 것도 없지만요."

"예, 위원님도 그냥 넘어가는 좋겠다는 생각이시군요. 그래요, 말씀하신 그 방법이 최선입니다. 그런데 저쪽에 무조건 양보만을 요청하면 저쪽 기분이 좋겠습니까?"

"그렇다면 위원장님, 이렇게 하면 어떨까요?"

위원장은 목소리가 들리는 쪽을 향해 고개를 돌렸다. 위원 중 한 명이 자리에서 일어서고 있었다. 갑자기 경기를 승인하는 방향으로 생각이 모아지는 듯했다.

"현장에서 선수등록은 불가능합니다."

찬물을 끼얹는 목소리가 들려왔다. 당황해하는 위원장을 바라보는 조금 전 발언을 한 위원은 움직임이 없었다. 회의는 결론을 내지 못하고 서로의 입장 차이만을 확인하고 있었다.

"감당하지 못할 조건을 붙이죠."

다른 위원의 목소리가 들려왔다. 회의를 주관하는 위원장은 쏟아지는 의견에 정신을 차릴 수 없었다. 끝이 보이지 않는 회의가 이어지고 있었다.

"이사님, 정말 괜찮겠습니까?"

"괜찮다니까, 이미 그쪽에는 이야기해 놓았어. 오히려 좋아하는 것 같더라고."

최 이사를 만나는 기찬은 불안했다. 잘 알지도 못하는 중국 회사의 협찬을 받는다는 것이 내키지는 않았다. 처음에는 협찬을 받을 수 있다는 기대감이 앞섰지만 뭔가 개운하지 않았다. 족구협회 임원회의에서는 압도적인 찬성을 보여 왔지만 불안감은 숨길 수 없었다.

늦은 시간 술집에 손님들의 모습은 보이지 않았다. 협회 사무실에서 만나기를 원했지만 중국 측에서 불편하다며 술집으로 장소를 변경했다.

"저기 오네."

입구를 바라보던 최 이사가 누군가를 발견했다. 왕인베스트의 진 대표였다. 친한 듯 최 이사에게 손을 들어 신호를 보내고는 바로 기찬과 최 이사가 있는 자리로 다가왔다.

"반갑습니다. 왕인베스트의 진 대표입니다."

명함을 건넨 진 대표는 서둘러 자리에 앉았다. 그는 주변을 전혀 의식하지 않고 있었다.

"거두절미하고 말씀드리겠습니다. 최 이사님으로부터 말씀 들었습니다. 좋습니다. 우리 회사가 협찬하겠습니다."

"예?"

자리에 앉자마자 진 대표는 자신이 할 이야기를 모두 뱉어버렸다. 머뭇거림 없이 확신이 있다면 서둘러야 한다는 그의 신념이었다.

"아니, 진 대표. 그래도 우리 홍 회장 이야기는 들어봐야 하는 것 아니야?"

"이미 말씀해 주셨잖아요. 그거면 충분합니다. 우리 회사가 키오스크 단말기와 필요한 프로그램까지 모두 지원하겠습니다. 당장 내일부터 준비하겠습니다. 괜찮으시죠, 회장님?"

일사천리로 말을 쏟아내는 그에게 반론의 여지는 없었다. 지금의 상황이 이해되지 않았지만 기찬은 우선 한시름 놓을 수 있었다. 고비는 넘길 수 있다는 안도감이 먼저 다가왔다.

"그런데 대표님. 요구사항은 없습니까?"

"요구사항이요? 협찬 계약서에 들어갈 내용 말입니까?"

"아니요. 진짜로 원하는 요구사항 말입니다."

오히려 예상하지 못했다는 듯 진 대표는 최 이사에게 고개를 가로저으며 신호를 보냈다. 최 이사도 상황을 이해하느라 정신이 없었다. 지원이 필요하다는 이야기만 했을 뿐인데 이렇게까지 적극적으로 나설 줄은 전혀 예상하지 못했다.

"회장님, 아무것도 없습니다. 한국에서 스포츠와 관련된 사업을 준비하는 우리 회사입니다. 오히려 우리에게는 영광입니다. 한국 스포츠에 조금이라도 이바지할 수 있는 좋은 기회입니다."

쏟아지는 말에 정신을 차리지 못하던 기찬은 상황을 정리해 나가고 있었다. 그들이 원하는 것이 아닌 전제조건에 대한 이야기는 사전에 전달되지 않은 듯 보였다.

"대표님, 말씀대로 협찬이 필요합니다. 그런데 그 협찬은 WOC의 승인이 난 후에 필요합니다. WOC에서 승인이 나지 않는다면 협찬은 의미가 없습니다. 혹시나 해서 미리 준비하고 있는 거죠."

"예, 알고 있습니다. 그런데 걱정하지 마십시오."

"예? 그건 또 무슨 말입니까?"

재미있다는 듯 진 대표는 웃음을 머금고 기찬과 최 이사에게 한 손을 들어 보였다. 더 이상 말이 필요 없다는 신호였다.

"정말 걱정하지 않으셔도 됩니다. WOC에서 승인이 날 겁니다. 제가 100% 확신합니다."

"예?"

진 대표의 자신감에 기찬과 최 이사는 할 말을 잃었다. 무슨 근거에서 확신을 보이는지 추측조차 할 수 없었다.

"우리는 스포츠 관련 투자회사입니다. 정보가 생명입니다. WOC에서 벌어지는 일 정도는 쉽게 알아볼 수 있습니다. 물론 그냥 승인을 하지는 않을 겁니다. 자신들도 체면이 있고 명분이 필요하거든요."

더 이상 할 말이 생각나지 않았다. 진 대표가 모습을 나타낸 지 채 5분도 지나지 않았다. 하지만 해야 할 대화와 예상하지 못했던 정보까지 모두 그의 입에서 쏟아져 나왔다.

"정말입니까?"

"예, 확실합니다. 아, 그리고 이번에야 예선전에서만 사용하면 되지만, 키오스크 단말기가 계속 필요하실 겁니다. 어쩌면 더 필요할 수도 있을 겁니다. 그러면 언제든 연락 주십시오. 우리가 계속 지원하겠습니다."

한 번의 건배도 없이 이야기는 일사천리로 마무리되었다.

"하, 홍 회장, 할 이야기 남아 있어?"

"아니, 없습니다."

"그럼 진 대표도 할 이야기 남아 있습니까?"

"저도 없습니다."

"좋습니다. 그럼 이제 건배를 해야죠."

최 이사의 얼굴에서 미소가 피어올랐다. 자신도 이렇게 쉽게 이야기가 마무리될 줄은 몰랐다. 한순간 긴장이 사라지며 알 수 없는 기대감이 그 자리를 대신하기 시작했다.

기찬은 지금 벌어진 일들을 이해하려 했지만 도무지 갈피를 잡지 못하고 있었다. 최 이사와 진 대표의 관계며, 서슴없이 협찬을 하겠다는 결정 그리고 WOC에서 승인이 날 것이라는 정보까지 모든 것이 의심스러운 일들 뿐이었다. 하지만 눈앞의 문제를 해결하는 것이 급선무였다.

서로가 원하던 것을 얻었다는 안도감이 웃음을 만들어냈다. 그 웃음소리에 적막감만이 감돌던 술집은 다시 활기를 찾으며 세 사내의 목소리는 쉬지 않고 이어졌다.

"신경 써 주시니 고맙습니다. 그런데 굳이 조건까지 붙일 필요가 있을까요?"

"예?"

전화기 너머에서는 예상외의 대답이 흘러나오자 전화기를 든 WOC 종목채택위원장의 머릿속에 여러 생각이 스쳐 지나갔다.

"아니, 그렇게까지 WOC에서 신호를 보내면 멈추면 되지, 그걸 막겠다고 현장에서 선수등록을 하겠다니 포기를 모르는군요. 그 열정이 대단합니다."

"예, 맞습니다. 포기하지 않네요. 그렇다고 우리 WOC에서 무조건 경기를 중단하라고 할 수는 없었습니다. 중단결정이냐, 승인이냐 우리 위원들 간에 의견충돌이 많았습니다. 결국 조건을 붙여 승인을 내자는 쪽으로 결론이 났습니다."

"그래요? 나쁘지는 않습니다. 그런데 조건이 뭡니까?"

"예, 일주일이란 주어진 시간에 참가하는 모든 선수를 등록시키라는 거죠. 한국 측에서는 현장에 키오스크를 설치해서 하겠다는데, 물리적으로 시간이 부족합니다."

"예, 괜찮군요. WOC도 필요한 명분을 얻을 수 있겠군요. 무조건 제재만 할 수는 없지요. 그러면 오히려 이상하게 생각할 수도 있습니다. 좋은 방법입니다."

"바로 그겁니다. 규칙을 어긴 건 한국입니다. 우리 WOC가 최소한의 배려를 하는 거죠."

"예, 알겠습니다. 그런데 위원장님. 우리 측 요청에 따라 일이 벌어지지 않았습니까? 정식종목 채택은 이미 물 건너간 사안이고, WOC규정을 어기고 한국에서 열리는 전국대회도 막으려는 거죠."

"예, 그렇죠. 그런데 왜 그러십니까? 조건이 너무 약합니까?"

"아닙니다. 좋습니다. 그런데 만약 한국이 조건을 맞춘다면 어쩌죠?"

"예? 그럴 리 없습니다. 제가 아는 한 한국족구협회가 그렇게 막강한 조직은 아닙니다. 자체적으로 키오스크 시스템도 확보하지 못할 겁니다. 한국체육회에서도 쉽게 지원하지는 못할 겁니다. 우리 WOC 눈치를 봐야 하거든요."

"자신하시는군요. 예, 위원장님을 믿습니다. 우리는 한편입니다. 아시죠?"

뼈 있는 한마디는 빼놓지 않았다. 그들의 절대적인 지원은 반드시 필요했다. WOC도 굳이 조건까지 붙이며 한국을 건드리고 싶지는 않았지만 지금 통화하는 상대방은 자신들의 요구사항을 굽히지 않고 있었다. 원칙은 지켜져야 한다는 선례도 필요했다. WOC의 권위와도 직결되는 문제이기도 했다.

"솔직히 우리는 이번 건에 큰 상관이 없습니다. 족구가 WOC 종목으로 채택되지만 않으면 됩니다. 하지 말라면 안 하면 되는 것을 물고 늘어지는 한국이 잘못된 거죠."

"예, 맞습니다. 이번 건은 우리 WOC가 이대로 진행하겠습니다. 그런데 준비하시는 계획은 차질 없는 겁니까? 솔직히 족구의 종목채택은 더 이상 미룰 수 없을 것 같습니다."

"알고 있습니다. 조만간 발표를 할 예정입니다. 그런데 갑자기 왜 그러시죠?"

"아니… 예감이 안 좋아서요. 서두르는 것이 좋을 것 같다는 생각이 계속 드네요. 한국은 마음먹은 일은 죽어도 해내는 나라입니다. 그걸 아셔야 합니다. 내년까지 절대 기다리지 않을 겁니다. 그리고 이번 조건부 승인 건도 마음에 걸리고요."

"예, 저도 잘 알고 있습니다. 곧 발표하도록 하겠습니다. 그때도 힘이 되어 주셔야 합니다."

"그럼요. 걱정하지 마십시오. WOC는 당신들 편입니다."

전화기를 내려놓은 위원장은 한시름 놓은 듯 편하게 의자 등받이에 몸을 묻었다. 하지만 걱정이 사라진 것만은 아니었다. 저들의 시도를 이해할 수 없었다. 만약 한국이 이 사실을 알게 된다면 사태는 걷잡을 수 없이 커질 수밖에 없었다. 하지만 한국은 모르고 있었다.

 D-85

족구협회 임시 임원회의가 소집되었다. 형식적이지만 한국체육회에서는 WOC의 권고를 받아들여 예선전 중지를 요청해 왔다. 밀어붙일 수도 있었지만 WOC의 관계를 고려한다면 한국체육회의 결정은 당연한 결과였다.

"회장님, 예선전을 중지하면 모든 스케줄이 엉망이 됩니다. 스케줄만 엉망이 되는 게 아니라 선수들에게도 심각한 문제를 초래할 수 있습니다."

"예, 잘 알고 있습니다. 그런데 너무 걱정하지 마십시오. 저도 예선전 스케줄보다도 선수들이 걱정입니다. 프로선수가 아니기 때문에 모두

생계활동을 하고 있어 일정 변경이 있어서는 안 됩니다."

기존의 선수들은 대부분이 동호인 모임이었다. 다른 스포츠의 프로 선수들처럼 운동에만 전념하는 전문 선수들이 아니었다. 특히 마을단위 예선전을 펼치다 보니 그 문제는 더 심각하게 다가왔다.

"그러면 한국체육회의 권고를 무시하고 예선전을 그대로 진행하시겠다는 겁니까?"

집요한 질문들이 이어졌다. 한국체육회 산하단체로서 그들의 권고를 무시할 수는 없었다. 그렇다고 예선전을 중단할 수도 없었다. 하지만 오늘 이 자리에서 결정을 지어야만 했다. 한국스포츠를 대표하는 한국체육회와 WOC의 갈등이라는 사상 초유의 사태가 벌어질 수도 있는 상황이었다.

"이사님들 그리고 지방 협회장님들, 그래서 지금 급하게 회의를 소집한 겁니다. WOC에서 예선전 중단을 요청해와서 우리 한국체육회에서 며칠 전 다시 의견을 보냈습니다. 지금 시간이 오후 4시니까 WOC가 위치한 스위스는 오전 9시입니다. 오늘 오전 중으로 최종 답변이 올 겁니다. 그에 맞춰 우리는 결정을 해야 합니다."

"아니, 그런데 왜 한국체육회에서 연락을 합니까? 물론 우리가 산하단체지만 우리가 직접 연락을 해야 하는 것 아닙니까?"

"맞아요. 우리 협회에서 직접 연락을 해야죠."

지방 협회장들이 격앙된 목소리로 기찬을 조여왔다. 그들의 말이 틀리지는 않았다. 족구협회에서 직접 그들과 소통해야 하는 것이 맞는 논리였다.

"맞습니다. 그런데 잘 아시지 않습니까? 우리 족구협회를 축구협회나 야구협회처럼 큰 조직으로 생각하시면 안 됩니다. 몇 명의 인원으로 꾸려 나가고 있습니다. 그래서 해외부문을 담당할 새로운 임원이 필요하다고 전에 말씀드렸고요…"

기찬은 더 이상 할 말이 없었다. 항상 미래를 준비해야 하지만 눈앞에 보이는 것만 바라보는 태도에 큰 실망을 하고 있었다.

"아무튼 잠시 휴정하겠습니다. 제가 한국체육회와 통화해 보고 다시 열겠습니다. 밖에 커피하고 차를 준비해 놓았으니까 드시면 될 겁니다. 10분 뒤 다시 회의를 재개하겠습니다."

기찬은 회의실을 빠져 나왔다. 대외적인 업무도 중요하지만 내부 회의가 그를 더 지치게 하고 있었다. 작은 한숨이 흘러나왔지만 기찬은 전화기를 꺼내 들었다.

"이사님, 아직 연락 없습니까?"

"아직이야. 지금 시간이 오전 9시니까 곧 연락이 올 거야. 제발 좋은 소식이 와야 하는데…."

"그러게요. 그런데 왕인베스트 진 대표가 자신 있게 승인이 나올 거라 했는데, 분명히 그렇겠죠?"

"글쎄…. 중국 특징이 뻥을 잘 치는 거라 100% 신뢰할 수는 없지만 진 대표는 우리한테 잘 보여야 하거든. 뻥은 아닐 거야."

"알겠습니다. 소식 도착하는 대로 바로 연락 주십시오."

기다림이 항상 힘들었다. 전화기를 주머니에 넣은 기찬은 다시 회의실에 들어섰다. 임원들과 지방협회 회장들은 삼삼오오 모여 그들만의 이야기를 나누고 있었다.

"이사님, 공문이 도착했습니다!"

한국체육회 직원의 목소리가 들려왔다. 그는 출력된 전자메일 사본을 들고 붉게 상기된 얼굴로 최 이사에게 다가왔다. 서둘러 사본을 받아 들고 읽어 내려가는 최 이사의 표정에는 아무런 변화가 없었다.

"이게 뭐야? 일주일 안에 선수등록을 마치면 대회를 승인해 주겠다고?"

"예, 일주일이란 조건을 붙였습니다. 그래도 다행 아닌가요?"

"글쎄…. 최악은 아니니까 다행이라고 할 수 있겠지. 추가 내용은 없는 거야?"

"예, 없습니다. 그냥 형식인 거 같기도 하고…."

"그럴 수도 있겠지. 수고했어."

망설일 시간이 없었다. 최 이사는 곧바로 기찬과 통화를 시작했다.

"그래, 최악은 아닌 거 같아. 일주일이면 충분하잖아?"

"예, 다행이네요. 그런데 진 대표가 얼마나 빨리 단말기를 공급하냐가 중요하겠죠."

"맞아. 그건 내가 확인해 볼게. 그리고 행정안전부하고 인증기관에 개인 인증에 협조해 달라는 공문을 우리 체육회 이름으로 발송할게. 족구협회가 하는 것보다 우리가 하는 게 낫지."

"예, 그러네요. 여러모로 도와주셔서 정말 감사합니다."

"그래. 예선전은 계속 진행해도 될 거야. 체육회장님도 어떻게든 예선전이 진행되어야 하는데 걱정하시더라고. 내가 얘기하면 되니까 문제없을 거야. 체육회도 족구협회 편이야."

"예, 압니다. WOC와의 관계 때문에 그러신 거 잘 알고 있습니다."

"그래, 고마워."

"예선전 현장에서 현장등록 마치고 바로 경기를 진행해야죠. 그런데…."

"그런데 왜? 다른 문제라도 있어?"

"그게 아니라 현장에서 선수등록을 하잖아요. 좋은 기회라는 생각이 들어서요."

"그래, 좋은 기회야. 다 알고 있는 사실 아니야?"

"예, 모두 알고 있죠. 그런데 이왕 선수등록 하는 거니까 참가선수만 할 게 아니라 참관하러 온 사람들 모두 다 선수로 등록하면 좋을 것 같다는 생각이 드네요."

"뭐? 모두 다 선수로 등록한다고?"

"예, 선수로 등록하는 데 조건은 없잖아요. 우리 협회에서 승인만 해주면 되는 건데요. 솔직히 무슨 일이든 등록절차가 어렵지 않습니까? 이번 기회를 활용해야죠. 한국체육회 입장에서도 큰 문제는 없겠죠?"

생각하지도 못한 발상이었다. 기찬은 많은 준비를 하고 있었다. 대부분의 종목이 그렇지만 선수등록은 일부 제한된 선수들에게만 한정된 일종의 특권이었다. 이 특권을 모두에게 나누어 준다는 생각은 쉽게 할 수 없었다. 만약 이렇게 선수등록이 이루어진다면 그 이후는 아무도 상상할 수 없었다. 국민 대부분이 선수인 스포츠 종목이 탄생하며 기찬이 그토록 바라던 스포츠의 새로운 패러다임이 만들어지게 된다. 세계 스포츠사에 유래를 찾아볼 수 없는 사건이 될 수도 있었다.

"하, 미치겠다. 어떻게 그런 생각을 다했어? 그런데 이건 내가 판단할 수 있는 문제가 아닌 것 같아. 내가 회장님하고 논의해 볼게."

경기를 치를 수 있을까 하는 걱정에서 한순간 반전이 일어났다. 뒤지고 있던 승부가 한 번에 뒤집어 지며 끝날 수도 있었다. 최 이사의 심장도 거칠게 뛰고 있었다. 그 누구도 생각해 보지도 못한 엄청난 시도가 눈앞에서 펼쳐지고 있었다.

"예, 알겠습니다, 최 이사님. 정말 잘됐네요. 당장 내일부터라도 단말기 공급은 가능합니다. 한국체육회에서 본인인증 절차만 준비하시면 됩니다. 그럼 우리 쪽에서 소프트웨어만 조금 수정하면 바로 운용이 가능합니다."

'한국에서 새로운 걸 시도한다는 건 참 힘들어. 절대 개척자나 프런티어는 안 돼. 그저 패스트팔로워로 빠르게 선두를 추격하는 능력밖에는 안 돼.'

최 이사로부터 연락을 받은 진 대표는 혼자 중얼거렸다. 중국인의 입장에서 한국을 이해한다는 것이 쉽지 않았다. 새로운 시도를 한다면 발 벗고 도와주고 함께 성공시키는 것이 자신이 알고 있는 사업이었다. 하지만 중국과 달리 한국은 처음으로 나서는 것에 대한 공포감이 존재하는 듯싶었다. 어쩌면 실수를 최소화하기 위한 선택일 수도 있었다.

"예, 준비는 끝났고 당장 내일부터라도 공급이 가능합니다."

진 대표는 항상 머뭇거림이 없었다.

"그런데 대표님. 승인이 나올 거라는 사실은 어떻게 알았습니까? 대단하십니다."

"아, 그거요. 그 정도는 기본 아니겠습니까? 아무튼 좋은 기회입니다. 대한민국족구협회가 발전하는 계기가 되었으면 합니다. 그런데 온라인 스포츠베팅 사업 검토는 진행되고 있는 거죠?"

"예, 물론이죠. 그런데 아직 결과가 안 나왔습니다. 우리처럼 느낌으로 결정하는 것이 아니라 철저한 자료 분석 다음에 결정을 하는 한국입니다. 알아본 바로는 우리 대한민국 국회에서도 아직 검토를 시작하지 않았다고 합니다. 조금 더 시간이 필요합니다."

"그래요? 아무튼 최 이사님이 고생이 많습니다. 그리고 다시 한번 말하지만 우리 왕인베스트는 한국 체육계하고 좋은 관계가 계속되길 바라고 있습니다."

"예, 한국체육회도 마찬가지입니다."

짧지 않은 대화가 마무리되었다. 한껏 기지개를 펴며 긴장을 푼 진 대표는 전화기를 다시 집어 들었다.

"고생했습니다. 그리고 진 대표, 내가 지난번에 말한 내용은 기억하고 계시죠?"

진 대표와 달리 상대방의 목소리는 항상 무거웠다. 항상 지시하는 목소리에서 신물이 올라올 때도 있었지만 진 대표는 침착함을 잃지 않았다.

"물론이죠. 그런데 본국에서는 무슨 생각을 하고 계신 겁니까? 이제 저도 그 내용을 알아야 하지 않을까요?"

아직 아무런 내용도 모르고 있었다. 본국에서 프로젝트를 준비 중인 사실만 알 뿐, 그에 대한 정확한 내용은 전혀 알아차릴 수 없었다. 항상 한국과의 관계를 유지하라는 내용만 전달되고 있었다.

"진 대표, 궁금해할 줄 압니다. 하지만 아직은 아닙니다. 일련의 프로젝트를 준비 중이라는 사실은 알고 계시죠? 어느 정도 진행이 되면 자연히 알게 될 겁니다. 그때는 진 대표의 역할이 중요합니다."

전화기 너머의 상대방이 조심하고 있음을 진 대표가 느낄 정도로 말을 아끼고 있었다.

"진 대표, 내가 한 가지만 말씀드리죠. 지금 준비 중인 프로젝트는 동북공정의 한 획을 그을 수 있는 사건이 될 수도 있습니다. 그 정도만 알고 계십시오."

항상 선을 넘지 않는 통화였다. 어떨 때는 자신을 믿지 못하고 있다는 느낌을 받기도 한다. 하지만 운영 중인 자금은 중국 체육펀드였다. 더 이상의 말이 필요 없었다.

"예, 고맙습니다."

전화를 받는 기찬의 얼굴에 웃음이 묻어 나왔다. 한국체육회는 족구선수로 등록을 원하는 모든 사람들에 대한 선수등록을 허가한다는 내용과 키오스크 설치가 바로 시작된다는 최 이사의 전화였다.

"그래. 홍 회장의 아이디어에 체육회장도 놀랐고 체육회 임원들도 놀랐어. 오늘 중으로 승인문서를 보낼게."

"예, 고맙습니다. 그런데 이사님. 이번 선수등록을 일회성이 아닌 상시적으로 해 볼까 하는데요."

"그래? 그거 좋은 생각이네."

"예, 우리 협회가 주관하는 모든 경기에 키오스크를 설치해서 선수등록을 받으면 효과가 클 겁니다."

"그래, 그러면 족구에 대한 반응도 좋아지겠는데. 그리고 시스템적인 문제는 다 해결됐어. 바로 우리 체육회 서버로 연결될 거야. 그 사본자료가 족구협회에게 자동 전송될 거고. 아마 진 대표가 곧 연락을 할 거야."

"예, 알겠습니다."

"그래, 멋진 작품 만들어봐."

전화기를 내려놓는 기찬을 바라보는 기획실장인 성민의 얼굴에도 미소가 묻어났다. 위기인 줄 알았는데 그 위기가 오히려 기회로 다가왔다. 전혀 예상하지 못한 성과였다.

"류 실장, 다 됐어. 한국체육회에서 선수등록 승인이 떨어졌어. 하…시작이다."

작은 한숨 속에 기대감이 묻어 나왔다. 두려움이 없는 것은 아니지만 새로운 시도라는 설렘이 그를 자극했다. 류 실장도 작은 한숨을 뱉어냈다. 그 역시 설레고 있었다.

"그럼, 단말기 설치는 누가 하는 거죠? 우리가 할 수는 없지 않습니까?"

"당연하지. 우리가 할 수는 없지. 진 대표 측에서 설치까지 해 주기로 했으니까 우리는 설치장소하고 시작만 지정해 주면 돼."

"그런데 회장님. 신상자료라는 민감한 정보입니다. 단말기가 보안에 취약하면 큰일 납니다. 문제없겠죠?"

"응, 진 대표는 단말기 하드웨어만 제작하는 거야. 물론 한국업체에서 제작하지. 그리고 시스템은 곧바로 한국체육회 서버로 연결되고 이중, 삼중 보안프로그램을 깔아놓았으니까 염려 없어. 극장에서 표 사는 거하고 같은 거야."

"예, 알겠습니다. 그럼 예선전 일정 출력해서 진 대표 측에 전달하겠습니다."

"그래. 부탁할게."

성민이 자리를 떠나자 기찬은 진 대표와 통화를 시작했다. 고마움을 표시해 주는 것이 예의라 생각했다. 그가 아니었으면 모든 것이 엉망이 될 뻔했다.

"예, 회장님, 제가 지금 회의 중이라 다시 연락 드리겠습니다."

목소리 대신 짧은 문자 메시지가 전달되었다.

"그래, 나중에 연락하면 되지."

혼잣말을 중얼거리며 기찬은 전화기를 내려놓았다.

D-81

정균은 하루 종일 해외에 발송할 자료를 만드느라 동분서주하고 있다. 한국에서 시작된 족구의 역사부터 경기규칙 그리고 경기장면이 포함된 동영상까지 포함된 자료를 만드는 일은 쉽지 않았다.

"햐, 이건 나도 몰랐네. 전 세계 문자 중 누가 만들었는지 기록이 남아있는 유일한 문자가 세종대왕의 한글이라던데, 족구도 그렇네."

막연히 누군가 만들었겠지 했었지만 만들어진 배경부터 누가 처음에 룰을 만들었는지 족구는 모든 기록이 남아있었다. 정균은 그 기록들을 하나하나 정리해 나갔다.

1,300년 전 삼국시대에서 고려시대로 넘어가는 시기 우리 조상들은 짚이나 기타 자연재료로 공을 만들어 놀이를 했다는 기록이 있다. 누구나 쉽게 즐길 수 있는 공을 사용한 놀이는 시간이 흐르며 1966년 공군 제11전투비행단에서 네트를 사이에 두고 발로만 공을 넘기는 족구라는 명칭으로 등장한다.

1968년 공군 정덕진 대위와 안택순 중위가 룰을 만들었고 국방부 상신 최우수 작품으로 선정되었다. 공군에서 족구라는 명칭이 정착되었고 공군교육과정에 포함되며 육군 및 해군에 전파되었다.

"나도 공군이었지만 이런 줄은 몰랐네."

혼잣말을 중얼거리며 정균은 계속 기록들을 정리해 나갔다.

1978년 4인제, 네트 높이 1m, 경기장 규격 9m×18m, 발만 사용이라는 통일된 규칙이 만들어지며 국방부 체력관리에 규칙이 게재되었다. 규칙이 제정되며 군에서 즐기던 족구는 전역장병들이 직장 및 학교에 보급하며 누구나 할 수 있는 즐거운 스포츠로 사회에 보급되었다.

현재는 네트 높이 1.05m, 경기장 규격 6.5m×15m의 개정된 경기장 규격이 사용되고 있다.

해외로 발송할 자료는 차근차근 준비되고 있었다.

예선전이 열리는 모든 경기장에 키오스크 단말기가 설치되었다. 간단한 신분 확인절차만 거치면 족구선수로 등록이 가능했다. 경기를 구경 온 사람들이 신기한 듯 단말기 주변에 모여들며 운영요원들이 단말기 입력을 도와주고 있었다.

경기가 시작되기 전에 경기장을 찾은 기찬도 단말기 옆에서 선수등록 과정을 설명하고 있었다.

"반응이 나쁘지는 않은데."

"예, 회장님. 걱정했는데 다행입니다."

옆에 서 있던 기획실장 성민도 안도하고 있었다. 무리한 시도라 생각했지만 자신의 생각이 기우였다는 사실이 오히려 다행이었다. 모든 것이 예상대로 진행되고 있었다.

기찬의 전화기가 울리기 시작했다. 잠시 설명을 멈춘 기찬은 서둘러 주머니에서 전화기를 꺼냈다. 정균의 전화였다.

"응, 말해 봐."

"현장이라면서? 해외로 발송할 영문자료를 전자메일로 보냈어. 확인해 봐."

정균의 차분한 목소리가 들려왔다. 한국에서 예선전이 열리는 시기에 맞춰 해외에 자료를 발송하면 효과가 극대화될 수 있다는 생각이었다. 하지만 자료를 준비하는 과정이 쉽지 않다는 사실은 기찬도 잘 알고 있었다. 이렇게 빨리 자료가 준비될 줄은 모르고 있었다.

"뭐야? 벌써 준비된 거야?"

"당연하지. 서둘러야 하잖아."

"그래, 그렇긴 하지만 이렇게 빨리 준비될 줄은 몰랐어. 고마워. 그럼 내가 확인해 보고 우리 족구협회 공문으로 발송할게."

"그래, 그러면 될 거야. 그리고 선수등록은 어때? 잘 진행되고 있어?"

"응, 예상대로 잘 진행되고 있어. 다행이야."

"아 참, 자료에는 진행 중인 예선전 내용이 없는데 현장 선수등록 과정부터 진행상황을 추가 해야겠다. 자료 좀 보내줘."

"알았어. 그런데 이거 너무 잘되는 거 아니야? 은근히 걱정이 되네."

"아휴, 걱정도 팔자다. 잘되면 좋은 거지. 그냥 밀어붙이는 거야. 그게 네 특기잖아."

혹시나 하는 기대감이 없지는 않았지만 순조롭게 진행되는 현재 상황이 오히려 부담으로 다가왔다. 여기서 실수를 하게 되면 다음 기회는 영원히 사라질 수도 있다는 사실을 잘 알고 있었다. 최선을 다하는 것만이 유일한 방법이었고 멈춤 없이 이 기세를 몰아붙여야만 했다.

"그래, 네 말이 맞다. 나아가야지. 자료는 내가 바로 준비해서 보내줄게. 그럼 수정된 자료는 언제쯤 볼 수 있는 거야?"

"음, 오늘 중에 자료 받아서 검토하면… 모레면 충분할 거야."

"그래, 알았어."

통화는 길지 않았다. 이번 전국대회가 무사히 끝나면 바로 세계대회를 유치할 수 있는 추진력을 확보할 수 있었다. 선수등록 과정을 지켜보던 기찬은 경기장으로 발걸음을 옮겼다.

"김 의원, 정말 괜찮겠습니까?"

"예, 괜찮습니다. 건전한 스포츠 여가활동을 유도하는 겁니다. 실명인증 후 제한된 금액 내에서만 베팅을 하지 않습니까?"

국회 문화체육위원회에서는 왕인베스트가 제출한 온라인 스포츠베팅 사업에 대한 검토가 진행되고 있었다. 하지만 회의 분위기는 예상과 달리 무겁게 출발하고 있었다.

"그런데 내용이 어떻든 간에 중국은 안 됩니다. 틈만 나면 치고 들어오는 놈들입니다. 아니 김치하고 한복이 왜 자기들 겁니까? 언제는 영토를 문제 삼더니 이제는 한 술 더 떠서 문화 쪽으로 치고 들어오고 있습니다. 그런데 한국 스포츠 사업에 진출하겠다? 말이 안 됩니다."

"예, 맞습니다. 괜히 누울 자리만 만들어주는 꼴입니다. 분명히 문제가 될 겁니다."

김 의원은 십자포화를 맞고 있었다. 함께 자리한 같은 당 소속 의원들도 예전과는 다른 입장을 보이고 있었다.

"하아…. 뭐가 그렇게 겁이 납니까? 자기들이 돈을 싸 들고 와서 사업을 하겠답니다. 우리가 얻는 것이 잃는 것보다 훨씬 많습니다. 그리고 확인된 내용은 아니지만 운영권도 우리 한국체육회에 넘기겠다고도 했답니다. 얼마나 좋습니까?"

"뭐라고요? 그럼 더더군다나 말이 안 됩니다. 불순한 의도가 있습니다. 그런데 김 의원, 왜 이렇게 왕인베스트에 집착합니까?"

"예?"

김 의원의 얼굴에 경련이 일어났다. 자신이 의심받고 있다는 사실은 쉽게 용납할 수 없는, 자존심과도 직결되는 문제였다.

"박 의원, 그게 무슨 의미입니까? 혹시 내가 그들과 무슨 거래라도 있다는 겁니까?"

"아, 너무 민감하게 받아들이지는 마세요. 김 의원이 계속 밀어붙이니까 하는 소리입니다."

"좋습니다. 내가 한마디만 하겠습니다. 대한민국족구협회 주관으로 전국족구대회가 열리고 있습니다. 그런데 현장에서 선수등록을 받아야 하는 예상하지 못한 상황이 벌어졌습니다. 지원이 필요했습니다. 그런데 한국 기업들은 거들떠보지도 않았고요. 그런데 왕인베스트는 아무런 조건도 없이 지원을 해 주었습니다."

어수선하던 회의 분위기가 침묵 속에 묻혀버렸다. 전혀 예상하지도 못했던 이야기에 의원들은 한동안 멍한 표정을 보이며 서로의 눈치만을 살피기 시작했다. 억울함을 단번에 회복한 듯 김 의원은 다시 마이크를 집어 들었다.

"감정이 우선되는 것은 어쩔 수 없습니다. 하지만 이성적인 접근이 필요합니다. 대한민국의 문화체육 발전은 우리 손에 달려 있습니다. 새로운 법률을 제정하고 도약의 발판을 제공해야 합니다."

"좋은 이야기입니다, 김 의원. 하지만 왜 중국의 자본이 활개 치게 법률까지 만들어줍니까? 이건 아닙니다. 그리고 족구협회에 지원을 해준 것도 분명히 의도가 있습니다."

살얼음판 위를 걷는 분위기가 다시 연출됐다. 잠시 조용하던 의원들은 자신들의 의견을 쏟아내기 시작했다. 기세를 잡았다고 생각했던 김 의원은 당황했다. 쉽지 않은 과정이라 예상은 했지만 이 정도일 줄은 몰랐다.

"의원님들, 이성적으로 접근하자니까요. 좋습니다. 제가 다시 말씀드리겠습니다."

목소리를 높인 김 의원이 자신의 가방에서 서류뭉치를 꺼냈다. 서류뭉치 이곳저곳을 살피더니 원하던 내용을 찾은 듯 한 장의 서류를 꺼내 들었다.

"한국체육회의 연간 예산이 얼마인 줄 아십니까?"

뜻밖의 질문이 들려왔다. 회의에 참석한 의원들은 갑작스런 질문에 서로의 얼굴만을 바라볼 뿐 아무런 대답이 없었다.

"4,000억 원 정도 됩니다."

어디선가 대답이 들려왔다. 만족한 표정을 지어 보이며 김 의원은 손에 든 서류를 다시 한번 훑어 내려갔다.

"예, 맞습니다. 2020년 예산이 3,939억 원입니다."

"김 의원, 갑자기 예산은 왜 꺼내든 겁니까? 회의 내용하고 동떨어져 있습니다."

다른 의원의 격앙된 목소리가 들려왔다. 마무리 지으려 하던 회의가 꼬리를 물며 이어지고 있었다.

"아닙니다. 제가 하고 싶은 이야기는 예산이 아닙니다. 아시겠지만 그 예산의 대부분인 96.5%가 공공재정에 의존한다는 사실을 말씀드리고 싶은 겁니다."

"아니, 그건 당연한 것 아닙니까? 당연히 정부에서 지원을 받아야죠."

"바로 그겁니다. 우리 한국체육회와 같은 기능을 지닌 조직이 외국에는 NOC라 불리는 국가올림픽위원회가 있습니다. 영국이나 미국은 국가올림픽위원회에 국가 지원금이 없습니다."

의원들은 아무 말이 없었다. 집요하게 자신의 주장을 펼치는 김 의원의 발표를 막을 방법이 없었다.

"그리고 일본은 2018년 기준 44.5%, 호주는 32.8%의 국가지지원금을 받습니다. 그러면 나머지 부분은 어떻게 확보할까요?"

잠시 침묵이 이어졌다. 의원들은 그 답을 알고 있었다. 하지만 입을 여는 의원은 눈에 보이지 않았다. 김 의원의 입에서 작은 한숨이 새어 나오는 소리가 마이크를 타고 회의장에 들려오며 그는 다시 입을 열었다.

"모두 분명히 알고 계실 겁니다. 바로 기업 스폰서십, 경기단체 회비, 라이선스 수입 등에서 채우고 있습니다. 이제 제가 왜 이 이야기를 꺼내는지 아시겠죠? 국가에서 받은 한정된 돈으로 한국체육회는 운영되고 있습니다. 4,000억으로 산하단체 지원, 국가체육행사 운영 등 다양한 업무를 버겁게 운영하고 있습니다."

"아니, 그래서 중국 애들 돈을 쓰자는 겁니까? 그리고 스포츠베팅사업은 우리도 이미 있지 않습니까? 물론 온라인은 아니지만요."

"예, 그 말씀이 이제야 나오는군요. 맞습니다. 스포츠토토가 있고 우리 스포츠에 큰 역할을 담당하고 있습니다. 저도 놀랐는데 스포츠토토 수익금으로 조성된 국민체육진흥기금이 정부 체육예산의 85% 이상인 1조 5,000억 원 정도를 차지하고 있습니다."

"그것 봐요. 이미 스포츠베팅을 잘 활용하고 있지 않습니까?"

다른 의원의 목소리가 들려왔다. 하지만 그의 목소리는 김 의원의 귀에는 들리지 않았다.

"예, 잘 활용하고 있습니다. 그런데 스포츠토토의 발행사업자인 국민체육진흥공단, 정식명칭은 서울올림픽기념 국민체육진흥공단이죠. 그들의 산업분야는 전문, 생활, 장애인 체육 및 체육단체 지원과 스포츠과학 연구, 보급 그리고 스포츠 산업육성 및 서울올림픽기념시설물 관리 및 운영입니다."

김 의원은 서류에 적힌 내용을 하나도 빠짐없이 읽어 내려갔다. 따분한 듯 그의 발언을 듣는 의원들은 피곤한 표정을 지어 보이며 발표가 끝나기만을 기다리고 있었다. 발표가 마무리된 듯 김 의원은 더 이상 말을 이어가지 않았다.

"그래서 뭡니까?"

짜증 섞인 목소리가 들려왔다. 김 의원의 시선이 짜증 섞인 목소리를 뱉어내는 의원의 얼굴에 꽂히며 다시 말이 이어졌다.

"제가 지금 말하는 요점은 한국체육회의 안정적 수익구조를 만들자는 취지에서 장황하게 설명 드린 겁니다. 국민체육진흥공단이 스포츠토토를 통해 안정적으로 수익을 창출하듯이 한국체육회도 그랬으면 한다는 겁니다."

"맞습니다."

조용하던 김 의원과 같은 당 소속 의원의 지원사격이 시작되었다.

"김 의원의 발표대로 국민체육공단은 말 그대로 범국민적인 체육활동을 지원합니다. 일이 많다는 거죠. 한국 엘리트스포츠를 이끄는 한국체육회는 그중 하나의 섹터일 뿐입니다. 진정한 스포츠 발전을 위해서는 한국체육회의 안정적 수익사업이 절대적으로 필요합니다."

마무리될 것 같던 회의는 마지막 김 의원의 발표가 기폭제가 되었다. 의원들은 서로의 의견을 소리 높여 외치며 자신의 주장을 굽히지 않았다. 회의는 예정시간을 훨씬 넘겨 계속 이어졌다.

"대한민국족구협회의 신선한 시도가 체육계 및 전 국민의 주목을 받고 있습니다."

TV뉴스에서 족구협회의 선수등록에 관한 뉴스에 이어 대담 프로그램이 편성되었다. 주목받지 못하던 족구가 한순간 이슈의 중심으로 떠올랐다.

"마을단위 예선전이라는 새로운 접근방식을 선보인 족구협회가 이번에는 키오스크를 이용한 현장 선수등록이라는 새로운 시도를 하고 있습니다. 한국체육회 최덕규 이사님을 모시며 이야기 나누도록 하겠습니다."

화면에 최 이사의 얼굴이 클로즈업되었다. 예상하지 못한 반응에 최이사도 당황하고 있었다.

"반갑습니다."

"출연해 주셔서 감사합니다. 이사님께서도 많이 당황하신 것 같던데 이번 시도를 어떻게 보십니까?"

"예, 새로운 시도라는 점을 신선하게 생각하고 있었습니다. 마을단위 예선전은 아무도 생각하지 못한 시도였습니다. 정말 참신했습니다. 그런데 그 과정 중에 선수등록이라는 변수가 발생했습니다. 솔직히 앞이 캄캄하더라고요."

"오, 그런 일이 있었던 겁니까?"

"예, 전혀 예상하지 못한 문제가 발생한 겁니다. 족구협회 회장도 당황하며 새로운 시도가 물거품이 되는 것이 아닌가 당황해하며 해결책을 찾던 중 키오스크를 이용한 현장등록을 생각해내게 되었습니다."

"예, 알겠습니다. 그런데 마을단위에서 예선전을 펼쳐 전국 우승자를 가리는 경우가 예전에도 있었습니까?"

"아닙니다. 스포츠 경기에서는 처음 시도되는 경우입니다. 여담이지만 전국노래자랑이 이런 경우겠죠. 마을 우승자가 연말에 전국대회에서 최종 우승자를 가리지 않습니까?"

"예, 정말 그러네요."

사회를 보던 여자 아나운서가 잠시 웃음을 보였다. 스포츠 경기에 전국노래자랑이 비교된다는 웃지 못할 일이 벌어졌다.

"그러면 이렇게 마을단위 예선전부터 전국 우승자를 가리는 경기방식이 가능했던 이유가 있을까요?"

"예, 분명히 있습니다. 우선 족구라는 종목을 세심히 들여다봐야 합니다. 족구는 쉽게 접근할 수 있습니다. 발만 사용해 공을 네트 너머로 넘기기만 하면 됩니다. 남녀노소를 불문하고 할 수 있는 운동종목입니다. 물론 고난이도의 기술을 익히는 것이 쉬운 것은 아니지만 누구나 선수가 될 수 있는 종목입니다."

"예, 맞는 말씀 같습니다. 저도 대학교 엠티 때 그리고 방송국 야유회에서도 몇 번 해 본 적이 있는데 무척 재미있었던 걸로 기억합니다. 단지 놀이 정도로 생각했었는데 그게 아니었군요."

"예, 바로 그겁니다. 경기를 하기 위해서 특별한 기술이 필요 없습니다. 그런데 재미있거든요. 또 열광하게 만들거든요. 그래서 마을단위 예선전이 가능했다고 생각합니다."

대화를 나누는 아나운서의 얼굴에도 미소가 피어올랐다. 분명히 그녀의 머릿속에도 족구에 대한 추억이 재미있었던 기억으로 남아 있었다. 보고 즐겼던 감동이 아니라 직접 참여하며 즐겼던 감동이었다.

"그런데 선수등록이 문제가 되었다는 건 무슨 말이죠? 규칙상 누구나 선수가 될 수 없다는 것을 의미하는 것입니까?"

"예 그게 좀 복잡합니다. 특정종목의 선수가 되기 위해서는 협회나 단체에 가입된 팀에 소속이 되어있어야 합니다. 내가 선수가 되고 싶다고 되는 것이 아닙니다."

"그렇군요. 그렇다면 족구 선수등록도 팀에 소속이 되어있어야 하는 것 아닙니까?"

아나운서의 질문은 집요하게 이어졌다. 집요하다기보다 궁금한 것이 많았다. 지금까지 없었던 새로운 시도에 대한 전체적인 궁금증이 터져 나왔다.

"우선 한 가지 말씀드리면 우리 한국체육회는 대한민국의 스포츠를 이끌어가는 조직입니다. 그뿐만 아니라 국가올림픽 조직위원회 역할도 하고 있습니다. 다시 말하자면 세계올림픽위원회 WOC의 규정을 준수해야 하는 겁니다."

"아, WOC에서 허용을 안 한 거군요. 등록된 선수가 아니면 경기를 할 수 없다고 했겠군요?"

"예, 맞습니다. 무조건 등록이 되어있어야 했습니다. 그러기 위해서는 협회에 가입된 팀 소속이어야 하고요."

"그러면 경기가 이루어질 수 없어야 하는데, 지금 선수등록을 하고 경기에 참여하고 있지 않습니까?"

"맞습니다. 경기가 열리고 있죠. 이유는 족구협회의 과감한 결정이었습니다. 팀을 만들고 협회에 등록한 후에 선수를 등록하는 것이 기존의 절차입니다. 그런데 선수로 등록한 사람들이 모여 나중에 팀을 결성하고 협회에 가입하도록 정관을 변경한 겁니다."

"예? 그게 정말입니까?"

"예. 정관을 변경하고 선수등록도 접근성이 용이한 키오스크 단말기를 사용하도록 한 겁니다. 물론 기존의 인터넷을 이용하거나 직접 협회를 방문해서 할 수도 있습니다. 하지만 현장에서 등록하는 것이 효과적이라는 판단에서죠."

"엄청난 도전이었군요. 그런데 WOC에서는 이 방법을 승인한 겁니까?"

"예, 바로 승인했습니다. WOC에서 우리 한국의 위상이 예전과는 다르거든요. 한국의 의견을 쉽게 무시하지는 못합니다."

"알겠습니다. 단순하게 보고 즐기는 스포츠만을 생각했습니다. 그런데 그런 스포츠 종목이 만들어지는 과정이 복잡하다는 사실을 새롭게 알게 되었습니다. 정말 소중한 시간이었습니다. 그리고 마지막으로 족구협회의 도전이 성공하기를 진심으로 바라겠습니다. 감사합니다."

긴 인터뷰가 마무리되었다. 새로운 도전에 대한 관심과 기대가 속도를 내며 질주를 시작하고 있었다.

지역별 예선전이 열리자 기찬은 바쁜 일정을 소화했다. 하지만 며칠 간 그의 모습이 보이지 않았다.

"예, 이사님."

대한민국족구협회 류 실장이 정중하게 전화를 받고 있었다.

"아니, 왜 연락이 안 되는 거야? 류 실장은 홍 회장이 어디 있는지 알고 있어?"

"아, 급하게 해외출장을 가셨습니다."

"해외출장?"

"예, 해외출장입니다. 아마 당신 회사 일 때문인 거 같습니다. 저도 자세한 내용은 모릅니다."

"그래? 얼마나 급하길래 연락도 없이 간 거야. 지금 어떤 상황인데…"

최 이사의 목소리에는 다급함이 묻어있었다. 평소와 달리 서두르고 있음이 느껴졌다.

"무슨 일이신데요? 급한 일입니까?"

"아니, 급한 일은 아니야. 그런데 연락은 되는 거야?"

"직접 통화는 안 되고 문자로만 연락이 가능합니다. 항상 해외출장을 가면 문자로만 연락을 합니다."

"으음, 일은 벌여놓고… 바쁜 친구야. 그러면 협회 일은 누가 하는 거야?"

"예, 급한 일은 제가 처리하고 있습니다. 회장님 결정이 필요한 내용만 연락을 취합니다."

"그래… 류 실장이 일은 다하는구먼. 고생이 많아. 내가 조만간 소주 한 잔 살 테니까 시간 비워놓을 수 있지?"

"예, 그럼요."

"그래, 잘됐다. 그렇다면… 혹시 왕인베스트 진 대표, 잘 알고 있어?"

"아니요. 그냥 통화만 하는 정도입니다. 그런데 그건 갑자기 왜 물으시죠?"

"으응, 언젠가 진 대표가 류 실장 당신을 만나고 싶다고 했거든. 잘됐네. 이번에 만날 때 진 대표도 함께 만나면 좋잖아. 어때, 괜찮아?"

"그럼요. 언제든지 환영입니다."

아무리 생각해도 의미 없는 통화였다. 하지만 류 실장도 진 대표가 궁금했다. 도대체 어떤 인물이길래 족구협회에 과감히 지원을 하는지 궁금했다.

'그래, 잘됐다. 이참에 만나보자.'

전화기를 내려놓은 류 실장은 아무런 일도 없었다는 듯 다시 컴퓨터 자판에 손을 올려놓았다.

기찬과 정균은 항공기에서 내려 입국 심사대를 향했다.

"외국에 나오면 항상 불안해. 그런데 네가 있으면 전혀 그렇지가 않아."

심사대를 통과한 기찬이 정균을 바라보았다. 두 사람은 예상하지 못한 연락을 받고 급하게 비행기에 몸을 실었다.

"그건 누구나 마찬가지 아닐까? 혼자는 외로운 거야. 특히 외국에서는 더 그런 거고. 그건 나도 마찬가지야."

"그렇지? 그런데 갑자기 왜 연락이 온 거지? 도무지 이해할 수가 없어. 혹시 우리가 해외 단체들에 보낸 공문 때문인가?"

"글쎄…. 나도 모르겠다. 공문에는 별 내용이 없었는데. 그래도 효과는 있었나 보네."

이야기를 나무며 걷는 동안 입국게이트를 통과했다. 주변을 둘러볼 필요도 없이 게이트 바로 앞에 'JOK-KU'라고 쓰인 종이를 들고 서 있는 사람을 발견했다. WOC본부가 있는 스위스 제네바국제공항이었다.

기찬은 개인 전자메일로 미팅을 원한다는 WOC 관계자의 연락을 받았다. 공식적인 미팅이 아니라 개인적인 미팅을 원한다는 WOC종목채택위원장의 전자메일이었다.

가볍게 인사를 나눈 기찬과 정균은 사내의 안내에 따라 주차장으로 이동했다. 제네바국제공항을 출발한 차량은 속도를 올리며 목적지인 로잔을 향해 달려갔다.

얼마를 달렸을까. 언덕 아래에 커다란 호수가 눈에 들어왔다. 제네바 호수였다. 제네바 호수는 정균에게 많은 기억을 만들어준 장소였다. 국제스포츠의 중심인 WOC가 있는 로잔은 스포츠 마케팅을 하는 그에게는 성지나 마찬가지였다. WOC회의가 열리면 무작정 이곳 로잔을 찾아왔다. 일면식도 없는 사람들에게 접근하여 명함을 전달하며 한국에서는 낯설던 스포츠 에이전트 사업을 시작했다.

"정균아, 감회가 새롭지?"

기찬도 정균의 그런 과정을 잘 알고 있었다. 그래서 그와 함께 여기에 왔고 낯선 도시라는 이질감을 잊을 수 있었다.

"그래. 벌써 20년이야. 20년 전에 무작정 여기에 와서 명함을 돌렸었는데…."

호수와 조화를 이루는 구시가의 옛 건물들은 그들에게 이질감보다는 경이로움을 선사했다. 평생 지워지지 않는 기억으로 간직하고 싶은 장면이었다.

로잔 시가지로 들어온 차량이 호텔 정문에 멈춰 섰다. 기사와 인사를 나누고 기찬과 정균은 자신들의 방으로 발걸음을 옮겼다.

D-75

스위스 로잔의 쾌청한 아침 하늘은 한국의 하늘과 다름이 없었다. 신선한 공기가 코끝을 스치며 가슴 깊숙이 파고드는 짜릿함이 기찬과 정균을 자극했다. 호텔 앞에 도착한 기사는 그들에게 WOC본부 입장을 위해 발급된 ID카드를 건넸다. 기찬과 정균은 카드를 받아 들었다.

거대 조직인 WOC에서 자신들을 카드를 준비해줬다는 사실이 실감되지는 않았지만 묘한 기분은 숨길 수 없었다.

도착한 WOC본부 건물은 찾아온 방문객들을 주눅들게 만들기에 충분했다. 엄청난 위용과 전 세계 스포츠를 지배하고 관리한다는 사실이 주는 무게감이 엄청났다. 목에 ID카드를 걸고 기사의 안내에 따라 현관을 통과했다. ID카드를 확인하는 경비원들은 그들에게 웃음을 보이며 가볍게 인사를 건네왔다. 기분 좋은 입장이었다. 1층 로비에는 건장한 백발의 사내가 그들을 기다리고 있었다. 기사가 손을 들자 백발의 사내가 웃음을 보이며 그들에게 다가왔다.

"반갑습니다. WOC종목채택위원장입니다. 먼 길 오시느라 고생하셨습니다."

"아닙니다. 즐거운 비행이었고 좋은 경치에 묻혀 편한 밤을 보냈습니다."

인사를 나눈 기찬과 종목채택위원장이 서로 악수를 하며 인사를 나누었다. 정균도 위원장과 악수를 나누었다. 낯설지 않은 그의 모습에 편안함이 온몸에 전달되고 있었다. 악수로 인사를 나눈 그들은 위원장 집무실로 발걸음을 옮겼다.

"여기가 제 집무실입니다."

WOC위원장 신분과는 동떨어진 사무실이었다. 수수함이 느껴질 만큼 작은 방에는 작은 소파와 책상이 놓여 있었다. 벽면은 세계 각국의 스포츠 경기 장면이 찍힌 사진이 걸려 있었다. 별다른 장식이나 조형물은 눈에 띄지 않았다.

"놀랐습니다. 집무실이 검소하다는 느낌입니다."

"그런가요? 집무실은 일을 하는 곳이지, 누구에게 보여지기 위한 장소는 아닙니다. 그게 WOC의 철학입니다."

자신감 넘치게 말을 건네는 위원장은 자신이 직접 커피메이커에서 커피를 만들었다. 커피잔을 쟁반에 들고 오는 모습이 어색하지 않았다. 이런 대접이 몸에 배어있었다.

소파에 앉은 위원장이 자신의 윗옷에서 명함을 꺼내 기찬과 정균에게 건넸다. WOC종목채택위원장이라는 직함과 함께 그의 이름이 선명하게 찍혀있었다. 기찬은 자신의 대한민국족구협회 명함을 건넸고 정균은 자신의 스포츠 에이전시 명함을 그에게 건넸다.

"미스터 홍, 그리고 미스터 맥스…"

정균의 영어 이름은 맥스였다. 해외에서 주로 명함을 교환하다 보니 발음하기 편한 맥스라는 이름을 사용하고 있었다. 그들의 명함을 확인하던 위원장의 표정에 변화가 보였다. 그는 고개를 갸우뚱거리며 정균의 명함을 다시 확인했다. 정균도 위원장 명함에 적힌 이름을 확인했다. 존스였다. 정균의 표정이 굳어졌다.

"미스터 맥스, 혹시…"

정균은 기억을 더듬었다. 내용을 모르는 기찬은 그들의 어색한 표정에서 불길한 예감을 받았다. 혹시 이번 만남에 악영향을 주지 않을지 걱정이 고개를 들기 시작했다. 정균과 위원장 존스는 서로의 얼굴을 한참 동안 바라보았다. 서로가 기억을 더듬고 있었다.

"미스터 존스, 혹시 20년 전 WOC과장이지 않았습니까?"

"맞아요. 미스터 맥스, 이 명함 어디선가 본 듯하다는 느낌을 받았는데 그 당시 무작정 찾아와 명함을 전달하고 사라지기를 반복하던 그

인물?"

잠시 정적이 흘렀다. 기찬은 둘의 얼굴을 번갈아 바라보며 어떤 상황인지 빨리 밝혀지기만을 바랐다. 불안함이 점점 증폭되고 있었다. 나쁜 이미지의 정균이었다면 하는 생각이 스쳐 지나갔다.

"아! 그 미스터 존스였네."

"아하, 당신, 그 당시 당당하게 WOC를 쑤시고 다니던 미스터 맥스."

로비에서 처음 만났지만 낯설지 않았던 이유를 알 것 같았다. 누가 먼저라고 할 것도 없이 둘은 소파에서 일어서 깊은 포옹을 나누었다. 오래 만나지 못한 친구들의 깊은 포옹이었다. 이 장면을 바라보는 기찬에게도 뭉클함이 전달되었다. 긴 포옹을 나눈 두 사내는 다시 자리에 앉았다.

"아니, 이렇게 만나네. 그동안 맥스 자네 이야기는 가끔 들었어. 한국에서 스포츠 에이전시라는 새로운 분야를 개척한 인물로 유명하더군."

"그래? 나는 자네 얘기는 거의 못 들었어. 설마 지금까지 WOC에 남아있으리라고는 상상도 못 했고."

집무실이 갑자기 친구들 간의 수다를 떠는 장소로 변했다. 서먹하던 분위기가 한순간 오랜 친구들의 만남의 장소로 변해 있었다.

"그럼, 미스터 홍과 같이 대한민국족구협회 일을 하는 거야? 어쩐지 대한민국족구협회에 연락을 해야겠다는 생각이 계속 들더라고. 다 이유가 있었네. 미스터 맥스, 당신이 거기 있어서 연락을 하고 싶었던 거야. 이게 다 하늘의 뜻이야. 허허!"

"그래, 그 말이 맞아. 일이 잘되려니 이렇게도 만나네. 네 말대로 지금 대한민국족구협회 일을 하고 있어. 여기 미스터 홍도 내 오랜 친구야. 서로 편하게 이야기해도 될 것 같은데."

분명히 정균보다 나이가 많아 보이는 위원장이었다. 하지만 정균과는 친구였다. 편하게 이야기를 나누며 서로를 손가락으로 가리키는 등 상당한 친분관계임이 느껴졌다.

기찬은 20년 전 WOC 말단 과장이었지만 세계 스포츠 클럽과 친분이 두텁던 위원장 덕분에 정균의 스포츠 에이전시 사업이 날개를 달기 시작했다는 사실을 알게 되었다. 끊을 수 없는 인연의 고리가 그들을 연결시켜 주고 있었다.

십여 분 넘게 정균과 위원장은 예전으로 돌아가 그 당시를 회상하며 웃음소리와 함께 그들만의 시간을 만들었다. 시간이 더 필요했지만 제한된 시간 안에 이루어져야 하는 미팅을 위한 자리였다.

정균과 위원장의 이야기가 마무리되어가자 기찬은 허리를 펴며 자세를 고쳐 잡았다.

"내가 대한민국족구협회장을 만나고자 한 이유는 간단합니다."

위원장이 기찬과 눈을 마주쳤다. 진지한 그의 눈에서 본격적인 이야기가 시작되었음을 직감할 수 있었다.

"한국에서 시도하는 새로운 시스템에 관심이 많습니다. 아주 흥미롭습니다."

부드러운 목소리가 들려왔다. 긴장하고 있던 기찬은 깊은 숨을 들이마시며 지금까지 다물고 있던 입을 열었다.

"예, 고맙습니다. 막상 시도는 했지만 이 정도로 반응이 좋을 줄은 몰랐습니다."

무엇 때문에 자신을 초청했는지 기찬은 전혀 예상하지 못했다. 단지 WOC에서 초청을 해 줬다는 사실만으로도 만족했다. 개인적인 만남을 갖고 싶다는 초청조건이 붙어있었기에 한국체육회에도 방문사실을 알리지 않고 바로 달려왔다.

"그래요? 미스터 홍도 놀랐군요. 아무튼 고무적인 시도입니다. 관심 있는 사람들이 많습니다."

"그게 정말입니까? 그런데 우리 족구에 관심이 있는 겁니까? 아니면 새롭게 시도하는 예선시스템입니까?"

"물론 두 가지 다입니다. 족구라는 종목의 특성 때문에 그런 예선전도 가능한 것 아니겠습니까?"

둘의 대화를 듣고 있는 정균도 위원장이 무슨 생각을 하는지 예상할수 없었다. 하지만 긍정적인 신호가 나올 것 같은 예감이 들었다. 위원장은 한국에서 벌어지는 족구에 관한 정확한 정보를 파악하고 있었다. 기찬은 조심스러울 수밖에 없었다.

"위원장님, 솔직히 WOC에 실망이 많습니다."

갑작스런 실망 섞인 기찬의 목소리가 들려왔다. 올 것이 왔구나 하는 생각이 정균의 머리를 스치고 지나갔다.

"허허, 압니다. 족구가 WOC 정식종목으로 채택되지 않았지요. 잘 압니다."

하지만 위원장의 표정에는 변화가 없었다. 담담하게 기찬의 이야기를 듣고만 있었다.

"예, 잘 아시네요. 족구에 그렇게 관심이 많으시면서도 왜 승인을 안 하시는 겁니까?"

"솔직히 말씀드리겠습니다. 전 세계에는 수많은 스포츠 종목이 있습니다. 우리가 알고 있는 종목도 있지만 모르는 그들만의 놀이 비슷한 종목이 있습니다. 하지만 그 수많은 종목을 모두 WOC 정식종목으로 채택할 수는 없습니다. 그 점을 이해해 주셨으면 합니다. 아무튼 그래서 오늘 만나자고 한 겁니다."

"예?"

놀란 건 기찬뿐만이 아니었다. 정균도 놀라며 위원장의 담담한 표정을 바라보았다. 위원장은 분명히 방법을 알고 있었다. 위원장은 놀라는 정균을 물끄러미 바라보며 이야기를 이어갔다.

"한국의 족구도 당신들만의 놀이를 넘어서고 있습니다. 그리고 엄청난 잠재력을 지니고 있습니다. 그래서 우리 WOC도 당신들이 요청한 현장 선수등록을 승인한 겁니다. 미스터 홍, 혼자 할 수 없으면 같이 하면 됩니다."

"같이요?"

"예. 같이, 함께하는 겁니다. 제가 볼 때 한국에서 족구가 스스로 성장할 수는 없습니다. 한국 사람들은 족구가 너무 익숙하기 때문에 그 이상을 못 보고 있습니다. 나무만 볼 뿐 그 거대한 숲을 못 보고 있습니다."

"예, 그럴 수도 있습니다."

"그래요. 밖에서 지켜보는 우리가 더 잘 알 수 있습니다. 그리고 이번 현장 선수등록도 한국 기업이 아닌 외국계 기업에서 지원을 해 주지 않았습니까?"

"그걸 어떻게 아셨습니까? 그 사실은 극소수 관계자들만 알고 있습니다."

"그렇지요. 이게 바로 WOC의 힘입니다. 우리는 전 세계 스포츠에 관한 모든 걸 알 수 있고, 영향력을 행사할 수도 있습니다."

정균은 이야기에 참여할 수 없었다. 대한민국 족구를 대표하는 족구협회장과 WOC의 단판승부였다. 물론 WOC의 초청으로 이루어진 만남이지만 서로가 이기는 경기를 만들 수 있는 만남이었다.

"미스터 맥스, 안 그래?"

위원장의 시선이 정균을 향했다. 준비 없이 대화만 듣던 정균도 어찌할 바를 몰랐다. 두 손을 펼치며 미소를 보이는 걸로 대답을 대신했다.

"위원장님, 도대체 의도를 모르겠습니다. 자세하게 위원장님의 계획을 알려 주십시오."

"좋습니다. 미스터 홍, 그림을 크게 그립시다. 제가 도와드리겠습니다. WOC 종목 채택뿐만 아니라 전 세계에 당당히 나설 수 있게 제가 도와드리겠습니다."

위원장의 설명이 시작되며 시간은 빠르게 흘러갔다. 하지만 기찬과 정균의 표정에는 어두운 그림자가 짙게 드리워지고 있었다.

"처음 뵙습니다."

웃음을 보이는 왕인베스트의 진 대표가 손을 건넸다. 앞자리에 앉아 있던 기획실장 성민도 손을 내밀어 악수를 나누었다.

"통화만 하다가 이렇게 뵙게 되었습니다. 그동안 수고 많으셨습니다."

"그러게 말입니다. 족구협회 일을 도맡아서 하고 있는 친구입니다."

함께 자리한 최 이사도 거들었다. 화기애애한 분위기가 만들어지며 세 명의 사내는 소주잔을 들었다.

"족구를 위하여!"

"위하여!"

최 이사의 건배 제의에 모두들 들었던 잔을 입에 가져갔다. 누가 먼 저 마시나 내기를 하듯 세 명의 사내는 잔에 담겨있던 소주를 한순간 에 들이켰다. 소주잔이 몇 번을 오가며 분위기는 한껏 달아올랐다. 최 이사와 진 대표는 소리를 높여가며 친밀감을 드러냈다. 성민도 분위기 에 취하며 목소리가 높아지기도 했다.

"최 이사님, 온라인 베팅 건은 아직도 소식이 없습니다. 김 의원도 아 무런 대답이 없네요."

"그래요. 아마 민감한 사안이라 그럴 겁니다. 조금만 기다려 보세요. 분명히 좋은 소식이 올 겁니다."

"그래요? 그렇다면 더할 나위 없죠."

진 대표는 온라인 스포츠베팅 사업 건이 코앞에 닥친 일이었다. 국회로부터 대답이 없는 것이 불안하기만 했다. 하지만 최 이사는 웃음을 보이며 자신감을 내비쳤다.

"실장님, 현장에서 선수등록을 하자는 아이디어는 대단했습니다."

"그렇습니까? 제가 낸 아이디어가 아니라 홍 회장님이 직접 낸 아이디어였습니다."

"그래요? 그래도 족구협회 대부분의 기획은 실장님 머리에서 나오지 않았습니까? 대단하십니다."

"허허, 그렇긴 하지만…."

갑자기 대화 내용이 족구로 집중되는 것을 쑥스러워하며 성민은 소주잔을 입으로 가져갔다.

"앞으로도 실장님 역할이 중요할 겁니다. 그래서 제가 친해지고 싶어 하는 겁니다."

"그래요? 그래서 류 실장과 만나고 싶어 하셨군요."

"허허! 솔직히 그렇습니다."

최 이사도 웃음을 머금고 대화에 참여하고 있었다. 한국체육회로 연결되는 족구와 관련된 주요 인터뷰는 최 이사의 몫이었다. 얼마 전 방송 인터뷰로 인해 최 이사도 한껏 기분이 올라선 상태였다.

"그런데 홍 회장이 없으니 썰렁합니다."

진 대표가 갑자기 홍 회장을 언급하며 소주잔을 입으로 가져갔다.

"그렇죠? 저도 홍 회장이 어디에 있는지 확인이 안 됩니다. 류 실장도 그렇지요?"

"예, 저도 위치 파악이 안 되고 있습니다. 그런데 예전에도 자주 그래서 별걱정은 없습니다."

"그래요? 저는 아는데…."

"예? 아신다고요?"

갑작스런 진 대표의 이야기에 최 이사와 류 실장의 시선이 그에게 고정되었다. 집중된 시선이 부담이 되는 듯 진 대표는 두 손바닥을 보였지만, 태연한 모습을 보이고 있었다.

"아니, 진 대표님께서 홍 회장의 행적을 어떻게 아십니까? 류 실장도 모르고, 저도 모르는데요."

"아, 우연히 알게 되었습니다. 우리 회사가 전 세계적인 네트워크를 갖고 있다 보니 연락이 오기도 합니다. 무슨 정보기관도 아니고…. 허허!"

웃음을 보이며 쑥스러워하는 진 대표였다. 하지만 최 이사와 성민은 그리 기분이 좋지만은 않았다. 자신들도 모르는 사실을 진 대표가 안다는 그 자체가 용납되지 않았다.

좋았던 분위기가 한순간 경직되며 최 이사와 성민의 시선이 마주쳤다. 진 대표도 상황을 인지한 듯 서둘러 소주잔을 들며 건배를 청했다.

"우연히 알게 되었습니다. 유럽 쪽에 계시더라고요. 아무튼 조만간 오시겠죠. 그런데 류 실장님, 앞으로 제가 도움을 많이 청할 것 같습니다. 잘 봐주십시오."

"예? 갑자기 무슨 말씀입니까?"

"아, 별거 아닙니다. 긴장하실 필요는 없습니다. 최 이사님께서도 도움이 되어주셔야 합니다. 국회에서 통과되는 거야 김 의원이 알아서 하겠지만 그래도 제가 편하게 말씀드릴 분은 이사님밖에 없습니다."

술기운 덕분인지 이야기 주제는 홍 회장에서 자연스럽게 지금의 상황으로 바뀌었다. 최 이사도 그렇고 성민도 적지 않은 기대감에 젖어

들었다. 거대 규모의 자금을 운용하는 회사의 대표가 자신들에게 관심을 표명한다는 것 자체가 사소한 일로 넘길 수는 없었다.

세 사내의 끊이지 않는 웃음소리와 함께 술자리는 계속 이어졌다.

"이 사장, 오랜만이오. 남조선에서 하는 일은 잘되는 거지요?"

낯선 북한 억양의 목소리가 들려왔다. 식당에 함께 자리한 족구협회 부회장은 미소를 보이며 앞에 놓인 대동강 맥주를 한 모금 들이켰다.

"그럼요, 바쁘게 지냈습니다. 장 사장님, 식당 사업은 어떻습니까? 힘드시죠?"

"에구, 말도 마십시오. 죽갔습네다."

라오스 수도 비엔티안에 위치한 북한 식당이었다. 족구협회 부회장은 라오스에서 10년 넘게 사업을 한 사업가였다. 1년 전 한국으로 들어가 족구협회 부회장으로 취임을 하며 회장인 기찬과 함께 많은 일을 준비하며 바쁜 시간을 보냈다. 북한 식당 사장인 장 사장과도 손님으로 만나 10년 넘게 형, 동생처럼 지내왔다.

"그런데 이 사장, 정말 가능한 이야기입네까?"

"당연하죠. 충분히 가능합니다. 사장님만 움직여 주시면 할 수 있습니다."

"하, 그래도 어려운 일인데…."

"잘 압니다. 그래도 가치 있는 일 아닙니까? 사장님 식당 이름이 '백두에서 한라까지'아닙니까? 충분히 하실 수 있습니다."

"그것 참…."

장 사장은 난처한 표정을 지었다. 항상 새로운 아이디어를 내놓는 이 사장이었지만 이번 제안은 쉽지 않았다. 북한대사관과 협의가 필요한 일이었다.

라오스 태생인 장 사장은 라오스에서 활동이 자유로웠다. 라오스는 1990년대까지만 해도 한국보다 북한과의 관계가 우선시되던 나라였다. 라오스 주재 북한 대사였던 아버지의 힘을 등에 엎고 동남아시아에서 사업을 하다 북한으로 돌아간, 사업수완이 보통이 아닌 인물이었다.

"그런데 남조선에서는 가능합네까? 거기도 쉽지 않을 텐데…."

"예, 솔직히 쉽지 않습니다. 하지만 누군가는 언젠가 해야 되는 일입니다. 걱정하지 마십시오. 이미 한국에서는 준비를 시작했습니다."

"그래요? 다행입네다. 그래도 아직 남북관계가 애매해서…."

장 사장은 말꼬리를 흐리며 답을 내놓지 않았다. 자신도 북한 식당을 운영하지만 우여곡절이 많았다. 몇 년 전만 해도 끊이지 않고 찾아오는 관광객들로 식당은 빈자리를 찾을 수 없었다. 하지만 지금은 손님을 찾기가 힘들 정도로 사업도 지지부진했다.

이 사장도 북한 식당을 자주 찾는다고 한국대사관에서 경고를 받기도 했었다. 다행히도 남북관계가 유연해지면서 그런 문제는 사라졌지만 그것도 잠시였다. 남북관계가 경색되며 북한 식당을 찾는 것이 자유롭지만은 않았다.

"장 사장님, 이번 건이 제대로 성사된다면 사장님 식당 사업도 탄력을 받습니다. 그 점은 제가 장담합니다. 물론 사장님께서 더 잘 아시겠지만요."

부회장은 장 사장의 눈치를 살폈다. 난처하다는 표정을 지으며 맥주잔에 손을 가져가는 그가 아직 결정을 하지 못하고 있음을 쉽게 알 수 있었다.

"사장님, 남북이 항상 적으로만 살 수는 없습니다. 같은 민족입니다. 분명히 북에서도 승인을 할 겁니다. 돌파구, 아니 관계를 유지하기 위한 무엇인가가 필요하다는 것은 피할 수 없는 사실입니다."

깊은 고민을 하는 장 사장이 잔을 내려놓았다.

"이 사장, 우리 담배나 피웁시다."

"예, 좋죠. 그런데 담배 끊으셨잖아요? 다시 피우세요?"

"그게 그렇게 됐소. 속이 답답하니 술만 먹을 수도 없고. 빨리 나갑시다."

식당 밖으로 나온 부회장이 담배를 꺼내 식당 사장에게 건넸다. 우기가 끝나고 건기가 시작되며 도로 포장상태가 안 좋은 길거리는 먼지로 덮여 있었다. 먼지는 아랑곳하지 않고 깊게 담배연기를 들이킨 장 사장은 다시 한번 담배연기를 깊게 들이켰다.

"좋소. 그러면 내가 뭘 하면 되는 거요?"

"예? 오케이하신 겁니까?"

"나야 뭐 중간에서 역할만 하는 거니까는, 까짓 것 한번 해 보지요."

"고맙습니다. 사장님은 북한에서 승인만 얻어내 주시면 됩니다. 물론 힘드시겠지만 모든 지원은 남한에서 하겠습니다.”

“알았습네다. 우선 라오스 주재 북한대사관에 말하겠소. 물론 그들이 결정할 수는 없을 겁네다. 평양의 승인이 나야 할 겁니다.”

“예, 알고 있습니다. 어떻게든 성사되면 좋겠습니다. 힘 좀 쓰시는 겁니다.”

“아휴, 알았다니까는. 그리고 다시 말하지만 승인만 나면 남조선에서 다해야 합니다.”

“예, 당연하죠.”

담배를 발로 비벼 끈 부회장과 이 사장은 다시 식당 안으로 자리를 옮겼다.

“이보라우, 대동강 맥주 말고 평양소주로 가져오라우! 아니다, 금강산소주로 가져오라우!”

식당 안에 대기하던 여성 접대원은 한껏 힘이 들어간 장 사장의 목소리를 듣자마자 냉장고 문을 열고 금강산소주를 꺼내왔다.

“이 사장, 마십시다.”

“아하! 좋죠. 이거 얼마만입니까?”

두 사내는 건배를 하며 술잔을 부딪쳤다. 오랜만에 만난 친구처럼 그들의 대화는 꼬리에 꼬리를 물며 이어졌다.

D-71

한국에 도착한 기찬은 곧바로 한국체육회로 향했다.

"아니, 말도 없이 WOC를 다녀오더니 또 무슨 말을 듣고 온 거야?"

"그쪽에서 개인적으로 만나고 싶다고 부탁을 해서 소리 없이 다녀왔습니다. 아니, 그런데 제가 그쪽에 간 걸 어떻게 아셨습니까? 류 실장도 모르는 일인데."

"그래, 놀랐지? 나도 놀랐어. 왕인베스트의 진 대표가 알고 있더라고."

"예? 진 대표가요?"

기찬은 도무지 이해할 수가 없었다. 진 대표의 능력이 어디까지인지 가늠할 수가 없었다.

"그래, 진 대표. 그가 알고 있더라고. 아무리 스포츠 관련 투자회사라지만 아는 게 너무 많아. 그나저나 WOC에서 무슨 이야기를 들었길래 득달같이 달려온 거야?"

"예. WOC 종목채택위원장이 우리 족구에 대해서 훤히 알고 있더라고요. 그러면서 족구를 키워주겠다며 조건을 제시했습니다."

"뭐라고? 그렇게 노래를 불러도 정식종목으로 채택도 안 해 주던 인간이? 그런데 족구를 키워주겠다고?"

"예. 그런데 조건이 이상합니다. '함께'라는 조건이 붙었습니다."

"함께? 그게 무슨 말이야?"

"공동으로 족구협회를 만들자는 겁니다. 한국의 힘만으로는 족구의 한계가 있다면서 다른 나라와 공동으로 세계족구협회를 만들면 WOC에서 적극적으로 밀어주겠답니다."

"뭐라고?"

최 이사의 표정이 어두워졌다. 말도 안 되는 제안이었고 왜 그런 제안을 했는지 의도가 의심스러웠다. 세계화를 핑계로 모종의 거래가 누군가와 이루어지고 있음을 직감했다.

"전혀 생각하지도 못했던 내용이라 저도 당황했습니다. 그런데 김정균 대표가 말입니다."

"김 대표가 왜?"

"우연도 대단한 우연입니다. 김 대표가 그 WOC 위원을 알더라고요. 예전에 사업을 시작할 때 서로 도움을 준 사이라고요."

"그래, 다행이네. 김 대표가 도움이 될 수도 있겠네."

"예, 맞습니다. 개인적인 친분이 있으니까 그 제안의 배경을 확인할 겁니다. 그런데 말도 안 되는 제안 아닙니까?"

최 이사의 머릿속에 많은 생각이 떠올랐다. 아직 한국에서도 인정받지 못하는 족구였다. 한국체육회의 잘못도 인정해야만 했다. 설마 이런 일이 벌어지리라고는 상상하지도 못했다.

"맞아. 족구는 우리 거야. 세계협회를 만들면 우리가 만들어야지, 왜 다른 놈들하고 같이 만들어."

"그러게 말입니다. 시간이 없습니다. 이번 전국대회가 끝나면 내년 전국체전이라도 참가하게 해 주십시오."

"으음…"

의도하지 않은 신음소리와 함께 최 이사는 당혹감을 숨기지 못했다.

먹잇감을 노리는 맹수들은 야생에만 존재하지 않았다. 기업의 인수합병도 많이 들어봤지만 스포츠세계에서도 약육강식이 벌어질 줄은 생각하지 못했다.

"그런데 그 함께라는 대상이 어디야?"

최 이사는 대답을 회피하며 슬쩍 대화의 대상을 바꾸었다. 그가 대답할 사안이 아니라는 사실은 기찬도 잘 알고 있었다. 기찬도 더 이상 한 문제로 시간을 낭비하고 싶지는 않았다.

"그게 알쏭달쏭합니다. 아무리 유도를 해도 대답하지 않더라고요."

"뭐? 그건 또 무슨 행태야."

"그러게 말입니다. 말 못 할 이유가 있는 거죠. 그래서 더 의심이 갑니다."

"홍 회장, 알았어. 그냥 넘겨버릴 문제가 아닌 거 같아. 우리 체육회 차원에서 할 수 있는 일을 검토해 볼게. 우리 체육회장이 특히 족구에 관심이 많으니까 너무 걱정하지 마."

"예, 알겠습니다. 우리 족구는 우리가 지켜야 합니다. 우리 족구는 우리가 세계에 알립니다. 그리고 제가 준비 중인 다른 계획이 있는데 가시적인 결과가 나오면 공식적으로 부탁을 드리겠습니다."

"뭐? 준비 중인 계획이 있다고? 와, 쉬면서 일하자. 내가 못 좇아가겠다."

"허허, 그냥 계획입니다. 놀라지는 마시고요."

"그래, 알았어. 그런데 그게 뭐야? 살짝 말해 주면 안 돼?

"아직은 안 됩니다."

"거 사람 참. 그래, 알았어."

한국체육회를 나서는 기찬의 표정은 어두웠다. WOC와 왕인베스트라는 단어가 머릿속을 맴돌며 지워지지 않았다.

D-70

오랜만에 찾아온 휴식이 달콤하지만은 않았다. 기찬은 거실 한쪽에 놓인 냉장고에서 맥주캔을 꺼냈다. 목이 타 들어 오는 느낌을 지울 수가 없었다.

"다른 나라와 공동으로 세계족구협회를 만들자…"

"중국 회사인 왕인베스트에서는 내 일거수일투족을 꿰뚫고 있다…"

얽혀있는 실타래는 좀처럼 풀리지 않았다. 시원한 맥주도 기찬의 갈증을 해결해 주지 못했다. 냉장고에서 새로운 맥주캔을 꺼내 따려는 순간 전화벨이 울리기 시작했다.

"응, 여보, 나야. 한동안 목소리도 못 들었네. 한국에서 힘들지?"

미국에서 아들과 지내는 부인의 목소리였다. 한국에 와서 메시지로만 안부를 전하며 부인과 통화도 자주 못 하고 있었다.

"응, 미안해. 그동안 전화도 자주 못 했어. 미안해."

"아니야, 괜찮아. 족구협회 일은 어때?"

"응, 바쁘게 지내지 뭐. 회사는 어때? 물론 알렉스한테 보고는 받지만…."

"알렉스가 잘하고 있어. 걱정 안 해도 돼. 그런데 오늘 미주한인족구협회장인 황 회장을 만났거든."

"그래? 나도 통화를 못 하고 있었는데, 협회 운영은 잘하고 있대?"

미주한인족구협회를 설립하고 초대 회장을 지내다 한국으로 돌아온 기찬에게 미주한인족구협회는 친정과도 같았다. 자신의 후임으로 선임된 황 회장의 열정도 기찬 못지않았다. 그 덕분에 미주한인족구협회는 꾸준한 성장을 하고 있었다.

"응, 잘하고 있어. 그런데 이상하다는 거야. 족구가 이상하리만큼 붐을 일으키고 있다는 거야."

"응? 그거 잘된 일 아니야?"

"그렇지? 잘된 일이지? 그런데 문제는 중국 애들이 판을 키우고 있다는 거야. 경기규칙도 우리하고 같은데 이름만 다르게 해서 족구대회를 연일 연다는 거야."

"그건 또 무슨 말이야?"

"나도 모르겠어. 족구 대신 등구(藤球)라는 명칭으로 매주 차이나타운에서 경기를 크게 연대."

"등구라고?"

"응, 황 회장 얘기로는 중국에서 족구는 우리 축구라며. 그래서 세팍타크로 이름인 등구를 사용한다는 거지. 한자로 등 자가 등나무 등 자야. 등나무로 만든 공, 세팍타크로잖아."

"뭐? 야, 이것 참 묘하네. 나도 한국에서 중국 애들하고 겹치는 일이 많은데…. 이게 무슨 우연이지."

"그래? 신기하네. 아무튼 황 회장도 자기 사업이 있어서 바쁘지만 당신이 미국에 와 줬으면 하는 거 같더라고. 당신에게 뭔가 하고 싶은 이야기가 있나 봐."

"그래? 알았어. 내가 한국에서 일정 확인하고 시간 만들어 볼게. 그런데 아들은 어때?"

"우리 아들? 말도 마. 대학생활에 빠져서 집에도 자주 안 와. 있을 때는 몰랐는데 막상 옆에 없으니까 빈자리가 크게 느껴지네."

"미안해. 나라도 옆에 있어야 하는데…."

"에이, 괜찮아. 나도 회사 일로 바빠. 가끔 허전하다는 거지."

"알았어. 힘내고. 내가 내일 일정 확인하고 다시 연락 줄게."

전화기를 내려놓은 기찬은 앞에 놓인 맥주캔을 조심스럽게 땄다.

허전함은 기찬의 몫이었다. 가족을 남겨두고 한국에서 혼자 생활한 지가 몇 년이 넘었다. 1년전 목표였던 족구협회장에 당선이 되었지만 허전함은 사라지지 않았다. 부인과의 통화가 끝나면 느껴지는 깊은 허전함 때문에 오히려 부인과의 통화를 피하고 있는지도 몰랐다. 다시 맥주를 들이키자 허전함에 묻혀있던 족구라는 단어가 머릿속을 휘젓기 시작했다.

'이상해, 정말 이상해…'

기찬의 되새김은 계속 이어졌다.

D-69

전화기를 든 정균의 얼굴이 일그러졌다.

"존스, 나한테는 사실대로 이야기해도 되잖아?"

"알아. 하지만 나도 공적인 위치에 있는 사람이야. 상대방과의 약속은 지켜야 해. 이해해 줘."

상대편의 WOC 종목채택위원장인 존스는 완고했다. 공동으로 세계족구협회 설립을 제안해놓고 상대방이 누구인지 알려주지 않는 것이 이해되지 않았다.

"아니, 상대방이 누구인지는 알아야 할 것 아니야? 네가 만약 한국 입장이라도 그렇지 않겠어?"

"맞아, 맥스. 그래서 내가 말했잖아. 대한민국족구협회에서 오케이가 떨어지면 알려주겠다고. 솔직히 상대방이 누구인지가 왜 중요해? 함께할 수 있다, 없다가 중요하지."

"존스, 이게 동양하고 서양의 사고방식 차이야. 우리 동양은 명분을 중요시해. 서양처럼 이익을 우선으로 추구하지 않는다고. 잘 알잖아?"

대화는 평행선을 달리고 있었다. WOC는 분명히 누군가와 손을 잡고 있었다. 그러면서 상대방을 밝히지 않는다는 것은 그 상대방이 우리와 이해관계가 있다는 것을 암시하는 것이었다.

"맥스, 나도 알아. 한국이 동양의 리더로 발돋움하고 있다는 사실은 누구도 부인할 수 없어. 그리고 손을 잡으면 안 되는 나라도 주변에 있다는 사실도 너무 잘 알아."

"어, 그 말은…"

단서가 분명했다. WOC에 공동설립을 제안한 국가는 예상을 벗어나지 않았다.

"아이구, 내가 확실한 단서를 던졌네. 그래, 맞아. 한국이 손잡기 싫어하는 나라야. 여기까지야."

"야, 존스. 솔직히 말해 줘. 그만큼 단서를 줬으면 이제 말해도 되잖아. 솔직히 어느 나라야?"

"맥스, 내 입장을 이해해 줘. 솔직히 네가 대한민국족구협회와 연결되어있는 줄 몰랐어. 그래서 나도 지난번 미팅에서 당황했고. 그래서 여기까지 말해 주는 거야. 알아?"

"야, 정말 완고하다. 그런데 우리 입장에서 족구는 우리 대한민국의 종목이야. 다른 나라가 끼어들 수 없는 분야라고. 그런데 함께하자고? 말도 안 돼."

"하… 어렵다. 맥스 네가 움직여주면 대한민국족구협회도 움직일 텐데…"

여러 가지 생각이 정균의 머릿속에 떠올랐다. 상대방은 분명히 WOC에 로비를 벌였고 WOC는 그들 편에 서 있음이 확실했다. 하지만 이번 통화에서 더 확실한 단서를 얻어야 했다.

"후, 나도 힘들다. WOC 생각은 이미 굳어 있잖아."

"그래, 맞아. 하지만 나도 궁금해. 왜 그 나라가 족구에 집착하는지 모르겠어."

"존스, 내가 말해 볼까? 일본 아니면 중국이야. 맞지?"

계속 이어지던 대화가 잠시 멈췄다. 일본 아니면 중국이 확실했다.

더 이상은 의미가 없었다. 이루어질 수 없는 제안이었다.

"허허, 역시. 그래, 둘 중 하나야. 이 정도면 됐지? 좋아. 어차피 알게
될 거, 한 가지 더 말해 줄게."

"응? 그게 무슨 말이야?"

정균의 뒷목이 뻣뻣해지며 혈압이 오르기 시작했다. 어쩌면 지금까
지 대화는 수박 겉핥기에 불과했을 수도 있다는 불안함이 밀려왔다.
대화가 끊긴 짧은 순간이었지만 온갖 불안한 생각들이 떠올랐다.

"맥스, 준비하고 있어. 그들은 독자적으로 움직일 거야. 제안은 네가
말한 동양인 특유의 명분일 수도 있어."

"어? 그게 무슨 말이야? 명분일 뿐이고 독자적으로 움직인다고?"

"그래. 그들은 이미 많은 준비를 해 놓았어. 한국은 지게 될 거야. 쉽
게 말할게. 그들 독자적으로 세계족구협회를 만들 거야."

"뭐라고?"

더 이상 이야기는 의미가 없었다. 맑은 하늘에 갑자기 번개가 치며
엄청난 폭우가 쏟아지려 하고 있었다.

"뭐라고? 그게 정말이야?"

"응, WOC 종목채택위원장이 직접 한 이야기야. 상황이 이상하다."

정균과 통화를 하는 기찬에게 불길한 기운이 찾아왔다. 석연치 않은 점이 한둘이 아니었다. 위원장의 이야기가 정답일 수도 있었다.

"알았어. 그런데 좀 더 확인해 보고 대응해야 할 것 같아. 나도 미국에 다녀와야 해."

"미국? 갑자기 미국은 왜?"

"미주한인족구협회장이 전하고 싶은 말이 있나 봐. 어차피 미주 상황도 확인할 겸 다녀와야 할 것 같아."

"그래, 알았어. 나도 위원장과 계속 접촉하면서 상황을 파악할게."

전화기를 내려놓은 기찬은 혼란스러웠다. 혹시나 하는 두려움이 밀려왔다. 한국은 아무것도 준비된 것이 없었다. 만일 누군가 치고 들어온다면 손쓸 사이도 없이 모든 것을 내어줘야 하는 상황이 벌어질 수도 있었다. 벽에 걸린 시계가 아침 10시를 가리키고 있었다. 잠시 망설이던 기찬은 전화기를 집어 들었다.

신호가 몇 번 울리지도 않는데 상대방의 목소리가 들려왔다.

"예, 회장님. 안 그래도 제가 연락을 드리려 했습니다."

"그래요? 그쪽 일은 잘 진행되고 있습니까?"

"예, 북한 식당 사장을 만났습니다. 자기가 움직인다고 했으니 조만간 소식이 올 겁니다."

라오스에 있는 족구협회 부회장의 반가운 목소리였다.

"그런데 부회장님, 상황이 이상합니다. 서둘러야 할 것 같습니다."

"예? 갑자기 무슨 말씀입니까? 서두르다니요?"

"예, 우리가 생각하던 족구가 아닌 것 같습니다. 우리만 모르고 있었습니다."

기찬은 지금까지 벌어진 상황을 설명했다. 이야기를 하면서도 기찬은 짧은 시간이었지만 많은 일이 벌어지고 있다는 상황을 다시 한번 깨닫고 있었다. 안이하게 생각하던 면이 없지 않았다. 물론 최선을 다했지만 큰 것을 놓치고 있다는 생각이 들었다.

"정말입니까?"

설명을 듣고 난 부회장의 목소리에는 근심이 어려 있었다. 시간을 두고 차근차근 준비하고자 했던 계획이 송두리째 물거품으로 변해 버릴 것 같은 불길함이 느껴졌다.

"예, 정말입니다. 지금 벌어지고 있는 실지 상황입니다. 한국에서 전국대회가 열리고 있지만 당장 내일이라도 미국엘 다녀와야 합니다."

"하, 그렇겠네요. 저도 서둘러야겠습니다."

"예, 그래서 전화를 드린 겁니다. 서둘러야 합니다. 그런데 부회장님이 볼 때 그쪽에서 반응이 나올 것 같습니까?"

"글쎄요. 저도 장담할 수가 없네요. 절차가 복잡합니다. 그리고 한국에서도 빨리 준비를 해야 할 것 같습니다. 저쪽에서 승인이 나도 우리쪽에서 발목이 잡히면 그때는 정말 복잡해집니다. 서로 간의 신뢰에 큰 타격을 입습니다."

"예, 알고 있습니다. 어쩌면 라오스가 우리의 숨겨진 비장의 카드가 될 수 있습니다. 최선을 다해야죠."

"알겠습니다. 서두르겠습니다."

기찬은 전화기를 내려놓았다. 새로운 일을 시작할 때 기대감과 함께 설렘이 느껴졌다. 설렘은 묘한 긴장감을 만들었고 그 긴장감 속에 일은 일사천리로 진행되곤 했다. 하지만 지금의 상황은 설렘이 아니었다. 일을 새롭게 시작할 때마다 의도적으로 피했지만 이제 '걱정'이라는 단어가 머릿속을 지배하고 있었다.

"아…!"

극심한 두통과 함께 짧은 신음소리가 기찬의 입에서 새어 나왔다.

D-67

"진 대표, 뭔가 알고 있지요?"

"예? 갑자기 무슨 말씀입니까?"

한적한 커피숍에 마주앉은 한국체육회 최 이사의 느닷없는 질문에 왕인베스트의 진 대표는 당황한 표정을 지어 보였다.

"에이, 알잖아요. 중국체육회에서 뭔가 준비하고 있지요?"

"예? 처음 듣는 이야기입니다. 그리고 제가 어떻게 중국체육회에서 벌이는 일을 압니까?"

"진 대표, 우리 이러지 맙시다. 족구협회 홍 회장 움직임이며 모든 일을 알고 있었잖아요? 솔직히 중국체육회와 연락이 되고 있지요?"

"허허, 아닙니다. 저는 잘 모릅니다. 그런데 갑자기 그런 이야기는 왜 하시는 거죠? 혹시 무슨 일이라도 있습니까?"

능구렁이처럼 진 대표는 질문을 피해 나갔다. 최 이사는 진 대표가 전말을 알고 있다는 확신이 있었다.

"좋습니다. 내가 말하죠. WOC에서 공동으로 세계족구협회를 만들어볼 의향이 있냐고 제안이 왔습니다. 그 제안, 중국에서 한 거죠?"

"예?"

놀라는 표정의 진 대표였다. 하지만 그가 그 내용을 알고 있었음이 확실했다. 최 이사는 앞에 놓인 커피잔을 입에 가져갔다.

"일본 아니면 중국입니다. 그런데 일본은 아닙니다. 중국이 왜 족구에 관심이 많은 거죠? 솔직히 말해 봅시다. 그래야 서로 도울 수 있는 거 아닙니까?"

최 이사는 멈춤이 없었다. 한국에서 사업을 준비하는 진 대표가 입을 열 것이라는 확신이 있었다.

"최 이사님, 제가 알고 있다고 확신을 하시는 거 같은데…."

"예, 진 대표는 분명히 알고 있습니다. 제가 궁금한 걸 말해 주셔야 저도 대표님 사업에 도움을 드릴 것 아닙니까?"

작은 한숨을 내쉰 진 대표도 앞에 놓은 커피잔을 입에 가져갔다. 조심스럽게 담긴 커피로 입술을 적신 그는 커피잔을 내려놓았다.

"WOC가 일찍 던졌군요."

"그것 봐요. 진 대표는 알고 있었죠?"

"알겠습니다. 아는 범위 내에서 말씀드리죠. 중국체육회가 족구에 관심이 많은 것은 사실입니다. 그런데 우연히 중국체육회에서 우리 회사가 족구협회에 지원을 한 사실을 알게 된 거죠. 그래서 몇 번 연락을 주고받았습니다."

"아, 그랬군요. 무슨 준비를 하고 있는 게 맞죠?"

"급하십니다. 솔직히 자세히는 모르지만 족구와 관련된 프로젝트가 있는 것은 확실합니다. 그런데 그것이 한국과 공동으로 세계족구협회를 설립하는 건지는 확실히 모르겠습니다."

"그래요? 아무튼 족구와 관련된 프로젝트가 있는 건 확실하네요. 그런데 왜 족구에 관심이 많죠? 한국에서도 크게 인기 있는 종목도 아닌데…."

"그렇지요. 그런데 그게 매력이 있었나 보죠."

"예?"

역발상이었다. 많은 생각들이 교차했다. 어쩌면 홍 회장이 입이 닳도록 이야기하던 가정이 현실이 될 수도 있다는 불안한 생각이 들었다.

"설마, 그런 의도는 아니겠지요?"

"이사님, 갑자기 밑도 끝도 없이 그런 의도라뇨?"

모른다는 눈치였지만 진 대표가 분명히 중국의 의도는 충분히 알고 있을 거라는 확신에는 변화가 없었다. 물론 의도는 중국체육부만이 아는 사실일 수도 있었다.

"아, 아닙니다. 그런데 진 대표님. 대표님은 한국 편에 서야 합니다. 대표님은 사업가입니다. 정부관료가 아니거든요."

"그럼요. 한국에서 사업을 하려는데 한국 편에 서야죠. 아, 한국 편에 선다는 건 좀 그렇고, 제가 아는 정보는 공유하겠습니다. 정보 공유야 어려운 게 아니지 않습니까?"

"역시 사업가네요. 고맙습니다, 진 대표님. 저도 진 대표님 사업에 도움을 드리려 노력하고 있습니다."

"예, 감사합니다. 잘 부탁드리겠습니다."

확실한 대답을 요리조리 피하는 진 대표가 야속했지만 그의 입장을 이해할 수 있었다. 소득이 없었던 것도 아니었다. 중국이 족구에 관심이 있고 WOC와 연결되어있다는 사실은 확인한 것이다. 머릿속에 그림이 그려지고 있었다. 그러나 그 그림은 저들이 만들고 있는 그림이었지, 우리가 그리는 그림이 아니었다. 우리 대한민국의 그림이 필요했다.

머릿속이 엉망진창이었다. 정균의 이야기와 최 이사의 이야기는 하나로 모아졌다. 가정이지만 중국이 족구에 관심이 많고 족구세계협회를 준비하고 있다는 시나리오가 만들어졌다. 미국으로 향하는 항공기에서도 기찬은 잠이 오지 않았다. 복잡한 생각과 함께 두통이 멈추지 않았다. 최근 벌어진 수많은 일들이 만들어낸 훈장과도 같은 결과물이었다.

LA공항에 도착하자 마중 나온 미주한인족구협회장인 황 회장이 기다리고 있었다.

"반갑습니다. 황 회장님."

"예, 먼 길 오시느라 고생하셨습니다. 한국은 바쁘게 돌아가죠?"

"예, 항상 바쁘죠. 미국도 바쁘게 돌아가는 것 같습니다. 협회는 어떻습니까?"

둘은 이야기를 나누며 주차장으로 향했다. 날씨만큼은 어디 내놓아도 뒤지지 않는 LA의 하늘이 낯설지 않게 느껴지고 있었다.

"사모님에게 전화는 하셨습니까?"

"예, 도착하자마자 통화했죠. 우선 일이 급하니 일부터 마치고 다시 연락하기로 했습니다."

"예, 댁이 샌디에이고니까 일 마치시고 들르시면 되겠네요."

"예, 그럴 생각인데, 모르죠. 한국서도 계속 연락이 와서 시간이 날지 모르겠습니다."

차는 주차장을 빠져 나와 LA 시내로 들어섰다. 눈에 익은 풍경들이 스치듯 지나가며 예전 추억이 고스란히 떠올랐다. 미국에 족구협회를 만든다고 운전석에 앉은 황 회장과 밤낮없이 뛰어다니던 기억이 바로 어제 일처럼 느껴졌다.

"지금 어디로 가는 겁니까?"

"예, 중국 애들이 그들 말로 등구경기를 하는데 오늘도 경기가 열립니다. 그곳부터 가 보려고요."

"그런데 시내 한가운데 경기장이 있나 봐요?"

"예, 시내 중심에 있습니다."

말을 마친 황 회장은 작은 한숨을 내뱉었다. 미국에 살면서 열등감 같은 것은 느끼지 못했다. 그런데 요즘 중국인들이 벌이는 상황을 보며 한숨이 자주 나왔다.

"웬 한숨이세요. 그것도 습관됩니다."

"그렇죠. 그런데 중국이 부러운 적은 한 번도 없었는데 요즘은 아닙니다. 부러운 면이 있더라고요."

"예?"

"아시죠. LA 차이나타운이 관광명소인 걸요. 미국인뿐만 아니라 전세계 엄청나게 많은 사람들이 찾습니다. 그런데 거기에 족구 경기장을 만들었습니다. 누구나 볼 수 있도록 한 거죠."

한숨의 의미를 알 수 있었다. 족구를 시작한 미주 한인회는 큰 경기는 주변 경기장을 빌려 사용하고 있었다. 그런데 우리를 좇아 족구를 시작한 중국은 그들만의 경기장을 갖고 있었다. 그리고 족구를 알리며 참여를 유도하고 있었다. 물론 등구라는 그들만의 명칭을 사용했다.

차이나타운 주변에 차를 세운 기찬과 황 회장은 차이나타운 쪽으로 걸어갔다. 두 마리 용이 관광객의 눈을 사로잡는 차이나타운의 상징인 쌍룡관문이 시야에 들어왔다. 토요일 오후라 그런지 발 디딜 틈조차 보이지 않는 차이나타운이 부럽기만 했다. 애써 쌍룡관문을 외면한 채 조금 더 안쪽으로 들어섰다.

"저건가 봅니다."

"예, 저 경기장입니다. 작지만 관중석도 갖춰 놓았고 LA 날씨를 즐기게끔 맑은 날은 지붕을 개방하기도 합니다. 오늘도 지붕을 개방했네요."

"그래요? 작지만 아기자기하게 만들었네요. 솔직히 부럽네요. 허허!"

쓴웃음이 흘러나왔다. 한국도 상황은 마찬가지였다. 지방협회별로 경기장을 운영하지만 족구만을 위한 경기장은 턱없이 부족했다.

부러운 중국의 경기장이었다. 경기장에 들어서자 관람석은 중국인들만의 차지가 아니었다. 꽤 많은 서양인들이 이미 자리 잡고 있었다. 기찬과 황 회장도 자리를 잡았다.

선수들이 입장하자 함성이 쏟아졌다. 함성은 경기의 승패를 응원하는 함성이 아니었다. 관광 상품으로 화려한 발재간을 보이는 족구를 활용하고 있었다.

마침내 경기가 시작되었다. '등구'라는 중국 한문과 함께 중국 족구를 의미하는 'Chinese Net Foot Ball'이라는 자막이 전광판에 선명히 보이며 중국을 알리는 안내 영상이 소개되고 있었다.

"이 사장, 미안하오."

북한 식당 장 사장의 힘없는 목소리가 들려왔다. 손님 없는 북한 식당 홀 안에는 족구협회 이 부회장만이 앉아있었다.

"왜 그러십니까? 반응이 없는 겁니까, 아니면 불가능하다는 겁니까?"

이 부회장은 차분하게 말을 꺼냈다. 처음부터 쉽게 풀릴 것이라는 예상은 아예 하지도 않았다. 당연히 순탄치 않은 과정이 있을 것을 예상하고 있었다.

"대사가 안 움직입네다."

"예…? 그러면 평양에는 아직 보고가 안 된 거네요?"

"예, 맞습네다. 아직 보고되지 않았지요. 거참 보고하면 바로 될 텐데…. 아니면 내가 직접 연락하던지요."

"그러실 필요는 없습니다. 혹시…."

"허허! 말씀하십시오. 내래 무슨 말 할지 다 알고 있습네다."

장 사장은 능청스러웠다. 자신이 피해를 입지 않도록 모든 준비는 철저히 하는 인물이었다. 확신이 서지 않는 사업은 절대 시작도 하지 않는 인물이었다. 하지만 확신이 선다면 물불 가리지 않고 덤벼드는 인물이었다.

"대사가 제시한 조건이 있지요?"

"글쎄, 안 된다는 말은 없었으니까 그럴 수도 있겠지요. 그런데 정말 할 겁네까?"

"사장님, 몇 번을 말했습니까? 분명히 할 겁니다."

장 사장은 대사가 제시한 조건을 이미 알고 있는 눈치였다. 솔직히 쉬운 일은 아니었고 이것이 알려질 경우 예상하지 못한 돌발 상황이 벌어질 가능성이 높았다.

"사장님, 이거 잘만 되면 사장님하고 저는 뜨는 겁니다. 물론 변수는 많지만요. 하지만 그 변수는 우리 한국 측에서 최소화할 수 있습니다. 솔직히 대사가 어떤 조건을 제시했습니까?"

"허허. 왜 그렇게 생각하십네까, 이 사장님."

웃음을 보이는 장 사장은 앞에 놓인 대동강 맥주를 부회장 잔에 따랐다. 하는 행동은 능구렁이었다. 부회장도 그런 장 사장을 너무 잘 알고 있었다.

"예, 조건이 있었습니다. 그런데 이 사장님이 오해할까 봐 쉽게 말하지 못하겠네요."

"아휴, 나 혼자 하는 일이라면 그렇겠지만 한국에서 저와 함께하는 사람이 있다고 하지 않았습니까? 걱정하지 마시고 말씀해 보세요."

"좋습니다. 오해는 하지 마십시오. 사례가 필요합니다. 그러면 평양에 보고하지 않고 대사가 결정할 수도 있습니다."

"대사가 독자적으로요? 그게 가능합니까? 분명히 평양에서도 알게 될 텐데요."

"저도 자세히는 모르겠지만 암묵적인 승인이 있었던 것 같습네다. 그러니까 대사 자기가 키를 쥐고 가겠다는 거겠지요."

"좋습니다. 준비하겠습니다. 그런데 나도 조건이 있습니다."

"예? 또 무슨 조건입네까? 그냥 가면 되지."

"에이, 아니지요. 어려운 조건도 아닙니다. 우리도 확인이 필요합니다. 담배나 피우시죠."

부회장과 장 사장은 식당 밖으로 나왔다. 식당에서 하는 이야기는 왠지 불안했다. 중요한 이야기는 항상 식당 밖에서 이루어졌다. 담배를 꺼내든 부회장과 장 사장은 불이 붙은 담배를 한 모금씩 깊게 들이켰다.

"장 사장님, 확실해야 합니다. 실패는 있어서는 안 됩니다."

"아니, 걱정하지 말라니까요. 조건이나 말해 보시라요."

부회장은 장 사장에게 가까이 다가갔다. 손으로 입을 가리고는 장 사장에게 차분하게 이야기를 시작했다. 장 사장은 무표정하게 이야기를 듣기만 했다.

"하아, 참. 쉬운 조건이 아니구만. 보는 눈이 한둘도 아니고…."

"그러니까 부탁하는 거 아닙니까? 가능하겠지요?"

장 사장은 주변을 무의식적으로 둘러보았다. 한가한 오후가 식당 앞 도로에도 지나는 차량은 보이지 않았다. 도로를 바라보며 담배를 깊게 들이킨 장 사장이 고개를 돌렸다.

"좋소. 그렇게 합시다. 일정은 우리가 잡을까요, 아니면 남조선에서 잡겠소?"

"대략 다음 주로 하겠습니다. 자세한 날짜는 제가 알려드리겠습니다."

"예, 좋소이다."

이야기가 마무리되었다. 부회장은 가벼운 목례로 인사를 건네고 서둘러 식당을 떠났다.

LA 차이나타운에서 족구 경기가 시작되었다. 유니폼을 입은 선수들이 하나둘 입장하며 관중들의 함성은 더욱 커져만 갔다.

"회장님, 보면 놀라실 겁니다. 중국 애들이 원래 그렇지만 경기 룰이나 규격이 우리 족구를 그대로 옮겨 놓았습니다. 물론 자신만의 규칙도 있기는 합니다만, 이름만 등구라 바꿔서 사용하고 있습니다."

"정말이요? 야… 해도 해도 너무하네."

말이 끝나기가 무섭게 경기가 시작되었다. 경기를 바라보는 기찬의 얼굴에 당황한 기색이 보이기 시작했다.

넘어온 공을 한 선수가 받았다. 패스로 이루어지며 다른 선수는 공격을 위해 공을 높이 차올렸다. 여기까지는 우리 족구와 다른 것이 없었다. 공이 튀어 오르자 공격수가 공격을 위해 네트 앞으로 몸을 옮겼다. 그러나 그 선수는 곧바로 공격을 하지 않았다. 옆에 있던 선수가 갑자기 두 손을 모으자 공격을 하려던 선수는 그가 내민 손을 밟고는 튀어 올랐다. 마치 태권도에서 높이 있는 송판을 격파하기 위해 튀어 오르는 모습과도 같았다. 튀어 오른 선수는 2미터 이상을 튀어 올라 공중에 떠 있던 공을 정확하게 가격했다. 높이 솟았던 공이 엄청난 높이에서 상대편 코트로 내리꽂히자 관중석에서 일제히 함성이 터져 나왔다.

스포츠가 아니었다. 중국이 세계 최고수준을 자랑하는 서커스 공연을 보는 듯했다. 그들은 쇼를 공연하고 있었다.

"하, 이럴 수가…."

기찬의 한숨 섞인 소리가 새어 나왔다. 옆에 있던 황 회장은 아무런 움직임이 없었다. 다른 관중들은 재미있어 하는 표정을 보이며 환호성을 보냈지만 기찬과 황 회장은 표정이 굳은 채 경기장만을 바라봤다.

"우리도 족구시범단이 있지만, 이 정도는 아닌데, 그리고 관중들의 반응이 엄청나…."

혼잣말이었지만 황 회장도 충분히 알아들을 수 있었다.

"저도 할 말이 없습니다. 경기 내용이나 인기가 보통이 아닙니다. 그런데 회장님, 왜 중국에서 우리 족구를 홍보할까요?"

"예? 갑자기 무슨 말이세요?"

"그냥 관광객들에게 재미를 선사하기 위해 이런 경기를 벌이는 줄 알았습니다. 그런데 이상한 소문이 있더라고요."

"예?"

긴장하지 않을 수 없었다. 지금 벌어지는 족구와 관련된 중국의 움직임과 분명히 관련된 이야기라는 예상을 하지 않을 수 없었다. 예상은 틀리지 않았다.

"확실하지는 않지만 다음 계획을 위해 이런 경기를 벌인다는 소문이 있습니다. 미리 짜놓은 극본이 있다는 거죠."

기찬은 머리를 움켜잡았다. 다시 머리가 깨지는 것처럼 아파오며 작은 신음을 뱉어냈다.

"괜찮으세요, 회장님?"

놀란 황 회장이 당황하며 기찬의 상황을 파악했다. 극심한 고통에 기찬의 인상은 일그러져 있었고 고통을 참으려 눈을 감고 있었다. 다행히 고통은 오래가지 않았다.

"예, 괜찮습니다. 요즘 편두통 때문에 잠을 잘 못 잡니다. 다 족구 때문이죠. 허허!"

기찬이 오히려 농담을 던지며 웃음을 보였다. 황 회장도 한시름 놓고 이야기를 계속 이어갔다.

"한국에서도 알고 있는지 모르겠지만, 중국이 세계족구협회를 만든다는 소문이 있습니다. 그래서 미리 족구를 알린다는 거죠. 그리고 그 장소는 바로 여기 미국이 될 거랍니다."

"예? 정말입니까?"

"거의 확실합니다. 얘네들이 족구를 시작하기 전에 몇 번 저를 찾아 왔거든요. 그러면서 친하게 된 관계자가 있는데 그가 말해 준 내용입니다. 이 말씀을 드리면서 상황을 보여드리고자 연락드린 겁니다."

"그 이야기는 여러 경로를 통해 듣고는 있었지만, 이곳에 와서 보니…"

기찬은 더 이상 말을 이어가지 못했다. 중국은 치밀하게 준비하고 있었고 한국은 안일했다. 조금씩 그림이 그려졌다. 중국은 족구를 자신들이 만들었다는 사실을 세계에 알리고자 세계협회를 준비하고 있음이 확실했다. 그 이유는 알 수 없었다. 하지만 이유가 중요한 시기는 이미 지났다. 그들은 이미 움직이고 있었다.

"그런데 회장님, 중국이 시작은 했는데 준비가 완벽하게 되지는 않았습니다. 그래서 저도 확신을 못하는 겁니다."

"예? 준비가 안 되다니요?"

이야기 중에도 관중들의 함성소리는 끊이지 않았다. 서커스를 방불케 하는 현란한 기술에 관중들은 이미 녹아있었다. 한국의 족구가 아닌 중국의 족구에 환호하고 있었다.

"예, 우선 명칭부터 정하지 못했습니다. 족구는 중국에서 축구를 의미합니다. 그러니 사용할 수 없었겠죠. 그런데 지금 사용하는 등구는 태국의 세팍타크로를 의미합니다. 아직 명칭도 못 정한 겁니다. 물론 영어로는 'Chinese Net Football'이라고 정했지만요."

"그러네요. 그런데 영어 명칭이 중요하죠. 우리가 먼저 'Korea Net Football'을 알렸어야 하는데. 물론 영어로도 족구라는 발음 그대로 'JOKGU'라는 명칭을 사용하니 별문제는 없을 겁니다. 아무튼 시작은 했지만 준비가 허술하다는 이야기네요."

"예, 맞습니다. 그러니 우리가 이제부터 준비하더라도 해 볼 만하다는 이야기입니다. 우리 경기규칙도 차용해서 쓰고 있으니까 우리가 이길 수 있다는 거죠. 물론 중국이 세계족구협회를 만든다는 확실한 근거는 없지만요."

하지만 마음을 놓을 수는 없었다. 중국의 자본과 전 세계에 퍼져있는 화교들은 이미 세계 각국에서 두각을 나타내고 있었다. 새로운 전략이 필요했다. 무작정 족구는 한국에서 만들어진 종목이라 이야기할 수만은 없었다. 해야 할 일들이 쌓여가고 있었다.

생각에 잠겼던 기찬이 전화기를 꺼내 들었다.

"여보, 나 지금 LA에 있어. 그런데 어쩌지. 바로 한국에 돌아가야 할 거 같네."

"아니, 한국에 다시 간다고? 오랜만에 미국에 왔는데 집에는 들르는 게 어때? 아무리 바빠도 그 정도 시간은 있잖아?"

"응, 나도 알아. 그런데 바로 한국에 돌아가야 할 일이 생겼어. 다음에 시간 내서 며칠 머물다 갈게. 미안해."

"휴…. 그럼 어쩔 수 없지. 다음에 아들 방학 때 시간 비워놔. 그건 괜찮지?"

"당연하지. 미안해 그리고 사랑해."

"사랑은 말로만 하는 인간. 알았어. 몸조심하고 항상 건강부터 챙겨."

전화를 주머니에 집어넣는 기찬의 표정에서 아쉬움이 느껴졌다. 황회장은 느닷없는 기찬의 전화에 놀라지 않을 수 없었다.

"회장님, 그래도 집에는 가셔야죠."

"아니, 이 상황에 어떻게 집에 갑니까? 집에 가더라도 마음 놓고 잘 수 있겠습니까?"

"그렇기는 하지만…. 대한민국족구협회가 할 일이 많아졌습니다. 우리 미주한인족구협회도 지원하겠습니다."

"예, 말씀만이라도 고맙습니다."

경기가 한창 진행되고 있었지만 기찬과 황 회장은 경기장을 빠져나갔다.

"김 의원님, 어떻게 되는 겁니까? 제대로 진행되고 있는 겁니까?"

가죽으로 만들어진 고급스런 소파와 대리석으로 마무리된 테이블 위에는 고급 양주와 함께 안주들이 놓여있었다. 왕인베스트의 진 대표는 앞자리에 앉아있는 김 의원의 얼굴에서 시선을 떼지 않았다.

"기다려보세요. 지금 의견을 조율하고 있습니다. 진 대표도 아시잖아요? 법률 제정이라는 것이 그렇게 호락호락한 일이 아닙니다."

"하, 알지요. 그래서 제가 김 의원님을 이렇게 모시는 것 아닙니까? 그런데 가능한 거죠?"

"그럼요. 충분히 가능합니다."

옆에 앉아있는 접대원들은 그들의 이야기가 진행되는 동안 테이블 위의 안주를 먹기 좋은 크기로 잘라놓았다.

"이야기들은 그만하시고 한 잔 하셔야죠? 자세히는 모르겠지만 모든 일이 잘될 겁니다. 힘 내세요."

접대원 아가씨는 애교 넘치는 목소리로 술을 권했다. 김 의원과 진 대표는 굳어있던 얼굴을 펴고 옆자리의 아가씨들을 바라보았다. 20대 초반의 아가씨들이었다.

"그런가? 진 대표, 건배는 해야죠?"

"예, 시작해야죠."

두 사내가 건배를 하자 옆에 있던 아가씨들도 자신들끼리 건배하며 잔을 비웠다. 그 모습을 보는 김 의원과 진 대표도 곧이어 술잔을 한 순간에 비웠다.

"그런데 진 대표. 족구협회에 도움도 주고 한국 체육발전에 큰 역할을 하고 있습니다. 그런 점을 높이 평가하고 있습니다."

"예? 정말입니까? 솔직히 큰 일도 아닌데… 모든 게 다 김 의원님 덕분입니다. 감사합니다."

진 대표는 고개를 숙이며 가볍게 인사를 건넸다. 진 대표가 제안한 온라인 스포츠베팅 사업은 아직도 결과가 나오지 않았다. 지금까지 공을 들인 만큼 확실한 마무리가 필요하다는 사실을 진 대표는 잘 알고 있었다. 술잔이 몇 번 돌며 둘의 얼굴은 벌겋게 달아올랐다. 취기가 오르며 접대원 아가씨들과도 연이어 건배를 이어갔다. 흥이 오른 아가씨들은 두 사내의 품에 안기는 시늉을 하며 분위기를 한껏 북돋아 올렸다.

"김 의원님, 제가 팁을 하나 드릴까 합니다."

"예?"

놀란 표정을 지어 보이는 김 의원을 바라보며 취기가 오른 진 대표가 잔을 내려놓았다. 그리고는 테이블 위에 놓여있던 담배를 꺼내 들었다.

"한국이 놀랄 일을 중국에서 준비하고 있습니다. 아마 많이 놀랄 겁니다."

"예? 갑자기 그게 무슨 말입니까? 농담이지요?"

"아닙니다. 중국이 뭔가를 준비하고 있습니다. 그 역할도 제가 하고 있지요."

자랑스럽다는 듯 말을 뱉어낸 진 대표는 다시 술잔을 들었다. 그는 단숨에 술잔을 비우고는 빈 잔을 테이블 위에 내려놓았다.

"진 대표, 지금 준비 중인 온라인 사업 말고 다른 일이 있다는 겁니까? 물론 스포츠 쪽으로 말이지요?"

"예, 맞습니다. 스포츠와 관련된 놀랄 만한 일을 준비하고 있습니다."

갑작스런 진 대표의 말에 김 의원은 잠시 생각에 잠겼다. 화두를 꺼낸 이유가 분명히 있었다. 자신의 가치를 높이려는 의도가 분명했다. 물론 다른 의도도 있을 거라 예측했다.

"아니, 그런데 진 대표는 중국 사람 아닙니까? 중국 편인데 왜 나에게 그런 이야기를 꺼냅니까?"

"예, 어차피 김 의원님도 곧 알게 될 테니까요. 미리 알려드리는 겁니다."

"허, 그것 참…. 꼭 협박하는 것 같습니다?"

"예? 협박이라뇨? 제가 김 의원님하고 친하니까 미리 알려드리는 거지요."

겉만 맴도는 이야기를 신뢰할 수는 없었다. 자신이 유리한 고지를 선점하기 위한 포석일 수도 있었다. 정확한 내용을 알아야만 했다.

"진 대표, 말 돌리지 말고 속 시원하게 말해 봅시다. 나는 전혀 감을 못 잡겠습니다."

"예, 그러실 겁니다. 자세한 내용은 말씀드릴 수 없지만 개략적인 내용은 말씀드릴 수 있습니다."

술기운이 오른 진 대표는 다시 술잔을 입에 가져갔다. 취한 듯 보이기도 하지만 취기로 던진 말은 아니었다. 김 의원도 긴장하고 있었다.

"중국의 속내는 무엇이겠습니까?"

"예? 갑자기 무슨 말이에요? 뜬금없이 중국의 속내라뇨?"

"김 의원님, 중국은 사회주의 국가입니다. 정부가 모든 계획을 준비하죠. 당이 명령하면 우리는 움직인다는 말 들어보셨을 겁니다. 중국은 아시아의 패권을 넘어 세계 패권을 넘보고 있습니다. 그런데 솔직히 부족하죠."

"아니, 그런 말을 해도 됩니까? 진 대표, 중국 사람이잖아요?"

"허허, 사실은 사실이죠. 중국은 선진국이 못 됩니다. 왠지 아세요?"

"예?"

진 대표는 분명히 술기운이 오르고 있었다. 자신의 머릿속에 담아놓았던 하고 싶었던 이야기를 쏟아내고 있었다.

"김 의원님도 잘 아실 겁니다. 문화혁명으로 중국의 문화는 사라졌습니다. 공통된 문화가 없다는 사실은 모래알과도 같습니다. 결집시킬 수 있는 매개체가 없다는 사실은 언제든 흩어질 수 있다는 겁니다. 모래알을 울타리 안에 가둬놓은 것밖에 안 됩니다. 울타리가 무너지면 모래는 흩어지고 다시 모을 수 없습니다. 아시겠지만 울타리는 중국의 사회주의라는 체제죠."

"하…. 이런 이야기를 중국 사람한테 듣다니, 할 말이 없습니다. 그래서요?"

"그다음은 뻔한 이야기 아닙니까? 중국을 결집할 수 있는 문화가 필요합니다. 하지만 문화는 광범위한 개념입니다. 하지만 수많은 문화라는 개체 중 하나만이라도 성공한다면 중국은 달라집니다."

"아하, K-팝이라는 한국 음악이 세계에 퍼지며 한국이 세계 문화의 한 분야를 이끌고 있는 것에 자극을 받았네."

진부해지는 진 대표의 이야기는 따분했다. 웃음을 보이는 김 의원은 앞에 술잔을 입에 가져갔다. 그도 서서히 취기가 오르고 있었다.

"맞습니다. 분명히 자극을 받았죠. 한국은 중국의 일부라는 동북공정도 웃음거리밖에 안 되고…. 참 한심하죠? 그래서 스포츠로 방향을 바꿉니다."

"예?"

"중국에서 태동한 스포츠 종목으로 중국을 묶고 그 힘으로 세계를 향해 밀고 나갈 겁니다. 중국하면 떠오르는 구기 종목을 만들 겁니다. 구기 종목이 효과가 크지요. 거기에 제가 큰 역할을 하고 있습니다. 허허!"

술기운이 오른 진 대표가 쏟아낸 이야기에는 명분이 실려 있었다. 그리고 그가 노리고 있는 목표도 분명히 있었다.

"이거… 거래하자는 것 같은데요."

"허허, 역시 김 의원님이십니다. 주고받자는 겁니다. 저는 사업가입니다. 정치인이 아니거든요."

"나는 정치인인데. 허허, 아니 그리고 당신 같은 사업가가 무슨 역할을 하고 있다는 겁니까?"

"역할이요? 허허, 행동의 제약이 많은 정치인이나 공무원보다 나 같은 사업가가 더 자유롭죠. 자유로운 만큼 할 수 있는 일도 많습니다."

진 대표의 의도가 무엇인지 그리고 중국이 무엇을 준비 중인지 대화는 꼬리를 물고 이어졌다.

D-62

인천공항에 도착한 기찬은 곧바로 정균의 사무실로 향했다. 한국에서는 안심하고 있었지만 외국에서 벌어지는 상황이 심상치 않았다.

"어떻게 된 거야? 바로 이리로 온 거야?"

"응, 급하게 됐어."

정균의 사무실에 도착한 기찬은 숨 돌릴 틈도 없이 소파에 앉았다. 그리고 미국에서 벌어지고 있는 상황을 설명했다. 이야기를 듣는 정균도 긴장을 늦출 수 없었다.

"그게 정말이야? 아, 그래서 외국에 보낸 공문에 답장이 없는 거네."

"그래? 나도 그게 궁금했거든. 답장이 없다는 건 중국이 이미 선수를 치고 작업을 해 놓은 거야. 우리는 우물 안 개구리였어."

역시 중국은 발 빠르게 준비를 하고 있었다. 기찬의 입에서 한숨이 새어 나왔다. 도무지 방법을 찾을 수 없었다.

"정균아, 내가 혹시 몰라서 동남아시아에서 작업을 하나 하고 있어."

"응? 처음 듣는 이야기인데."

"맞아. 너에게도 숨기고 있었는데 서둘러야겠어."

"아니, 그게 뭔데?"

"응, 미안하지만 아직 시작단계라 자세한 이야기는 해 줄 수는 없어. 아무튼 너 족구협회 부회장 알지?"

"응, 잘 알지. 그런데 요즘 보이지 않던데."

"맞아. 지금 라오스에 가 있어. 너도 알지만 그분이 라오스에서 10년 넘게 사업을 해 왔잖아. 인맥이 넓더라고."

"그래? 라오스라고 했지? 아, 베트남에서는 박 감독이 한국 축구의 신바람을 일으키고 있고, 라오스에서는 전 프로야구 스타지. 이 감독이 야구협회를 만들었을 거야. 맞아, 그 양반이 라오스 야구협회 부회장을 하고 있어. 그래서 지난번 아시안게임에 라오스 야구팀을 데리고 왔어."

"그래, 너도 아는구나. 바로 그 라오스야. 거기서 나도 작업을 하려고."

"그럼 혹시 라오스에 한국족구협회를 만드는 거야? 아니면 그 나라에 족구협회를 만들던지?"

"비슷하지만 조금은 틀려. 아무튼 세계의 주목을 끄는 이벤트가 필요해. 족구는 한국이라는 이미지를 만들어야 해."

"혼자서 많은 일을 했네. 좋아. 이 부회장이 라오스를 맡고, 그러면 내가 뭘 하면 되지?"

"아마 외국 협회들에서는 답변이 안 올 거야. 중국 애들이 이미 작업을 시작했잖아. 그러니까 너는 WOC 종목채택위원장인 미스터 존스하고 계속 접촉을 해야 해. 그러면서 중국에 관한 정보를 확보해야 해. 네 말대로 그분은 다 알고 있어. 분명해."

"그래, 알았어. 미스터 존스는 분명히 다 알고 있어. 우리가 중국이라는 사실을 알게 될 것도 아마 예상하고 있었을 거야."

"그래, 그리고 라오스하고 어느 정도 이야기가 진행되면 그분의 도움이 절대적으로 필요해. 그러니까 계속 관계를 유지해야 하는 거야."

"그게 정말이야? 도대체 무슨 일을 준비하길래 그러는 거야? 힌트 좀 주면 안 되냐? 그래야 나도 계획적으로 접근하지."

"허허, 미안해. 그런데 조만간 알게 될 거야. 나도 부회장이 어떻게 움직이고 있는지 확인할 수 없어서 그래. 미안하다."

"괜찮아. 좋았어. 나는 WOC를 물고 늘어질게. 그러면 됐지?"

"그래, 바로 그거야. 지금 벌어지는 전국족구대회를 마무리 짓는 시기면 부회장이 해 오던 작업도 가시적인 결과가 나올 거야. 다만 중국의 세계족구협회 발족이 먼저가 되면 안 되지만 중국도 바로 세계족구협회 발족은 못 할 거야. 어느 정도 시간이 필요해."

이야기를 마무리 지은 기찬의 표정에는 희망이 보였다. 힘든 출장이었고 이어지는 강행군이 예사롭지 않았지만 항상 희망은 그의 곁에 있었다. 하지만 피곤해 보이는 얼굴은 숨길 수가 없었다.

"나 이제 일어날게. 내일도 한국체육회와 미팅이 있어서."

이야기가 마무리되자 갑자기 피로감이 몰려왔다. 커피조차 마실 틈

없이 공항에 도착하자마자 이동해서 이야기를 쏟아낸다는 것이 쉬운 일은 아니었다.

D-61

모든 일이 엉망인 듯 보였지만 안개 속에 숨어있던 실체가 보였다. 물론 해결해야 하는 숙제는 산더미처럼 쌓여 있었다.

"김 의원의 이야기가 사실일 겁니다. 저도 미국에서 확인했습니다."

피로가 가시지 않은 초췌한 모습의 기찬이었다. 한국체육회 회의실에서 최 이사를 만나고 있었다.

"그래? 나도 대강 예상은 하고 있었지만 김 의원이 그런 이야기를 전해 왔다고 하는 체육회장의 이야기를 듣고 정말 놀랐어."

"이사님, 이제부터 이사님의 역할이 중요합니다."

"응? 내 역할?"

"예, 맞습니다. 이건 족구협회만의 문제가 아닙니다. 한국체육회 그리고 더 나아가 대한민국 전체가 긴장해야 합니다."

"아이고, 홍 회장. 한국체육회까지는 그럴듯해. 그런데 대한민국 전체까지 들먹이는 건 좀 심하다."

"아, 그런가요?"

겸연쩍은 미소를 보이는 기찬이었지만 자신의 생각이 틀렸다고는 생각하지 않았다. 선례를 남긴다는 것은 그다음에 다른 무엇이 또 나올 수 있는 기회를 제공하는 결정적 실수였다.

"그래, 내가 뭘 하면 되는데?"

최 이사는 자세를 고쳐 잡았다. 자신도 농담으로 던진 말이었다. 그도 기찬이 무엇을 생각하는지 뻔히 알고 있었다.

"예, 우리가 한 팀이 되어 일사불란하게 움직여야만 합니다. 제가 계속 말씀드렸지만 전국체전에 족구종목이 채택되어야 합니다. 그래야 남들도 우리를 우습게 여기지 못합니다."

"홍 회장, 또 그 이야기네. 우리도 미칠 지경이야. 회장님도 그렇고 나도 그렇고 백방으로 뛰고 있지만 쉽지 않아. WOC가 큰 장애물이라면 다른 소소한 문제들도 무시할 수가 없어. 족구에 특혜를 준다는 이야기도 있어."

"그래도 해 주셔야 합니다. 부탁드립니다. 이제는 왜 WOC가 족구에 사활을 거는지 알 것 같습니다. 중국이 배후에 있는 것이 확실합니다. 그렇다면 한국체육회에서 독자적으로 결정해서 전국체전에 참여할 수도 있지 않습니까?"

"홍 회장, 얘기했잖아. 족구에 특혜를 주는 것 아니냐는 의견이 만만치 않아. 나도 홍 회장의 심정 십분 이해하지만 지금으로서는 어쩔 수 없어."

예상하고 있던 답변이었다. 더 이상의 부탁은 의미가 없었다.

"알겠습니다. 그러면 다른 한 가지 부탁을 드리겠습니다. 김 의원에게 왕인베스트가 움직이지 못하도록 일정조율을 해 줬으면 합니다."

"그게 무슨 소리야? 일정조율이라니?"

"왕인베스트 진 대표가 중국이 세계족구협회를 만드는 일에 관여하고 있다고 말하지 않았습니까? 분명히 자기가 하고자 하는 온라인 도박 사업과 연결 지을 겁니다."

"그거야 나나 김 의원이나 이미 알고 있지. 걱정하지 마. 온라인 사업은 절대 허가가 나지 않을 거야."

"예, 알고 있습니다. 중국 자본이 한국에서 온라인 도박 사업이라뇨? 말도 안 됩니다. 그래도 승인이 나올 것처럼 감질나게 만들어야 합니다. 그래야 족구 쪽에 치우치지 못합니다. 그는 분명히 자신의 온라인 도박 사업을 위해 족구를 희생시킬 겁니다."

"그래, 알았어. 아마 김 의원도 잘 알고 있을 거야. 물론 김 의원은 족구에 대한 내용은 모르지만."

"예, 부탁드리겠습니다. WOC도 부탁드리지만 우리 김 대표가 그쪽 사람을 잘 알고 있으니까 우리 족구협회도 WOC를 계속 압박할 겁니다."

"그래, 좋은 생각이야. 그런데 말이야…."

말을 이어가던 최 이사는 갑자기 떠오른 생각에 말꼬리를 이어가지 않았다. 기찬은 그의 얼굴을 바라보았다. 최 이사의 걱정 어린 눈빛이 기찬의 시야에 들어왔다.

"홍 회장, 너무 소극적으로 움직이는 거 아니야? 물론 진 대표를 이용하는 것도 좋은 방법 중의 하나지만 너무 수비 지향적이야. 어쩌면 그는 온라인 도박이 안 된다는 것을 예상하고 있을 수도 있어. 가능성이 희박하다는 사실쯤은 알고 있을 거야."

"예, 그럴 수도 있습니다. 그런데요?"

"바로 그거야. 우리가 먼저 공격을 해야 하잖아. 그런데 솔직히 방법이 없어. WOC를 압박할 명분도 너무 추상적이야. 족구는 한국에서 만들어졌다? 글쎄 그 말이 과연 먹힐까?"

"예, 맞습니다. 그래서 우리가 세계족구협회를 먼저 설립할까도 생각해 봤는데 아시다시피 여력이 없습니다. 한국에서 인정받지도 못하는 족구입니다. 말이 먹히겠습니까?"

자신의 약점을 건드리는 말이 다시 들려오자 최 이사의 얼굴이 붉어졌다. 더 이상 듣고 싶지 않은 내용이었다. 기찬도 그런 최 이사를 간파했다.

"허허, 압니다, 최 이사님. 그게 어디 최 이사님 잘못입니까? 그런데 너무 걱정하지 마십시오. 족구가 대한민국이라는 확실한 명분거리를 만들 수 있습니다. 아니 명분이 아니더라도 WOC가 우리 편에 서도록 움직일 방법을 준비 중입니다."

"응? 정말이야? 확실한 방법이 있는 거야?"

"예, 있습니다. 그런데 아직은 말씀을 드릴 수 없고 차차 알게 되실 겁니다. 그때는 한국체육회도 발 벗고 도와주셔야 합니다."

"후, 다행이다. 알았어. 그건 걱정하지 마. 중국이 족구를 가져가면 안 되지. 그런데 아직 확실한 것도 아니잖아. 미리 겁먹는 거일 수도 있어."

"예, 그럴 수도 있습니다. 솔직히 저도 그러길 바랍니다. 하지만 우리가 모르는 엄청난 일들이 준비되고 있는 것은 확실합니다."

"그래, 맞아. 대비는 미리 하면 할수록 좋은 거니까…. 그래, 알았어.

부탁한 내용 김 의원에게 전달할게. 그리고 우리도 계속 WOC와 연락하면서 우리 나름대로 할 수 있는 방법을 찾아볼게. 됐지?"

"예, 바로 그겁니다. 고맙습니다, 이사님."

이야기는 마무리되었다. 하지만 성과는 없었다. 회의실을 나서는 기찬의 전화벨이 울리고 있었다.

"장 사장님, 갑자기 그게 무슨 말입네까?"

라오스 주재 북한대사관을 찾아온 북한 식당 장 사장을 만나는 북한 대사는 당황한 기색을 숨길 수 없었다.

"리 대사, 말한 그대로야. 어려운 일도 아니잖소."

장 사장은 대사에게 마치 아랫사람 다루듯 편하게 말을 건넸다. 오히려 대사가 자세를 낮추며 장 사장의 이야기를 듣고 있었다.

"그래도 그렇지, 그게 쉬운 일은 아닙네. 제 일정도 있고 보는 눈이 한둘이 아니고 거기다 평양의 허락도 필요할지 모릅네다."

"알아요. 그런데 이것저것 따지면 아무것도 못합네. 물론 지금 북남 분위기가 좋지는 않지만 그냥 합시다."

"하, 참…"

한숨을 뱉어내는 북한 대사는 쉽게 결정하지 못하고 있었다. 느닷없이 찾아온 장 사장의 황당한 제안은 도저히 이해할 수 없었다. 장 사장도 족구협회 부회장에게 큰 소리를 쳤지만 그건 어디까지나 자신의 생각이었다. 대사에게는 말도 꺼내지 않고 있다가 오늘에야 그를 찾아왔다.

"아니, 그 일을 진짜로 할 지는 나중에 결정하고 우선 일정이나 맞춥시다. 대사에게도 좋은 기회잖소? 평양에서도 은근히 바라고 있을 수도 있고…."

"하, 미치갔습네다. 장 사장님도 아시잖아요, 정치국에서 나온 놈들이 나를 감사한다는 거."

"알지요. 하지만 게네들도 이런 사소한 일에는 신경 쓰지 않습네다. 그래도 피곤하게 하면 우리식당에서 술 한잔 먹이면 되잖소."

대사는 장 사장의 제안을 함부로 거절하지 못했다. 그의 아버지가 라오스 대사를 지내고 평양에서도 꽤 영향력이 있다는 사실이 큰 부담이었다.

"아니, 장 사장님. 직접 평양에서 허락을 받으면 되는 거 아닙네까? 굳이 내가 나설 필요가 있습네까? 잘 생각해 보시라요."

"휴… 리 대사. 어차피 일이 시작되면 라오스에서 당신이 움직여야 합네다. 그리고 내가 나서면 일이 커집네다. 잘 생각해 보시라요. 내가 당신을 밀겠소이다. 이 말뜻 알겠지요? 이 정도면 됐습네까? 우리 잘해 보자고요."

대화는 평행선을 이어갔다. 난처해하는 북한 대사와 그를 설득해야 하는 장 사장의 대화는 계속 이어졌다.

D-59

"맞아, 중국이야. 중국체육회가 세계족구협회를 구상하고 있어."

WOC 종목채택위원장은 망설임 없이 말을 꺼냈다. 그와 통화를 하는 정균도 예상은 하고 있었지만 담담하게 들려오는 위원장의 목소리를 믿고 싶지 않았다.

"정말이었네. 예상은 했지만 정말 그럴 줄은 몰랐어. 그런데 중국에서는 구상만 하고 있는 거야?"

"물론 아니지. 세계족구협회 설립을 위한 자료를 이미 WOC에 보내왔어. 그래서 내가 너한테 서두르라고 한 거야."

"허, 벌써 그렇게까지 진행됐어? 미치겠네. 그러면 WOC에서 곧 승인이 나겠네?"

"허허, 그건 아니야. 너도 잘 알잖아. 중국이 좀 허술해. 제출한 자료도 많이 부족하더라고. 그래서 추가 자료를 준비 중이야."

WOC가 족구를 승인하지 않은 이유가 명확해졌다. 중국의 입김이 작용하고 있었다. 대한민국의 족구는 그들이 준비하는 세계족구협회의 가장 큰 걸림돌이었다.

"어떤 면이 부족한 거야? 대강이라도 알려주면 좋은데…."

"미스터 맥스, 이건 보안이 필요한 사항이야. 함부로 발설하면 안 된다는 거 잘 알잖아. 하지만 내 친구 미스터 맥스니까 힌트는 줄게. 아무튼 많이 부족해. 특히 유사 종목과의 차별화라던가 경기규정 등이 미흡했어. 그런데 경기규정은 완벽하게 다시 준비를 했더라고."

"그래? 경기규정을 완벽하게 준비했다고? 혹시 우리 족구규정을 그대로 베낀 거 아니야?"

"글쎄. 내가 그건 자세히 모르겠지만 그럴 가능성이야 있지. 베끼기 좋아하는 중국이잖아, 허허!"

"그리고 유사 종목과의 차별화라면 풋발리볼이라던가 그런 유사종목과의 차별화를 말하는 거야?"

"응, 맞아. 바로 그거야. 어쩌면 우리 WOC가 중국에 큰 힌트를 준 거일 수도 있어. 중국은 족구만 생각했었는데 우리가 차별화를 요구했어. 그래서 아마 전 세계 유사 종목 협회에 협조공문을 보낸 것 같아."

"아, 우리도 공문을 보냈었는데 그래서 답이 없었구나. 중국이 먼저 선수를 친 거야. 맞아, 그게 이유였어."

별다른 대책이 없었다. 중국은 이미 차근차근 준비를 해 오고 있었다. 한국이 안일했다는 자책감이 다시 고개를 들었다.

"존스, 만약에 우리 대한민국에서 세계족구협회를 설립하겠다고 하면 어떻게 되는 거야?"

"응? 한국에서?"

잠시 침묵이 이어졌다. WOC도 그런 생각은 하지 못하고 있는 것이 분명해 보였다. 다시 목소리가 들려왔다.

"글쎄. 두 개 나라에서 하나의 종목을 놓고 싸운다…. 싸움이 벌어지지 않는 게 중요하지 않겠어? 또 그게 WOC의 역할이기도 하고. 솔직히 한국이 지금 신청을 한다는 것이 웃긴 모습으로 비쳐질 수도 있어. WOC에서 신청을 받지도 않을 가능성이 높아."

"아니, 그래도 족구는 한국에서 시작된 종목이잖아? 그런데 다른 나라가 그 권리를 갖겠다는 건데, 그건 도둑질이지."

"허허, 맥스. 그건 너희 한국의 생각일 뿐이야. 우리 WOC는 그런 데 관심 없어. 누가 준비를 해서 만드냐가 중요한 거지. 중국은 돈을 쏟아 부을 생각이야. 만약 한국이 그 이상을 던진다면 가능할 수도 있겠지만."

많은 생각이 정균의 머릿속에 떠올랐다. 할 수 있는 최선의 방법을 찾아 WOC 종목채택위원장을 설득해야 한다. 하지만 머릿속에 떠오른 생각들을 정리하는 데 시간이 필요했다. 잠시 침묵이 이어졌다.

"맥스, 생각이 많구나. 그런데 너희가 늦었어. 중국은 세계족구협회 준비뿐 아니라 우리 WOC에도 엄청난 지원을 하고 있어. 중국을 이길 수는 없어."

"알고 있어. 하지만 족구는 우리 한국 거야. 중국이 가져갈 수는 없어. 그렇다면…"

이길 수는 없다. 그렇다면 지지 않는 방법을 찾아야 한다. 정균은 생각을 정리했다. 방법은 하나밖에 없었다.

"존스, 중국이 신청한 세계족구협회 승인을 미룰 수는 있잖아? 미루는 김에 아주 영원히 미루면 더 좋고."

"허허… 미치겠어요. 너는 예전이나 지금이나 차선책 찾는 데는 선수야. 맞아. 미루면 되지. 그런데 미룰 방법이 있어? 없잖아."

"아니지. 네가 도와주면 돼. 중국이 부족한 부분이 차별화 전략이 없는 거라고 했잖아? 그래서 유사 종목 협회들과 접촉하고 있다고."

"그래. 그러면 혹시?"

"맞아. 우리도 그들에게 공문을 발송했어. 그런데 답이 없어. 존스,

네가 잘 아는 유사 종목 협회 한 곳만 소개시켜 줄 수 있지?"

"뭐라고?"

"이기지 못한다면 지지는 말아야지. 승인이 미뤄지는 동안 우리 나름대로 준비를 할 수가 있어. 너는 가능하잖아. 존스, 친구가 하는 부탁이야."

"내가 맥스 너 때문에 미치겠다. 가만히 있어 봐. 생각 좀 정리하고⋯."

잠시 대화가 멈추자 전화기 너머에서 웅성거리는 소리가 들려왔다. 존스가 주변의 직원들에게 무엇인가를 물어보는 듯싶었다. 정균은 움직임이 없었다. 손에 든 전화기에서 들려오는 웅성거림의 의미를 알 수 있었다. 고맙다는 표현으로는 부족했다. 가슴속에서 뭉클한 덩어리 하나가 목구멍을 타고 올라오는 것이 느껴졌다.

"오, 맥스. 좋았어. 내가 정보 하나 줄게."

존스의 밝은 목소리가 들려왔다.

"족구와 유사한 종목이 많은데 지금 유럽에서 유행하는 풋넷이라는 종목이 있어. 족구와 많이 유사하다고 하더라고. 유럽에 풋넷연맹이라는 국제단체도 있어."

"정말이야? 잘됐네. 당신이 잘 알고 있는 거지?"

"뭐, 그럴 수도 있고. 그런데 계속 들어봐. 그 연맹 본부가 체코에 있는데 반중국 정서가 강하다고 하더라고. 솔직히 유럽은 반중국 정서가 강하잖아."

"오우, 정말이야. 너무 잘됐다. 그쪽하고 이야기 좀 나눠봐야겠다."

"알았어. 내가 연락해 놓을 테니까 그쪽하고 잘 만들어봐. 그쪽은 분명히 한국 족구에 관심이 많을 거야. 네 편이 될 수 있는 거지. 그렇게 시작해서 유사 종목 협회들을 한국 편으로 만들면 네 계획대로 될 수 도 있을 거야."

"고마워, 존스…"

"고맙기는. 우린 친구잖아."

전화기를 내려놓았지만 목구멍에 걸려있는 뭉클함이 사라지지 않았 다.

"이기지 못하더라도 지지는 않는다!"

자신도 모른 사이에 정균의 입에서 다짐이 새어 나왔다.

"좋습네다. 딱 한 번입네다."

북한 대사는 떨떠름한 표정으로 그의 결정을 장 사장에게 전달했다.

"그래요, 딱 한 번입네다. 대신 그 자리에서 결정을 해 주서야 합네 다."

"예? 결정이라고요? 아니 결정은 이야기를 들은 뒤 시간을 두고 내려 야지 어떻게 바로 그 자리에서 합네까?"

북한 대사의 표정이 어두워졌다. 장 사장의 집요함을 당해낼 재간이 없었다. 장 사장도 대사가 바로 결정을 내리기는 어렵다는 사실을 잘 알고 있었다. 하지만 그를 쥐고 흔들 수 있는 무엇인가가 필요했다.

"아니, 그게 뭐 어렵습네까? 그냥 된다고 말하면 되지. 그래야 남조선 사람들이 더 덤빌 것 아닙네까? 이게 기본입네다."

"하아… 나는 장 사장님의 속내를 모르겠시요. 도통 무슨 생각을 하는지 내가 어지럽소이다."

"생각은 그만하고 그냥 합시다. 남조선에서 다 준비할 테니 그냥 갑시다. 예?"

북한 대사는 대답이 없었다. 함부로 말을 내뱉을 수 없었다. 어쩌면 그의 미래도 보장할 수 없는 도박이 될 수도 있었다. 북한 대사는 장 사장의 눈을 뚫어져라 쳐다보았다. 고민이 깊어졌다.

"장 사장, 만나서 이야기 듣는 것도 힘든 결정입네다. 내 목숨 줄을 걸 수는 없소이다. 결정은 차후에 내리는 걸로 합세다. 이게 내 마지막 결정입네다."

장 사장의 표정이 굳어졌다. 더 이상의 요청은 의미가 없음을 직감했다.

"알갔습네다. 하지만 고맙습네다. 내가 평양에 리 대사를 적극 추천하기로 한 약속은 반드시 지키겠소이다."

"아휴, 내가 장 사장님 때문에 힘이 듭니다. 아무튼 수완이 좋습네다."

"허허, 나를 놀리는 거 같습네다. 아무튼 내가 일정을 잡아 연락 드리갔습네다. 우리 잘해 봅시다."

대사와 악수를 나눈 장 사장은 서둘러 북한대사관을 빠져 나갔다.

D-57

정균의 전화를 받은 기찬의 얼굴에는 미소가 묻어있었다. 차선책이라도 있다는 것이 큰 위로로 다가왔다. 전국족구대회 결승이 열리는 잠실실내체육관의 꽉 채워진 좌석을 바라보는 기찬의 눈가에 물기가 고여 있었다. 하지만 한 가지 고민은 여전히 해결되지 않고 있었다.

"홍 회장, 결승전을 진심으로 축하해요."

옆에 앉아있던 한국체육회장의 목소리가 들려왔다. 체육회장은 바쁜 일정을 쪼개어 결승전을 관람하고 있었다. 대한민국족구협회 주관 행사라 그는 단지 귀빈일 뿐이었다.

"다 한국체육회장님 결정 덕분이었습니다. 현장에서 선수등록을 허락해 주시지 않았으면 아무것도 할 수 없었습니다. 정말이지 고맙습니다."

웃음을 머금고 덕담을 나누는 사이 관중들의 환호성이 들려왔다.

화려한 공격을 전력을 다해 막아내는 수비 선수의 날렵함에 환호성은 식을 줄 몰랐다. 받아낸 공이 공중으로 튀어 오르자 코트 뒤쪽에 있던 선수가 네트를 향해 질주를 시작했다. 네트에 다다르기 직전 물구나무를 서듯 발이 하늘을 향했다. 손으로 바닥을 짚지도 않고 큰 회전을 그리는 그의 발에 공이 정확하게 가격을 당했다. 공은 회전도 없이 무서운 속도로 상대편 코트에 내리꽂혔다. 회전이 없던 공이 바닥에 닿는 순간 엄청난 회전이 생기며 선수들 사이를 파고들었다. 건드릴 수 없을 것 같은 공은 그대로 선수들을 통과하며 득점을 올렸다.

관중들은 다시 열광의 도가니에 빠져 들었다.

"와하! 저게 가능해?"

옆에서 경기를 바라보던 체육회장의 탄성이 흘러나왔다. 기찬의 얼굴에는 자신도 모르게 뿌듯한 자신감이 새겨진 웃음이 보이고 있었다.

"그러게 말입니다. 이런 모습을 전국체전에서 보면 좋을 텐데요. 그렇죠, 회장님?"

농담을 던진 기찬의 체육회장의 얼굴을 바라보았다. 그도 농담임을 알고 있다는 듯 웃음으로 대답을 대신했다.

"잘될 거야. 나는 홍 회장이 해낼 거라 믿어. 방향이 옳잖아. 그러면 되는 거야. 그다음에 속도만 붙이면 되는 거지."

"예, 맞습니다."

경기는 어느덧 마지막을 향해 가고 있었다. 체육회장은 다른 일정 때문에 경기장을 이미 떠나고 없었다.

경기를 바라보는 기찬의 마음은 밝지만은 않았다. 이렇게 멋있고 환상적인 족구를 다른 곳에서 먹이로 노리고 있는 사실이 안타깝고 억울하기까지 했다. 때마침 전화기가 진동하기 시작했다.

"예, 부회장님."

라오스에 있는 부회장의 전화였다. 관중들의 환호소리에 자세히 들리지는 않지만 부회장의 목소리는 분명히 격앙되어 있었다.

"회장님, 미팅이 성사되었습니다."

"예? 그게 정말입니까?"

"예, 사실입니다. 제가 이곳에서 일정을 잡겠습니다. 그리고 이미 말

쏨드린 것처럼 사례가 필요합니다. 그게 이곳의 룰입니다."

"예, 알고 있습니다. 걱정하지 마세요. 정말 수고하셨습니다."

전화기를 주머니에 집어넣은 기찬은 자신도 모르게 주먹을 불끈 쥐었다.

"됐어!"

작은 다짐이 그의 입술 사이에서 흘러나왔다.

D-56

"완벽합니다. 수고하셨습니다."

전화를 받는 진 대표의 얼굴에 미소가 보였다. 만족한 표정을 지어 보이며 그는 전자메일을 열었다. 그 안에는 족구에 관련된 각종 정보가 담겨 있었다. 족구의 규칙부터 대회 개최 일정 및 세계화 전략 등 그가 필요로 했던 자료가 완벽하게 준비되어있었다.

진 대표는 서둘러 그 자료를 전자메일로 어디론가 전달했다.

"더 이상 필요한 내용은 없습니까?"

전화기 너머에서 목소리가 들려왔다. 전자메일을 발송하는 동안 전화기 너머의 상대방은 진 대표의 지시를 기다리고 있었다.

"아직은 없어요. 본부에서 자료를 확인한 다음 추가로 필요한 내용이 있으면 연락이 올 겁니다."

"예, 알겠습니다."

"그런데 홍 회장은 조용합니까?"

"예, 조용합니다. 전국족구대회 결승전에 참석한 이후로 아무런 움직임이 없습니다."

"그래요? 허허, 뒤통수가 간지러울 텐데…."

승자의 미소가 떠올랐다. 하지만 아직은 확신을 할 수 없었다. 중국 체육회에서 얼마나 발 빠르게 대응하느냐가 중요한 변수로 작용할 수 있었다. 자신도 중국인이었기에 중국인들의 일 처리가 깔끔하지 못하다는 사실을 그 누구보다 잘 알고 있었다. 솔직히 남이 해놓은 일은 베끼기 좋아하는 중국인들의 습성이 못마땅하기까지 했다. 사업을 하면서도 그런 선입견을 갖는 상대방들과의 협상은 늘 외로운 싸움이었다.

"혹시 홍 회장이 움직이면 바로 연락 주셔야 합니다. 분명히 모종의 작업을 하고 있는 것이 분명합니다."

"예, 알겠습니다."

전화가 마무리되자 진 대표는 자신의 노트를 펼쳐 보았다. 빼곡하게 적힌 스케줄이 그의 눈에 들어왔다.

"후…."

그의 입술 사이로 알 수 없는 의미의 한숨이 흘러나왔다.

D-55

"도착했습니다."

중국체육회 사무실은 바쁘게 움직이고 있었다. 진 대표로부터 전자 메일이 도착하자 이를 지켜보던 총괄경리는 직원들을 소집했다.

회의실에 모인 체육회 직원들은 하나같이 기분이 들떠있었다. 기다리던 자료가 도착했다는 사실만으로 그들은 충분히 흥분하고 있었다.

"도착했습니다. 곧바로 번역 작업을 시작하고 우리 자료를 마무리 지읍시다. 자료 마무리까지 얼마나 시간이 필요합니까?"

"일주일이면 충분합니다. 번역은 기존 자료에 추가할 내용만 하면 됩니다."

"그래요? 서두릅시다."

회의를 진행하는 총괄경리는 흥분하지 않았다. 그가 해야 할 일은 아직도 많이 남아있었다.

"경리님, 저쪽에 미리 연락을 해 두는 것이 좋지 않겠습니까?"

바로 옆자리에 앉아있던 직원의 목소리였다.

"예? 미리 연락을 하자고요?"

"예, 우리는 준비가 끝나가고 있으니 수정된 자료가 전달되면 바로 승인절차를 밟아달라고 이야기해 놓는 것이 좋을 것 같습니다."

"음…"

총괄경리는 쉽게 결정할 수 없었다. 미리 통보하는 것도 좋지만 혹시 모를 정보 유출을 생각하지 않을 수 없었다. 한국이 이 사실을 미리 알게 된다면 결코 도움이 되지 않았다.

"알겠습니다. 고민해 보지요. 또 다른 의견은 없습니까?"

총괄경리는 회의실에 모인 직원들의 얼굴을 둘러보았다. 침묵만이 흐를 뿐 아무런 소리도 들리지 않았다.

"알겠습니다. 그럼 회의를 마치겠습니다. 각자 맡은 역할에 집중해 주십시오."

자신의 방에 돌아온 위원장은 방 주위를 서성거리기 시작했다. 생각을 정리하기 위한 그만의 습관이었다. 머릿속은 복잡하지만 결정해야 할 사항은 단 하나였다. 미리 연락하는 것이 좋은지 아닌지만을 결정하면 끝이었다.

"홍 회장, 지금 나온다."

정균은 인천공항 입국장 출입구를 뚫어져라 바라보았다. 체코 프라하에서 출발한 항공기가 도착했다는 전광판의 사인이 켜지고 이십 분 정도가 흘렀다. 함께한 기찬도 심호흡을 하고는 입국장 출입구를 바라보았다.

WOC 존스의 소개로 정균은 체코에 위치한 풋넷연맹과 연락을 취하며 한국 방문을 요청했다. 처음에는 난색을 표하던 체코 풋넷연맹은 체코 풋넷국가대표팀을 한국에 보내기로 얼마 전 결정했다.

"정균아, 네가 고생을 많이 했다. 쉬운 일이 없어."

"뭘. 체코 풋넷이 우리 족구와 거의 흡사하더라고. 그리고 그들도 세계화를 목표로 하고 있는 것이 우리와 맞아 떨어진 것뿐이야. 아무튼 WOC 존스의 역할이 컸어."

"맞아. 존스가 큰 역할을 해 줬지."

이야기를 나누는 동안 도착한 승객들이 하나둘 입국장을 빠져나오기 시작했다. 정균의 시선이 출입구에 고정되었다.

잠시 후 한 무리의 체코인들이 모습을 드러냈다. 유럽인답게 덩치들이 우리보다 컸지만 눈망울은 더없이 선해 보이는 무리였다. 운동복을 입은 여섯 명의 사내들과 깔끔한 수트를 차려입은 인솔자가 눈에 들어왔다.

"미스터 스필카!"

정균의 목소리가 들려오자 사내들을 인솔하던 수트를 차려입은 사내가 고개를 돌렸다. 손을 흔드는 정균을 발견한 그의 얼굴에 미소와 함께 그도 손을 들어 신호를 보냈다.

"미스터 맥스, 반가워요."

정균에게 다가온 사내는 악수를 청하며 주변을 둘러보았다. 옆에 서 있던 기찬을 발견한 사내는 어설프게 고개를 숙이며 기찬에게 인사를 보내왔다.

"예, 이분이 대한민국족구협회 홍기찬 회장님입니다."

"홍 회장, 이분이 체코 풋넷연맹 스필카 회장님이셔."

정균의 소개에 기찬과 미스터 스필카는 서로 악수를 나누며 인사를 교환했다.

"대한민국족구협회장 홍기찬입니다. 그냥 미스터 홍이라 부르시면
됩니다."

기찬은 유창한 영어로 자신을 소개했다.

"저도 그냥 미스터 스필카라 부르시면 됩니다. 허허!"

미소를 머금은 체코풋넷연맹 회장인 스필카도 반갑게 인사를 건네왔
다. 처음 방문하는 한국이지만 낯선 느낌이 전혀 들지 않았다. 오랜 비
행이었지만 몸도 가뿐하게 느껴졌다.

"공항청사 밖에 차가 대기 중입니다, 우선 차로 이동하시죠."

정균의 안내에 따라 한 무리의 사내들은 공항청사 밖으로 발걸음을
옮기기 시작했다.

WOC에 한 통의 전화가 걸려왔다.

"예? 정말입니까?"

전화를 받은 WOC 종목채택위원장 존스의 얼굴이 굳어졌다. 예상하
지 못한 상대방의 제안이었다.

"예, 정말입니다. 특별히 위원장을 위해 준비하겠습니다. 문제없이 처

리되었으면 합니다."

"아니, 자료만 정확하게 전달된다면 아무 문제없습니다. 굳이 그러실 필요 없습니다."

"예, 압니다. 그래도 우리의 성의입니다. 위원장님께 드리는 것이 아닙니다. WOC에 드리는 겁니다."

중국은 집요하게 접근하고 있었다. 물론 예전부터 WOC에 많은 지원을 해 오고 있었지만 이번처럼 청탁을 해 오지는 않았다. 존스는 당황하지 않을 수 없었다.

"진 경리님, 자꾸 그러시면 곤란합니다. 오히려 역효과가 날 수도 있습니다. 공정하게 심사하니까 너무 걱정하지 마십시오."

"어휴, 정말 완고하십니다. 알겠습니다. 그럼 없던 일로 하겠습니다. 아무튼 조만간 자료를 보내드리겠습니다. 잘 부탁합니다."

"예, 알겠습니다."

중국이 준비를 마친 것이 확실했다. 더 이상 시간을 미룰 수도 없었다. 존스는 다시 전화기를 손에 쥐었다.

경기장에서는 함성소리가 터져 나왔다. 풋넷 체코 국가대표팀과 한국 선발팀과의 족구 경기가 한창이었다.

"와! 키가 크니까 우리하고는 다릅니다."

경기를 지켜보던 기찬은 탄성을 질렀다. 옆자리에서 함께 경기를 지켜보던 체코 풋넷연맹회장인 스필카의 얼굴에 미소가 피어올랐다.

"미스터 홍. 한국의 족구와 우리 풋넷이 너무도 유사합니다. 경기장 규격 정도만 틀릴 뿐인지 너무 흡사합니다."

"그렇죠? 저도 놀랐습니다."

경기는 밀고 밀리는 순간이 계속 연출되며 막바지로 향해가고 있었다. 관중들은 동서양의 선수들이 벌이는 족구에 흠뻑 빠져있었다. 한국 선수들끼리의 경기와는 사뭇 다른 분위기가 새로운 재미를 만들어내고 있었다.

"미스터 스필카. 풋넷과 족구가 만나면 어떨까요?"

"예? 그게 무슨 말인지…."

"규모를 키우자는 겁니다. 유럽에는 우리 족구, 아니 풋넷과 유사한 경기가 많지 않습니까? 그들과 경쟁해야 하지 않습니까?"

"예, 물론 그렇습니다."

유독 큰 스필카의 눈망울이 기찬의 시야에 들어왔다. 체코는 이미 한국에서의 족구처럼 풋넷이 보편화된 국가였다. 리그도 존재하고 있었지만 그들은 거기에 만족하고 있었다. 기찬이 생각하는 세계적인 종목으로의 성장과는 거리가 있었다. 그들만이 즐기는 종목일 뿐이었다.

"스필카. 나는 우리 족구를 세계적인 경기로 성장시키고 싶습니다. 물론 한국에서도 아직 인정을 받지는 못하지만 계획이 있습니다."

"세계적인 종목으로요?"

"예, 맞습니다. 그래서 협회장님을 한국에 초대한 겁니다. 족구와 풋넷은 형제와 다름없습니다. 같은 경기라는 의미입니다."

"예, 그렇죠. 사람들 눈에는 충분히 같은 경기라 보일 겁니다. 지금도 그런 분위기 아닌가요? 그런데요?"

"예, 그렇다면 족구와 풋넷이 합쳐지면 어떨까요?"

"예? 그게 무슨 말입니까?"

스필카는 당황하고 있었다. 어쨌든 서로 다른 두 경기를 하나로 합친다는 것은 무리수가 따르는 도박과도 같았다. 어쩌면 잃는 것이 더 많을 수도 있었다.

"당황하실 필요는 없고요. 순차적으로 진행하면 됩니다. 각자의 경기에 족구와 풋넷의 이름을 함께 알리는 겁니다. 그리고 하나둘 협력해 가면서 향후 세계협회를 만들어 더 많은 국가에 알리는 겁니다."

스필카도 짐작은 하고 있었다. 초청을 받을 당시 한국이 생각하는 큰 그림은 예상하고 있었다. 그들에게도 새로운 도전이 될 수도 있었다. 하지만 첫 만남에 제안을 던지리라고는 생각하지 못했다.

"으음, 나쁘지는 않습니다. 우리는 유럽에 터전을 잡고 있고, 한국은 아시아에 있습니다. 쉽지는 않겠지만 해 볼 만합니다. 물론 아시겠지만 중국에서도 비슷한 제안을 던져온 상황입니다. 하지만 족구와 중국은 아무런 관계도 없다는 사실에서 웃음만 나오더군요."

"허허! 그렇지요."

관중들의 환호소리에 기찬의 웃음소리는 묻혀있었다. 둘이 대화를 나누는 동안 정균은 누군가의 전화를 받는 중이었다. 함성소리 때문에 한 손으로 한쪽 귀를 막고 상대방의 목소리에 집중하고 있었다.

"고마워."

전화가 마무리되자 정균은 대화를 나누고 있는 기찬에게 시선을 돌렸다. 기찬과 스필카는 웃음을 지어 보이며 대화에 깊이 빠져있었다. 정균은 막바지로 치닫는 경기장으로 시선을 돌렸다.

하나의 문제를 풀었다. 남아 있는 문제도 풀 수 있으리라는 자신감에 기찬의 얼굴은 상기되어있었다.

"류 실장님. 유니폼, 족구화 그리고 족구 공인구하고 족구 경기장 세팅에 필요한 모든 물품을 최소 두 세트 이상 준비해 주세요."

"예? 갑자기 무슨 말씀입니까?"

"필요해서 그럽니다. 그리고 바로 선적될 수 있도록 컨테이너도 준비하셔야 합니다."

기찬과 사무실에서 대화를 나누는 류 실장은 이해할 수 없다는 표정을 지어 보였다. 체코 풋넷연맹과는 모든 일이 예상대로 성사되었다. 하지만 그 기쁨도 잠시였다. WOC의 존스가 정균에게 급박한 내용을 보내왔다. 중국이 준비를 끝내고 곧 움직일 거 같다는 소식은 기찬을 당혹스럽게 만들었다.

"예? 선적 준비요?"

"맞습니다. 선적 준비를 해야 합니다."

"어디로 보내시는 겁니까? 체코로 보내는 겁니까?"

성민도 갑작스런 기찬의 지시에 당황했다. 구하기 힘든 족구 공인구 등은 가끔 미주한인족구협회로 보내곤 했지만 족구 경기를 위한 전체 물품은 처음이었다.

"아니에요. 라오스입니다."

"라오스라고요?"

"예. 가급적 빨리 준비해야 합니다. 서두르셔야 합니다."

성민은 잠시 주춤했다. 한 번도 기찬의 입에서 나오지 않았던 라오 스라는 단어가 주는 어감이 좋게 들려오지 않았다.

"알겠습니다. 그런데 제가 이유를 물어봐도 되겠습니까? 갑자기 라오 스라니요?"

"예, 이벤트를 준비 중입니다. 아직 결정된 것은 없지만 준비는 해 놓 아야 할 것 같아서요."

"예, 알겠습니다. 그런데 라오스가 내륙 국가 아닌가요? 컨테이너로 선박을 통해 보내려면 시간이 꽤 걸릴 겁니다."

"아, 그런가요? 그럼 항공편으로 보내는 방법을 생각해야겠네요. 항 공화물편으로 준비해 주세요. 제가 신호하면 바로 보낼 수 있어야 합 니다. 그리고 이번 주 수요일 출발하는 라오스 항공편 자리 하나만 예 약해 주시고요."

"라오스에 가시려고요?"

"예, 이번 주 수요일 출발입니다. 목요일에 약속이 있거든요. 그런데 화물 준비하는 데 얼마나 걸릴까요?"

"그거야 어렵지 않습니다. 하루 이틀이면 충분합니다."

"다행이네요. 제가 연락드리면 바로 보내셔야 합니다."

"예, 알겠습니다."

알 수 없는 긴장감이 흐르고 있었다. 예전에 볼 수 없었던, 긴장한 기찬의 모습은 처음이었다.

석양에 물든 메콩강은 신비롭기까지 했다. 태양 아래 누런 황토색만을 보여주던 강이 아니었다. 수평선 너머 사라지는 태양이 뱉어내는 황금색과 어우러진 메콩강의 황토색은 황홀함을 만들어내고 있었다. 태양은 이미 메콩강 너머로 숨어버렸다. 태양이 사라진 자리에는 어둠이 대신 찾아왔다.

메콩강변 카페에서 석양을 바라보던 족구협회 이 부회장은 어디론가 전화를 걸기 시작했다. 그의 표정은 이미 일그러져 있었다.

부회장과 마찬가지로 표정이 일그러진 장 사장이 전화기를 집어 들었다.

"장 사장님, 이거 말도 안 되는 소리 아닙니까?"

"예, 알고 있습네다. 그런데 어떻게 하겠소."

북한 식당 장 사장의 목소리가 들려왔다. 치밀어 오른 화를 삭이며 이 부회장은 계속 말을 이어갔다.

"당장 내일입니다. 그런데 약속을 취소하겠다니요? 장 사장님이 생각해도 이건 잘못된 판단 아닙니까? 약속해 놓고 이제 와 약속이 없었던 거로 하자니, 이게 뭡니까?"

"압네다. 그런데 어쩌겠습니까? 상황이야 항상 변하는 것 아닙네까? 나도 대사가 이럴 줄은 정말 몰랐습네다. 무리수를 두지 않겠다는 의도 같은데…."

이 부회장은 더 이상 무슨 말을 해야 할지 생각이 떠오르지 않았다. 여기서 전화를 끊는다면 지금까지의 노력이 모두 물거품으로 변한다는 사실을 잘 알고 있었다.

"하… 그렇다면 모든 것이 취소되는 겁니까?"

한숨과 함께 지푸라기라도 잡고 싶은 심정으로 말을 이어갔다.

"글쎄요…. 저도 장담할 수 없습네다…. 하지만 기다려 보시라요. 생각이 바뀔 수도 있습네다."

항상 자신감 넘치던 장 사장의 목소리가 아니었다. 어려운 부탁이 아니었다. 하지만 북한의 사정을 모르는 것도 아니었다. 생존을 위한 그들만의 원칙이라는 것이 있었다.

"좋습니다. 그럼 이번 일정은 취소합시다. 하지만 다음 일정을 잡아 주십시오. 이번 기회를 놓치면 안 됩니다."

"하여튼 이 사장은 시원시원해서 좋습네다. 안 되는 일은 매달릴 이유는 없지요. 다음 일정을 조율하갔습네다. 북과 남의 상황은 항상 한치 앞도 내다 볼 수 없으니 나도 답답합네다."

"예, 그렇지요…. 그렇다면…."

십 년을 넘게 이곳 라오스에서 생활해온 이 부회장은 이런 상황에 익숙해져 있었다. 북한 친구들과 사업 시도도 해 보았다. 항상 예정대로 진행된 일은 하나도 없었다. 하지만 이번은 상황이 달랐다. 예전과 다른 분위기를 직감할 수 있었다.

"장 사장님, 우리 판을 키웁시다. 이왕 늦어진 거 판이라도 키웁시다."

"예? 판을 키우다니요? 하, 나는 이 동무의 생각을 못 쫓아가갔습네다. 속 시원히 말씀해 보시라요."

"좋습니다. 말씀드리지요. 두 마리 토끼를 다 잡아야지요. 그러기 위해서는 두 마리 토끼가 함께 모일 수 있는 보다 크고 넓은 마당이 필요합니다."

"아휴, 이 동무. 제발 말 좀 돌리지 마시라요. 무슨 두 마리 토끼며, 마당이며, 머리만 아픕네다."

마지막이라는 사실을 이 부회장은 잘 알고 있었다. 북한이 충분히 움직일 수 있는 명분이 필요했고 한국도 보다 큰 명분이 필요할 수 있었다. 더 큰 기회를 위한 잠깐의 쉼이라고 자신을 다독이는 이 부회장의 손에 힘이 들어갔다.

부회장은 차근차근 설명을 시작했다.

"뭐라고요?"

전화를 받는 기찬의 목소리에는 실망감이 고스란히 묻어있었다.

"예. 일정이 연기되었습니다. 이번에는 아니겠거니 했는데, 역시 이번에도 똑같습니다."

"그럼 어떻게 되는 겁니까?"

"예, 일단 새로운 제안을 던졌습니다. 판을 키우려고요. 예전에 회장님께서 말씀하신 대로 판을 키우자고 제안했습니다."

"그래요? 그런데 먹힐까요? 오히려 거부감을 갖고 멀어지는 게 아닐까요?"

"예, 저도 걱정은 됩니다. 하지만 시도는 해 봐야지요."

통화를 하는 부회장의 목소리에서는 자신감을 찾아볼 수 없었다. 항상 자신감을 갖고 새로운 영역에 도전하는 모습이 흡사 자신과 닮아 그를 신뢰하고 있었다. 하지만 자신감이 사라진 목소리가 들려오자 기찬도 자신감을 잃어가고 있었다.

"예, 부회장님, 힘들겠지만 계속 밀고 나갑시다. 우리 힘냅시다."

"예, 알겠습니다. 회장님, 희망은 놓지 마십시오. 당장이라도 연락이 올 수 있습니다."

부회장은 애써 기찬을 위로하려 희망을 놓지 말자고 했지만 전화기를 내려놓은 기찬에게 다시금 두통이 찾아왔다. 서둘러 두통약을 삼킨 기찬은 잠시 눈을 감았다. 눈을 감았지만 수많은 생각들은 사라지지 않았다.

대한민국족구협회장이 되며 수많은 일들을 추진해 왔다. 행복했다. 하지만 한계는 분명히 존재했다. 어쩌면 대한민국의 족구는 단지 우리만의 놀이로 전락할 수 있었다. 세상은 살아 움직이는 생명력을 지닌 생명체와 다름이 없었다. 중국은 세계족구협회를 만들려 하고 있었다. 단지 하나의 체육협회가 설립되는 것이 아니었다. 문화가 사라지는 것이었고 자존심이 사라지는 것이었다. 집요하게 준비하는 중국이라는 존재가 버겁게 느껴졌다.

고개가 뒤로 젖혀지며 기찬은 깊은 잠 속으로 빠져들었다.

한편 라오스 이 부회장의 전화기 벨소리가 멈춤 없이 울리기 시작했다. 예상보다 빨리 답변이 도착했다. 곧바로 기찬의 전화벨도 울리기 시작하며 잠들어 있던 기찬을 깨웠다.

"내가 이럴 줄 알았습니다. 우리를 한 번 떠본 겁니다. 아무튼 기 싸움이 보통이 아닙니다."

"정말입니까? 잘됐습니다. 바로 출발하겠습니다."

"예, 알겠습니다. 그러면 하루 연기한 일정으로 준비하겠습니다. 회장님, 원래 큰일을 하려면 이런 일들이 벌어지는 겁니다. 그래도 천만다행입니다."

부회장의 흥분된 목소리가 들려왔다. 취소하기로 했던 미팅이 다시 성사되었다. 한시름 놓은 기찬은 정신을 가다듬었다. 잠시 잠들어 있었지만 시간이 흐르며 이미 어둠이 거리를 뒤덮고 있었다.

D-48
. . . .

어둠이 내린 거리는 한적했다. 가로등이 없는 거리를 차량들의 전조등 불빛이 가로등을 대신하며 이곳이 길임을 알려줄 뿐이었다.

시내를 벗어나 한적한 외곽도로를 차량 한 대가 지나가고 있었다.

"회장님, 라오스는 처음이시죠?"

"예, 처음입니다. 길가에 가로등이 없습니다. 우리 옛날이 생각나네요."

기찬과 이 부회장은 차를 타고 시 외곽에 있는 수상 유원지인 탕원 유원지를 향하고 있었다. 사회주의 국가인 라오스에 처음으로 땅을 밟은 기찬은 적지 않게 긴장하고 있었다. 이 부회장이야 이곳에서 석재를 수출하는 사업을 십 년 넘게 해왔기에 이질감 따위는 남의 이야기였다. 하지만 그는 긴장하는 기찬의 마음을 편하게 해 주기 위해 계속 말을 걸어왔다.

"제가 이곳에서 십 년 넘게 석재를 한국으로 수출하고 있습니다. 저도 처음에는 긴장도 많이 했지만 사람 사는 것이 다 똑같더라고요."

"그래요? 부럽습니다. 솔직히 긴장되네요."

"당연하죠. 사회주의라는 것만으로도 긴장이 되죠. 하물며 오늘 일정도 긴장하기에는 충분합니다."

어둠 속에 멀리서 불빛에 반사되는 식당의 불빛이 눈에 들어왔다. 메콩강의 지류인 남원강에 띄어진 수많은 수상 식당 중 유독 한곳에서만 불빛이 새어 나오고 있었다.

도착한 식당에는 손님이 없었다. 늦은 시간이기도 했지만 대부분 저녁 8시면 식당은 영업을 종료한다. 적막함이 느껴지며 주변은 고요하기만 했다. 시계가 10시를 향해 가자 식당 출입문 앞에 만들어진 주차장으로 들어오는 차량의 불빛이 보이기 시작했다.

기찬이 심호흡을 하며 자세를 가다듬자 부회장은 자리에서 일어서 주차장 쪽으로 발걸음을 옮기기 시작했다. 혼자 남은 기찬은 다시 한 번 심호흡을 하며 두 손에 맺힌 땀을 휴지로 닦아냈다.

식당 입구에서는 시끄러운 소리가 들려왔다. 부회장과 도착한 사내가 이야기를 하며 함께 온 사람을 소개하고 있었다.

인사를 마친 일행이 기찬에게 다가왔다. 기찬이 일어서며 가볍게 고개를 숙이며 다가온 일행에게 인사를 건넸다.

"대사님, 이분이 대한민국족구협회 홍기찬 회장이십니다."

부회장의 소개에 대사는 기찬에게 악수를 청해오며 친근감을 표시했지만 굳은 표정에 긴장하고 있는 모습이 역력했다.

"홍 회장님, 이분이 라오스 주재 북한대사관 리영일 대사이십니다."

"반갑습니다, 대사님."

가볍게 인사를 건넨 기찬이 대사에게 맞은편 자리를 안내했다. 대사가 자리에 앉자 기찬도 자리에 앉았다. 긴장감이 흐르며 주변을 살피는 장 사장과 기찬의 명함을 바라보는 대사는 잠시 숨을 고르고 있었다. 테이블 위에 명함을 올려놓은 대사의 시선이 기찬과 마주쳤다.

"내가 여기 장 사장 설명을 들었습네. 가능성은 있지만 시기상조라는 생각도 드는데, 아직 이른 것 아닙네까?"

인사를 마치자마자 북한 대사가 시큰둥하게 말문을 열었다. 모두의 시선이 답변을 준비하는 기찬에게 집중되며 식당 안에는 미묘한 긴장감이 퍼지기 시작했다.

"맞습니다. 이른 면도 없지 않아 있습니다. 하지만 전 세계 최초입니다. 최초라는 단어가 중요합니다. 최초라는 단어는 남들이 안 된다고 할 때 준비하는 사람만이 쟁취할 수 있습니다."

"맞습네다, 대사님. 어려운 일도 아닌데 대사님이 결정만 하시면 됩니다."

장 사장도 기찬을 거들고 나섰다. 리 대사의 못마땅한 시선이 장 사장에게 꽂혔다. 북한 사람이 남한 편을 드는 것이 반갑지만은 않은 시선이었다. 하지만 장 사장은 아무렇지도 않은 듯 리 대사와의 시선을 유지하며 여유를 부리고 있었다.

"대사님, 어려운 결정은 맞습니다. 아무도 시도해 보지 않았다는 것은 분명히 여러 이유가 있을 겁니다. 그걸 헤쳐 나가야 한다는 것 자체가 어려운 일입니다. 하지만 남한은 문제없습니다. 북한 측 결론만 얻어내면 됩니다."

"허허, 너무 재촉하십네다. 솔직히 북조선과 남한의 만남이라는 것이 첨예한 문제입니다. 지금 둘의 관계도 좋지만은 않고, 평양의 승인이 절대적으로 필요합네다."

"그렇습니까? 남한에서는 라오스에서 벌어지는 일은 현지에서 해결하면 된다고 합니다. 물론 북한이 우리와는 다르겠지만 충분히 가능하다고 생각합니다."

"그렇습네까?"

대사는 잠시 숨을 고르고 시작했다. 장 사장과 이 부회장은 리 대사의 시선을 응시했다. 분명히 그가 결정할 수 있는 사안은 아니었지만 그의 결심이 중요하다는 것은 너무 잘 알고 있었다.

"장 사장님, 당신 생각은 어때요?"

갑작스런 리 대사의 질문이었지만 장 사장은 경험 많은 여우와도 같았다. 북한 태생이 아닌 라오스 태생으로 일반 북한 주민과는 다른 생각을 지녔고 행동도 상대적으로 자유로운 위치였다. 그로 인해 쌓은 경험은 그를 융통성 있는 사람으로 만들어 놓았다. 장 사장은 머뭇거림이 없었다.

"대사님, 간단합네다. 아직 세부계획이 없습네다. 그냥 추상적인 내용만 있지요. 홍 회장님, 맞지요?"

"예, 맞습니다. 오늘 이 자리 결과에 따라 준비할 예정입니다."

"그래요, 바로 그겁네다. 어차피 평양에 보고를 하려면 세부적인 내용이 필요합네다. 누가 봐도 괜찮아 보이는 계획이 필요합네다. 추상적인 건 안 통합네다. 특히 당신들 상대는 깐깐한 북조선입네다."

이야기를 끌어가는 장 사장을 바라보는 대사의 표정에서 만족한 듯 미소가 스며 나왔다. 장 사장은 정확하게 대사가 원하는 내용을 지적하고 있었다.

"맞습네다. 장 사장이 정확하게 지적하고 있습니다. 뭔가 보이는 것이 있어야 나도 덤벼볼 것 아닙네까?"

예상했던 내용 그대로였다. 불가능하다는 이야기는 나오지 않았다. 가능성은 열어놓았다. 물론 북한을 포함한 모든 사회주의 국가는 상대방에게 안 된다고 말하지는 않는다. 하지만 리 대사 옆에는 우리와 생각이 같은 장 사장이 있었다.

"좋습니다. 준비하겠습니다. 그러면 공은 대사님에게 넘어가는 겁니다."

"아니, 홍 회장은 너무 들이댑니다. 틈도 주십시오."

지금까지 군은 표정으로 긴장의 끈을 놓지 않았던 대사는 농담을 던지며 얼굴에는 웃음을 머금고 있었다. 대사는 기찬이 자신의 의지대로 끌려오리라는 확신이 있었다.

"예, 알겠습니다. 틈은 드려야지요."

기찬도 더 이상의 요구는 없었다. 대화가 무르익으며 말이 없었던 이 부회장의 얼굴에도 웃음이 피어났다.

"대사님, 고맙습니다. 그리고 우리 장 사장님도 너무 고맙습니다."

"우리라고요? 이것 참… 나는 북조선 사람입네다. 남한 사람이 아닙네다."

이 부회장의 당돌한 표현에 정색한 모습을 과장되게 표현하며 장 사장이 손사래를 쳤다. 대사도 순간 당황했는지 얼굴이 굳어있었다.

"우리는 한 민족입니다. 그걸 표현한 겁니다. 그럼 뭐라고 합니까?"

기찬도 이 부회장을 거들었다. 잠시 어색한 정적이 흘렀지만 오래가지는 않았다.

"알겠습니다. 우리는 한 민족이지요, 예, 맞습네다."

대사의 말 한마디에 상황은 다시 조금 전 화기애애한 분위기로 돌아갔다. 이 부회장이 기찬에게 눈짓을 보냈다. 가장 중요한 순간이 다가왔다. 확실한 한 가지가 필요했다.

부회장의 신호를 눈치챈 기찬이 가방에서 흰 봉투를 꺼내 테이블 위에 올려놓았다. 모두의 시선이 그 봉투에 집중되며 정적이 흘렀다. 정적에 파묻혀 아무도 말을 꺼내지 않았지만 그 정적은 잠시 숨 고르기 일 뿐이었다.

"성의입니다. 분명히 필요하실 겁니다."

기찬이 정적을 깨며 말문을 열었지만 봉투에 시선이 고정된 대사는 아무런 대답이 없었다. 서로간의 어색한 시간이 흐르며 장 사장의 시선이 대사와 마주쳤다. 무표정한 장 사장이 살짝 고개를 숙이며 대사에게 신호를 보내자 대사의 표정에도 변화가 나타났다.

"허허, 알갔습네다. 요긴하게 쓰갔습네다."

대사는 흰 봉투를 자신의 수트 속 주머니에 조심스럽게 집어넣었다. 어색하던 침묵이 사라지며 다시금 웃음소리가 들려오며 대화는 계속 이어졌다. 부회장이 주방 쪽을 바라보며 손을 들어 신호를 보내자 숨어있던 식당 종업원들이 모습을 보이기 시작했다.

라오스 전통음악이 흐르며 강 위에 띄어진 수상식당은 웃음소리로 가득 차며 늦은 식사가 시작되었다.

"이번 일은 분명히 잘될 것 같습니다."

취기가 오른 부회장은 건배 제의를 하며 분위기를 이끌기 시작했다.

스위스 로잔에 위치한 WOC도 바삐 움직이고 있었다. WOC 사무총장이 종종걸음으로 회의실로 향하고 있었다. 수행하는 비서진들 사이에 WOC 종목채택위원장인 존스의 모습도 보였다.

그들이 도착한 회의실에는 이미 중국체육회 회장이 자리하고 있었고 그 옆에는 왕인베스트의 진 대표가 자리하고 있었다. 회의실에는 무거운 긴장감이 흐르고 있었다.

"오시느라 고생하셨습니다."

WOC 사무총장의 인사말로 회의는 시작되었다.

"괜찮은 여행이었습니다. 아무튼 준비하던 일이 마무리되어 기쁘기만 합니다."

"예, 우리 WOC도 기쁘게 생각하고 있습니다."

중국체육회 회장은 상기된 얼굴로 WOC 사무총장과 대화를 시작했다. 중국체육회 회장은 서둘러 일을 마무리 짓기 위해 스위스행을 택했고 왕인베스트의 진 대표도 그와 동행했다.

"그런데 회장님. 요즘 분위기가 너무 안 좋습니다. 우리가 너무 중국을 편애한다는 뉴스들이 쏟아집니다."

"아니, 그거야 예전부터 그랬던 것 아닌가요? 너무 신경 쓰지 마십시오. WOC 뒤에는 든든한 우리 중국이 있습니다."

"알겠습니다. 자료는 이미 받았습니다. 최대한 서둘러 검토를 마치겠습니다."

진행되는 대화를 듣기만 하던 종목채택위원장인 존스의 얼굴은 어두웠다.

중국이 서두른다고 WOC도 함께 서두를 필요는 없었다. 아무런 근거도 없이 족구가 중국에서 시작되는 논리로 세계족구협회를 설립하려는 중국을 이해할 수 없었다. 뉴스를 들어봐도 요즘 중국의 한국에 대한 행동은 도를 넘기고 있었다. 이미 대한민국족구협회장인 기찬과 오랜 친구인 맥스를 통해 한국에서 시작된 족구를 그는 잘 알고 있었다. 물론 WOC 사무총장도 그 사실은 이미 잘 알고 있었다.

"진 대표, 대한민국족구협회가 이상하다면서요?"

체육협회장의 시선이 진 대표를 향했다.

"아, 제가 소개를 못했군요. 한국에서 사업을 하고 있는 우리 측 대표입니다. 대한민국족구협회와도 인연이 깊은 사업가죠."

체육협회장의 늦은 소개에 WOC 사무총장과 존스는 불쾌했다. 중국은 항상 일에 순서가 없었다. 함께 자리한 사람을 먼저 소개하는 것이 도리였지만 이번에도 중국은 그러지 않았다.

"예, 소개받은 진 대표입니다. 대한민국족구협회 일에 도움을 주다 보니 듣게 되는 소식이 많습니다."

"어, 그래요? 우리에게 전달할 중요한 정보가 있나 봅니다. 그러니 이렇게 찾아오신 거겠지요."

존스는 못마땅한 듯 진 대표를 향해 말을 던졌다. 진 대표도 눈치를 챈 듯 억지웃음을 보이며 말을 이어갔다.

"예, 중요하다면 중요한 정보입니다. 지금 국제사회는 북한에 대해 경제제재를 취하고 있습니다. WOC도 스포츠와 관련해서 그 제재에 동참하는 줄 압니다."

"예, 맞습니다. 그런데 중국은 아니지 않습니까?"

WOC 사무총장을 대신해서 종목채택위원장인 존스가 중국 측과 대화에 참여하는 상황이 연출되고 있었다. WOC 사무총장은 존스가 한국 편에 서 있는 인물이라는 사실을 잘 알고 있었다. 중국과 말을 섞는 것이 WOC수장으로서 마음에 들지 않음을 간접적으로 표현하고 있었다.

"아닙니다. 중국도 국제사회의 일원으로 국제사회의 제재에 동참하고 있습니다. 이 점은 분명히 말씀드릴 수 있습니다. 아무튼 상황이 이런데 한국, 특히 대한민국족구협회가 취하고 있는 행동들이 이상하다 싶어 말씀드리는 겁니다."

"예? 그게 무슨 말입니까?"

"대한민국족구협회장이 제3국에서 북한의 고위급 인사와 만났습니다. 이 사실은 대한민국족구협회 관계자의 발언과 제3국에 위치한 우리 중국정보부 요원이 확인한 내용입니다."

"예? 북한 측 고위 인사와 만났다고요? 그런데 그게 중요한 일입니까?"

존스는 중국의 의도를 알고 있었지만 재차 확인하고 싶었다. 자신들의 우방인 북한까지 들먹이며 자신들이 하고자 하는 것을 시도하는 애매한 태도에서 중국을 신뢰할 수 없었다.

"예, 중요한 사건입니다. 전방위적으로 북한을 제재하는 상황에 그것도 남한의 스포츠 단체장이 비공식적으로 북한 인사를 만났다는 사실은 큰 의미가 있습니다. 대한민국족구협회장입니다. 분명히 우리가 WOC와 준비하고 있는 이번 사안과 분명히 관계가 있습니다. 방해하려는 공작을 펼치는 겁니다."

"하… 참 어렵네요. 진 대표님, 뭘 그렇게 복잡하게 생각합니까? 그냥 넘어가도 되는 일 아닙니까?"

"아니죠, 중요한 일입니다. WOC 차원에서 대책을 세워야 합니다."

이야기를 듣고 있던 중국체육회장도 합세하며 WOC를 압박하기 시작했다.

"도대체 우리 WOC에 뭘 원하는 겁니까?"

WOC 사무총장도 다시 대화에 참여하며 중국체육회와 WOC의 난상토론이 점점 더 깊은 수렁으로 빠져들었다. 중국은 물러섬이 없었다.

"대북제재는 국제사회의 약속입니다. 스포츠도 예외일 수는 없습니다. 한국에 압력을 행사하셔야 합니다. 그것만이 우리도 살고 WOC도 사는 길입니다. 지금까지 우리 중국이 WOC에게 해 온 지원을 잊으셨습니까?"

중국체육회장은 얼굴을 붉혀가며 자신들의 목적을 이루려 하고 있었다. 금기시되어온 중국의 지원까지 들먹이며 WOC를 압박했다.

"허, 참 집요하십니다. 그렇게 이번 사업을 성사시키고 싶으신 겁니까?"

존스도 물러섬이 없었지만 다른 방법을 제시하지는 못했다. 대북제재라는 엄청난 장애물을 치울 수는 없었다. 시간은 흐르고 있었지만 중국의 논리를 따돌릴 명분을 만들어내기에는 역부족이었다.

"예, 반드시 성사시켜야 합니다."

중국체육회장은 단호했다. 그를 설득하는 것이 불가능하다는 사실을 WOC 사무총장도, 종목채택위원장인 존스도 알아차렸다. 중국이 이번 기회를 어떻게든 이용하고자 하는 의도가 분명했다.

D-46

"정말 하실 겁니까?"

기찬의 생각을 전해 들은 류 실장은 아연 질색하지 않을 수 없었다. 경색된 남북관계가 이어지고 있는 상황에 그들과 직접적인 접촉을 갖는 것은 결코 쉽지 않은 일이었다.

"괜찮다니까요. 저만 믿고 따라오시면 됩니다. 걱정하실 필요 없습니다."

기찬의 생각은 흔들림이 없었다. 류 실장의 떨떠름한 표정도 기찬의 시야에는 들어오지 않았다. 류 실장도 기찬의 생각을 바꿀 수 없음을 잘 알고 있었다.

"예, 알겠습니다. 기획안을 준비하겠습니다."

기찬과 이야기를 마친 류 실장이 자신의 책상으로 돌아왔다. 언제 어떻게 행사를 준비해야 할지 막막하기만 했다. 지금까지 시도해 보지 않은 일이었고 누구도 생각해 보지 않은 일이었다. 깊은 심호흡을 마치고 류 실장은 컴퓨터 자판에 손을 올려놓았다.

시간이 흐르며 류 실장의 손놀림이 빨라졌다. 예상보다 쉽게 생각이 정리되고 있었다. 이미 창밖은 어둠이 내리며 하루를 마감하고 있었다. 하지만 그의 전화기는 쉴 틈이 없었다.

"예?"

갑자기 걸려온 전화에 류 실장의 표정이 굳어졌다.

"정말입니까? 그런데 너무하신 것 아닙니까?"

"아이, 괜찮습니다. 잘못된 길로 가는 것을 보고만 있을 수는 없지요. 류 실장도 이제는 처신을 잘해야 합니다. 아시겠습니까?"

"그래도 그렇지…."

조금 전까지 비추던 햇살은 어디론가 사라졌다. 전화기를 내려놓은 류 실장의 표정도 조금 전과는 완전히 달라져 있었다.

언제부터인가 자신도 모르게 한숨을 내뱉는 버릇이 생겼다. 한숨과 함께 류 실장은 컴퓨터 화면을 응시했다. 방금 전까지 작성한 기획안이 눈에 들어왔다. 하지만 더 이상 그의 손놀림은 없었다. 움직임 없는 그의 몸과는 달리 그의 눈동자는 계속 흔들리며 생각을 정리하고 있었다.

십여 분의 시간이 흘렀다. 멍하니 화면만을 바라보던 류 실장은 작심을 한 듯 다시 자판에 손을 올려놓았다.

"뭐라고요?"

기찬의 얼굴이 굳어졌다. 더 이상의 말도 나오지 않았다. 기찬은 옷을 서둘러 걸치고는 숙소를 나섰다.

그가 도착한 병원 응급실에는 이미 사람들이 가득했다. 한국체육회 최 이사도 이미 연락을 받고 도착해 있었다.

"어떻게 이런 일이…"

최 이사도 말을 잊지 못했다. 새벽까지 사무실 전등이 꺼지지 않은 것을 이상히 여긴 빌딩 보안요원이 대한민국족구협회 사무실 문을 열고 들어갔다. 그의 눈에는 천장에 매달려 있는 류 실장의 모습이 들어왔다. 그는 서둘러 긴급연락망을 통해 관계자들에게 연락을 취했다. 이것이 전부였다.

기찬은 아무런 말도 할 수 없었다. 상상할 수도 없는 일이 눈앞에서 벌어졌다.

"홍 회장, 무슨 낌새라도 있었어? 류 실장이 이런 극단적인 선택을 할 만한 이유가 없잖아?"

"그러게 말입니다. 오늘도 일상적인 작업지시만 했었고, 류 실장도 예전과 다름이 없었는데… 모르겠습니다."

사람들의 웅성거림 속에서 응급실에서 조치를 취하는 응급 전문의가 모습을 보이기만을 기다리고 있었지만 그는 모습을 드러내지 않았다. 하루 같은 긴 시간이 흐르고 있었다. 모두의 시선은 응급 수술실 출입문에 집중되어 있었다.

조심스럽게 문이 열리기 시작했다. 정적이 흐르며 집중된 시선들은 모습을 드러내는 응급 전문의에게 집중됐다.

"죄송합니다."

그의 입에서는 더 이상의 말이 없었다. 숨을 고른 의사가 다시 입을 열었다.

"사망하셨습니다. 최선을 다했지만 이미 심장이 정지된 상태에서 병원에 도착하셨고 의료진도 최선을 다했지만 깨어나지 못하셨습니다. 죄송합니다."

찬물을 끼얹은 듯 정적이 찾아왔다. 아무런 소리도 들리지 않았다. 멍하니 서 있는 의사도 더 이상의 이야기가 없었다.

"자살입니까?"

정적을 깨는 최 이사의 목소리가 들려왔다.

"예, 자살 같습니다. 타살에 대한 흔적이 없었고 넥타이를 이용해 극단적인 선택을 한 것으로 보입니다. 제가 더 이상 드릴 말씀이 없습니다."

말을 마친 의사는 곧바로 시야에서 사라졌다. 모여 있던 사람들 사이에서 작은 한숨과 웅성거림이 새어 나오고 있었다.

모든 것이 엉망이 된 듯 느껴졌다. 대한민국족구협회 회장실은 정적만이 흐를 뿐 아무런 인기척도 느껴지지 않았다. 족구협회를 찾아온 한국체육회 최 이사도 아무런 이야기를 꺼내지 않았다.

"도저히 이해할 수가 없어. 왜 자살을 해…"

정적을 깨며 최 이사가 말문을 열었다.

"그러게 말입니다. 그렇게 극단적인 선택을 할 이유가 없었는데…"

기찬은 힘없이 말을 내뱉었다. 온몸에서 기운이 빠져나가고 머릿속은 엉망으로 변해있었다. 모든 것을 내려놓고 족구협회와 함께해 온 류 실장이었다. 그가 목숨을 버렸다는 사실이 받아들여지지 않았다.

"혹시 이사님, 제가 알지 못하는 류 실장의 비밀이 있었을까요?"

"글쎄, 그건 나도 모르지."

최 이사의 머릿속도 엉망이었다. 앞에 놓인 커피잔은 이미 식어있었다.

기찬은 벽에 걸린 시계에 시선을 고정했다. 아침 10시를 가리키고 있었다. 시계가 10시를 가리키자 약속이나 한 듯 조용하던 회장실 문밖에서 웅성거리는 소리가 들려왔다.

"시간 맞춰 왔군요."

"그래. 정확히 시간을 맞춰서 등장하는군."

문이 열리며 한 무리의 사내들이 모습을 드러냈다.

"족구협회 홍기찬 회장이 누굽니까?"

문을 열고 들어온 사내가 조심스럽지만 낮은 목소리로 기찬을 찾고 있었다. 자살사건을 조사하기 위해 나타난 한 무리의 경찰들이었다.

"예, 접니다."

기찬은 가볍게 손을 들어 신호를 보냈다. 예상보다 많은 대여섯 명의 사내들의 시선이 기찬에게 고정되었다.

"예, 회장님이시군요. 반갑습니다. 제 소개부터 하겠습니다."

다른 경찰들과는 달리 깔끔하게 수트를 차려입은 사내의 낮은 목소리가 들려왔다. 40대 초반으로 보이는 건장한 사내였다.

"저는 국정원에서 나온 김영찬 팀장입니다."

"예? 국정원이요?"

"예, 저와 이 친구가 국정원에서 나왔고 나머지는 경찰에서 나온 인원들입니다."

옆에 서있는 사내를 소개한 그는 다시 시선을 기찬에게 고정했다. 당황한 기찬의 표정이 역력했다. 경찰이 사건조사를 위해 방문한다는 내용은 통보받았지만 국정원 요원이 함께 올 줄은 전혀 몰랐다. 최 이사도 당황하기는 마찬가지였다.

"국정원에서 무슨 일로 오셨습니까? 자살사건은 경찰에서 조사하는 걸로 아는데."

"예, 맞습니다. 자살사건은 함께 온 경찰에서 조사할 겁니다. 저희는 다른 일로 나왔습니다."

"다른 일이라뇨?"

조용하던 최 이사도 당황하며 국정원 요원에게 질문을 던졌다. 불길한 예감이 그를 스치고 지나갔다. 최 이사의 말이 끝나기 무섭게 국정원 요원은 함께 온 경찰들에게 손짓으로 신호를 보냈다. 신호를 눈치챈 경찰들은 못마땅한 표정을 지으며 족구협회장실을 빠져나갔다.

"예, 별일은 아닙니다. 회장님, 얼마 전 라오스에 다녀오셨죠?"

기찬은 당황한 표정을 지어 보였다. 아무도 모르게 다녀온 라오스였다. 그 사실을 알고 있다는 국정원에 다시 한번 놀라지 않을 수 없었다.

"예, 맞습니다. 다녀왔습니다."

"사실 확인 고맙습니다. 그런데 회장님, 그곳에서 누군가를 만나셨죠?"

"예?"

국정원이 모든 것을 알고 있는 것이 확실해 보였다. 물론 위험을 감수하고 다녀온 라오스였지만 이렇게 쉽게 밝혀지리라고는 전혀 예상하지 못했던 기찬이었다.

"회장님, 사전승인 없이 북한 주민과 만나는 것은 위법의 소지가 있습니다. 잠시 함께 가서서 확인을 해야겠습니다."

"북한 사람?"

최 이사는 놀라움을 참지 못했다. 정부의 승인도 없이 기찬이 북한 사람을 접촉했다는 사실이 믿겨지지 않았다.

"홍 회장, 그게 사실이야? 라오스에서 북한 사람을 만났어?"

기찬은 대답이 없었다. 지금의 상황을 파악하는 것이 급선무였다. 머릿속의 생각을 정리할 틈도 없었다. 기찬은 국정원 요원들과 함께 족구협회 사무실을 빠져나갔다.

"홍 회장님, 심각한 사안은 아닙니다. 단지 확인을 위해 모신 겁니다."

국정원에 도착한 기찬은 주변을 둘러보았다. 말로만 듣던 국정원이었지만 일반 회사와 다른 점은 보이지 않았다. 높은 칸막이가 설치된 각자의 책상에서 업무를 보는 모습에서 이질감은 느껴지지 않았다. 팀장 사무실에서 대화를 나누는 기찬은 심호흡을 하고는 팀장의 얼굴을 주시했다.

"예, 알고 있습니다. 그런데 어떻게 제가 라오스에서 북한 대사를 만난 사실을 아셨습니까?"

오히려 기찬이 질문을 던졌다. 조사를 받는 입장이라고는 생각이 들지 않을 정도로 목소리에는 힘이 실려 있었다.

"다 아는 방법이 있습니다. 그런데 북한 대사를 만나기가 쉽지 않았을 텐데, 어떻게 된 겁니까?"

국정원에서 잔뼈가 굵은 팀장이었지만 제3국에서 그곳 주재 북한 대사를 만난 인물과 처음으로 대면하고 있었다. 북한 대사를 만난다는 사실 자체가 거의 불가능한 일이었다.

기찬은 대답을 하지 않았다. 분명히 국정원에서 알고 있을 텐데 굳이 밝힐 생각이 없었다. 오히려 역효과를 낼 수 있다는 판단이 섰다.

"회장님, 말씀해 주셔야 합니다. 그 사실과 몇 가지 추가적인 내용만 확인하면 됩니다. 협조 부탁합니다."

팀장의 목소리에는 대답을 종용하는 힘이 느껴졌다. 국정원이라는 조직에서 생겨나는 힘일 수도 있었다. 기찬은 다시 심호흡을 하고는 팀장과 눈을 마주쳤다. 하지만 그의 입은 열리지 않았다.

"회장님, 말씀해 주셔야 합니다. 안 그러면 일이 커집니다. 북한 대사를 만났다는 사실만으로도 심각한 문제를 만들 수 있습니다."

국정원에서는 기찬이 북한 대사를 만난 사실만을 알고 있었다. 어떻게 그를 만났으며, 왜 만났는지는 그들도 알지 못하고 있었다.

"팀장님, 저는 대한민국족구협회 회장입니다. 설마 국익을 해치는 일을 했겠습니까?"

"예, 저도 압니다. 대한민국 스포츠 기관 중 하나의 수장이십니다. 일반인들하고는 다르죠. 그러니 속 시원하게 말씀해 주십시오. 모든 점을 감안하고 듣겠습니다."

짧은 시간이었지만 수많은 생각이 기찬을 스치고 지나갔다. 더 이상의 침묵은 의미가 없음이 느껴졌다. 짧은 숨을 들이켠 기찬이 팀장을 응시했다. 팀장의 단호해 보이는 표정에는 아무런 변화가 없었다.

"좋습니다. 그렇다면 한 가지 내가 먼저 물어봐도 되겠습니까?"

"예?"

"국정원이 어떻게 제가 북한 대사를 만난 사실을 알게 되었습니까? 라오스 정보원입니까? 아니면 다른 채널입니까?"

석연치 않은 점이 있었다. 자신이 북한 대사를 만났다는 사실은 누군가의 정보가 아니면 불가능한 일이었다. 생각을 정리하며 친숙한 이름이 이미 기찬의 머리를 스치고 지나갔다. 국정원 팀장도 잠시 심호흡을 하며 그의 상관인 국정원 제1차장이 지시한 내용을 되새기고 있었다.

'좋은 기회야. 협조를 반드시 얻어내야 해!'

제1차장의 목소리가 머릿속에서 맴돌고 있었다. 개인적으로 북한 대사를 만날 수 있는 것은 쉽게 만들어지지 않는 기회였다.

"좋습니다. 말씀드리죠. 누군가의 제보가 있었습니다."

"누군가요? 한국입니까?"

"예, 맞습니다. 한국의 누군가가 제보를 했습니다. 회장님이 북한 대사와 만나는 영상도 보내왔습니다. 물론 익명이었습니다."

"예? 그게 사실입니까?"

당황한 기찬의 목소리가 들려왔다. 많은 생각들이 충돌하며 기찬의 머릿속은 엉망으로 변해가고 있었다. 하지만 한 가지 궁금한 점은 확인해야만 했다.

"그렇다면 왜 제보를 했습니까?"

"허허, 회장님, 참 궁금한 것도 많으십니다. 그야 뻔한 것 아닙니까? 회장님을 잡아달라는 거죠."

기찬의 예상에서도 벗어나지 않는 대답이었다. 누군가 국정원에 제보를 해서 자신에게 족쇄를 채우려 했다는 사실이 놀라울 뿐이었다.

"그런데 그들이 잘못 알고 있었습니다. 예전의 국정원으로 생각하고 있었습니다. 참 단순한 생각이죠."

"예? 그게 무슨 말이죠?"

"시쳇말로 쌍팔년도의 국정원으로 생각하고 있었다는 겁니다. 북한 사람을 만났으니 간첩이고 무조건 잡아야 한다는 논리죠. 저도 이해가 안 갑니다, 아직도 그런 생각을 하다니요."

예상하지 못한 내용이었다. 국정원 팀장의 조사는 계속 이어졌다.

D-42

"아무래도 이상해. 최 이사님 생각은 어때요?"

한국체육회장은 연신 고개를 젓고 있었다. 대한민국족구협회 회장이 국정원에 끌려가며 상황은 전혀 예상하지 못한 방향으로 흘러갔다. 류 실장의 죽음과 홍 회장의 국정원 소환은 전혀 예상하지 못했던 사건이었다.

"정말 이상합니다. 마치 기다리고 있었다는 느낌이 듭니다. 류 실장의 자살이야 본인의 선택이었겠지만, 갑자기 국정원이 등장한 건 이해할 수가 없습니다."

"그렇지요. 뭔가 이상하지요?"

최 이사도, 체육회장도 지금 벌어지는 상황을 이해할 수 없었다. 누군가 뒤에서 조종을 하고 있는 느낌을 지울 수 없었다.

"그런데 회장님. 홍 회장은 어떻게 되는 겁니까? 아직 아무런 소식도 없습니다."

"그러게요. 그런데 너무 걱정하지 마십시오. 이미 손을 써 놓았습니다. 조만간 모습을 드러낼 겁니다."

"그렇습니까? 불행 중 다행이네요. 그런데 왜 북한 사람을 만났을까요? 그리고 그가 누구일까요?"

"저도 궁금하기는 마찬가지입니다. 최 이사님이 홍 회장과 가까운 데도 모르고 계시는 사실을 제가 어떻게 알겠습니까? 아직 국정원에서 조사를 하고 있는 모양이니 조금만 기다려 보죠."

한국체육회장도 답답한 심정을 숨길 수 없었다. 홍 회장의 개인적인 일로 북한 사람을 만날 수도 있었지만 홍 회장은 그런 사람이 아니란 걸 너무 잘 알고 있었다. 대한민국족구협회와 관련된 일로 만났을 거라는 생각을 지울 수 없었다.

"그런데 최 이사님. 진 대표에 대한 소식은 없나요?"

갑작스런 진 대표 근황을 물어오는 체육회장의 의도를 알 수 없었다. 최 이사도 한동안 진 대표와 만남도 없었고 통화도 이루어지지 않았다.

"글쎄요. 저도 아는 소식이 없습니다. 그런데 갑자기 진 대표 소식을 물어보는 이유가 있습니까?"

"뭐 특별한 이유는 아니고 국회에서도 온라인 베팅에 대한 결과가 쉽게 나올 것 같지는 않습니다. 진 대표도 분명히 알고 있을 텐데 움직임이 없어서요."

"아, 그렇죠. 그러고 보니 이상합니다. 발 빠르게 대응해도 모자랄 판에 모습도 안 보이니 이상하네요."

온라인 베팅 사업과 함께 족구협회에도 깊숙이 관여했던 진 대표였지만 움직임이 전혀 없었다. 나름 바쁜 일이 있겠거니 생각만 하고 있었다.

"자꾸 이상한 생각이 듭니다."

체육회장은 앞 소파에 앉아있던 최 이사의 표정을 살폈다. 그의 표정에서 아무런 변화도 찾아볼 수 없었다. 최 이사는 진 대표에 대해 아무런 생각도 없는 듯 보였다. 하지만 체육회장은 이상한 기운을 느끼고 있었다.

"홍 회장이 라오스에 방문한 사실을 알고 있던 사람이 누굽니까? 분명히 족구협회 인원들은 알고 있었을 겁니다. 안 그런가요?"

"예, 아마 그럴 겁니다. 제 생각에는 류 실장이 분명히 알고 있었을 겁니다."

"그렇죠? 류 실장은 분명히 알고 있었을 겁니다. 그렇다면 류 실장이 국정원에 제보를 했을까요?"

"예?"

최 이사도 전혀 생각해 보지 못한 이야기였다. 짧은 시간 체육회장은 많은 생각을 하고 있었다. 석연치 않은 점이 한두 가지가 아니었다.

"류 실장은 제보하지 않았습니다. 그렇다면 누가 홍 회장이 라오스에서 북한 대사를 만났다는 사실을 알고 국정원에 제보했겠습니까?"

"아니, 회장님. 혹시 진 대표를 의심하는 겁니까?"

최 이사의 목소리가 높아졌다. 자신의 소개로 진 대표가 족구협회와 관계를 맺게 된 사실이 떠오르면서 자신도 모르게 목소리가 높아졌다.

"진정하세요. 누가 진 대표를 의심합니까? 그런데 솔직히 진 대표가 족구협회와 관계가 깊지 않습니까? 그래서 혹시나 하는 생각에 말씀드리는 겁니다."

전혀 틀린 이야기는 아니었다. 체육회장은 모르고 있었지만 류 실장과 진 대표가 친밀하게 지낸다는 사실을 최 이사는 알고 있었다. 체육회장의 이야기도 틀린 것만은 아니었다. 잠시 침묵이 이어졌다. 두 사람의 미묘한 감정이 충돌하고 있었다.

"아무튼 홍 회장이야 조만간 모습을 드러내겠지만 죽은 류 실장이 정말 안타깝습니다."

체육회장은 이야기 주제를 류 실장의 자살사건으로 돌리며 어색한 분위기를 풀어보려 했다. 최 이사도 그런 그의 의도를 알아챘다.

"예, 정말 안됐습니다. 경찰에서 조사를 하지만 자살이 거의 분명한데 특별한 내용이 나오겠습니까?"

"맞습니다. 좋은 인재였는데…"

맞장구를 치는 최 이사의 머릿속은 복잡해졌다. 진 대표를 잊고 있었다는 사실을 이제야 알게 됐다. 홍 회장의 소환과 류 실장의 죽음 그리고 족구협회에 관여한 중국 기업의 대표인 진 대표라는 인물이 머릿속을 떠나지 않았다.

D-41

조사는 새벽을 넘겨 계속 이루어지고 있었다.

모든 것을 내려놓은 기찬은 지금까지 벌어진 일들을 차분하게 설명했다. 국정원 팀장은 조용히 그의 이야기를 듣고 있었다.

"그랬군요. 그런데 정말 가능한 일입니까?"

궁금한 듯 팀장이 입을 열었다. 누구도 추진해 보지 않은 일이었다. 대한민국 국적의 사람과 북한의 고위층이 만나는 것은 현실적으로 불가능했다. 하물며 함께 일을 도모한다는 사실은 불가능할 뿐 더러 법적인 제재도 피할 수 없는 상황이었다.

"예, 팀장님이 무슨 생각을 하는지 알고 있습니다. 분명히 가능합니다. 이미 정부에도 확인했습니다."

"예? 정부에 이미 확인을 했다고요?"

"예. 정부에서는 남한 국민이 북한 주민들과 접촉하는 것은 절차가 필요하다고 합니다. 하지만 원칙적으로 제3국의 교민들 간 이루어지는 일은 그곳 대사관과 협의를 통해 가능하다고 합니다."

대답하는 기찬의 모습은 흔들림이 없었다. 팀장은 잠시 기찬을 바라보았다. 생각할 수 없는 일을 벌인 사람치고는 너무도 당당해 보였다.

"저도 알고 있고 원칙적으로는 문제가 없을지 몰라도 확인해야 하는 세부적인 절차는 분명히 있습니다. 괜찮은 시도라 생각하지만…"

"그래서 힘들었지만 북한 대사를 만났습니다. 최대한 협조를 구하러 만났습니다만, 솔직히 저도 모르겠습니다. 일이 이렇게 꼬여버렸네요."

"일이 꼬였다고요?"

"예, 실무를 준비하던 우리 협회의 기획실장이 자살을 하지 않았습니까? 그가 없으면 일이 지연될 수밖에 없습니다."

작은 한숨과 함께 기찬은 더 이상 이야기를 이어가지 못했다. 맞은편의 팀장도 침묵을 지키며 기찬의 다음 이야기를 기대하며 앞에 놓은 물잔을 집어 들었다. 하지만 기찬의 입은 열리지 않았다.

"그 마음 충분히 이해합니다. 하지만 회장님이 북한 대사를 만난 사실 외에 또 다른 문제가 있습니다."

"예? 다른 문제라니요?"

"조금 고민해야 하는 사안입니다. 회장님, 북한 대사에게 뭔가 전달하셨죠?"

"그게 무슨 말입니까?"

"돈을 주지 않았습니까? 그런데…"

팀장은 말을 이어가지 않았다. 기찬의 눈치를 살피고 있었다. 하지만 기찬은 아무런 반응이 없었다. 내면은 어떨지 모르겠지만 보여지는 얼굴의 표정에서는 아무런 변화도 보이지 않았다.

"그 돈의 출처가 문제입니다. 족구협회 운영자금에서 사용되었다면 문제가 커집니다."

"아니, 그게 무슨 말입니까? 예, 솔직히 돈을 건넸습니다. 순수한 마음에서 제 사비로 지불했습니다. 그게 문제라면 개인적으로 책임을 지겠습니다. 협회 운영자금과는 관계가 없습니다."

침착하던 기찬의 목소리가 높아졌다. 자신을 함정에 빠뜨리려 누군가 덫을 놓았음이 확실했다. 기찬은 생각을 더듬어 과거로 올라가고 있었다. 돈을 준비한 사실을 아는 사람이 누구인지 주변 인물들을 떠올렸다. 흐릿하게 얼굴이 떠올랐다.

"회장님, 침착하십시오. 그런데 제보자가 회장님이 공금을 횡령했고 이 돈이 북한으로 넘어갔다고 자료도 보내왔습니다."

"예? 말도 안 됩니다. 그런 일은 벌어지지도 않았습니다. 문서를 위조한 겁니다. 그런데…."

말을 이어가던 기찬은 잠시 생각에 잠겼다. 누군가를 의심해야만 했다. 주변 사람들을 의심하는 것에 익숙하지 않았지만 누군가를 지정해야만 했다.

"내부 고발자입니까? 협회 내부 인물이 아니면 불가능한 일입니다. 어이가 없군요."

"회장님, 말씀드렸지만 익명으로 제보했습니다. 물론 내부인일 가능성도 있습니다. 하지만 예단할 수는 없습니다."

상황은 점점 더 미궁 속으로 빠져들고 있었다.

"정말 난감하네."

오랜만에 정균을 만난 최 이사의 한숨 섞인 목소리가 들려왔다. 요즘 들어 한숨 쉬는 횟수가 부쩍 늘어있었다.

"홍 회장이 빨리 나와야 합니다. 이 문제를 해결할 수 있는 사람은 홍 회장이 유일합니다."

"나도 알고 있어, 우리 한국체육회에서도 백방으로 노력 중인데도 일이 풀리지 않으니 미치겠어."

"이사님께서 고생하신다는 건 너무 잘 알고 있습니다. 그런데 이건 확실합니다. 보름 뒤면 중국이 세계족구협회 설립을 공식 발표합니다."

"알아. 얘기했잖아. 그런데 정말 확실한 정보야?"

"예, 백 퍼센트 확실합니다. WOC 종목채택위원장이 전해온 정보입니다. 그냥 흘려보내서는 안 됩니다."

조금 전 WOC 종목채택위원장인 존스에게서 연락을 받은 정균이었다. 보름 뒤 중국체육회 주관으로 세계족구협회가 만들어진다는 소식을 전해왔다. 다급해진 정균은 대책을 논의하러 우선 한국체육회를 찾았다.

"한국체육회장님도 사실을 확인했어. 그런데 중국이 왜 족구를 들먹이는 거야? 미친 거 아니야?"

"이사님, 요즘 중국발 뉴스 중에 문화와 관련된 내용이 많지 않습니까? 중국은 문화가 없습니다. 문화혁명으로 중국에는 남아있는 것이 없습니다. 이제 그걸 깨달은 거죠."

"맞아. 중국이 다급해졌어. 문화 중 파급력이 큰 스포츠에서 자신들의 종목을 선점하려는 거야. 하, 이럴 때일수록 홍 회장이 있어야 하는데…."

"지금 족구협회가 고사 직전입니다. 물론 주목받지 못하는 종목이지만 대외적으로 확실한 명분을 지닌 종목의 대표기구입니다. 중국에 맞서려면 족구협회, 아니 대한민국족구협회의 회장이 나서야 합니다."

정균의 이야기를 듣고 있던 최 이사가 고개를 갸우뚱거리며 반대편 의자에 앉아있는 정균에게 몸을 숙이며 다가왔다.

"김 대표, 이상하지 않아?"

"예? 뭐가요?"

사무실에는 아무도 없었다. 하지만 최 이사는 주변을 두리번거리더니 나직한 목소리를 보내왔다.

"이상해. 한꺼번에 일이 터지고 있어. 김 대표가 보름 뒤라고 했잖아? 모든 일이 거기에 맞춰진 느낌이야."

"예? 설마 그러기야 하겠어요?"

"아니야, 분명해. 중국이 자신들이 설립하는 세계족구협회를 보호하기 위해 대한민국의 족구협회를 고사시키고 있다는 느낌이야."

"예?"

"중국이 세계족구협회를 설립하려면 가장 큰 장애물이 무엇일까? 바로 대한민국이야. 대한민국 사람들은 족구가 당연히 우리 것이라는 것을 알고 있어. 당연하다는 생각에 그 가치를 모르고 있을 뿐이지."

"예, 맞습니다. 그런데 그 가치를 알고 움직이는 사람은 홍 회장이 유일하죠."

"맞아, 바로 그거야. 류 실장의 자살을 생각해 봤어. 홍 회장이 족구를 이끈다면 류 실장은 그에 따른 실무를 담당하던 사람이야. 그런데 그 사람이 갑자기 극단적인 선택으로 사라졌어. 이상하지 않아?"

정균은 최 이사의 논리에 뒤통수를 얻어맞은 듯 충격을 느꼈다. 그의 생각이 상상만은 아니었다. 한 편의 잘 쓰인 각본대로 모든 것이 움직이고 있을 수도 있다는 생각을 떨칠 수 없었다.

"그러네요⋯. 하, 어차피 벌어진 일이야 어쩔 수 없고, 우선은 홍 회장이 빨리 나와야 하는데⋯."

"그래, 맞아. 홍 회장이 빨리 나와야 해. 그리고 해결책을 찾아야 해. 그런데 라오스에는 왜 갔는지 알아?"

"그건 저도 모르겠습니다. 라오스에 있는 이 부회장이 주선했으니 그가 알겠죠. 그런데 그건 왜 물으시는 거죠?"

"아무리 생각해도 홍 회장이 방법을 찾고자 라오스에 간 것 같아. 갑자기 라오스에 갈 이유가 없잖아?"

"아니죠. 이 부회장이 라오스에서 사업을 하고 있으니까 그 일로 갔을 수도 있죠. 아무튼 이 부회장이 알고 있을 겁니다."

"그런가⋯. 알았어. 내가 확인해 볼게. 그런데 류 실장이 남겨놓은 유서 같은 것도 없다는 게 이상해. 극단적인 선택을 한다면 분명히 무엇인가를 남겨 놓았을 텐데."

"그러게요. 그것만 있다면 모든 게 수월하게 풀릴 수도 있을 텐데요."

"당연하지. 우선 우리 한국체육회에서도 대응책을 마련해 볼게. 그리고 홍 회장 건도 상부에 압력을 넣어서라도 해결해 보도록 할게. 중국이 움직이니 홍 회장이 필요하다는 논리로 접근하면 효과가 있을 것도 같아."

"예, 그러네요. 저는 WOC와 접촉하면서 상황을 주시하겠습니다."

"그래, 김 대표. 고마워. 홍 회장이 없지만 우린 우리 역할을 하자고. 파이팅이야!"

악수를 건네는 최 이사의 손에는 땀이 배어있었다. 중국이 세계족구협회를 설립한다는 사실은 우습게 넘어갈 수도 있는 일이었다. 하지만 그것이 그들이 노리는 거대한 음모의 시작일 수도 있었다.

D-39
· · · ·

"물론 익명 제보자에 대한 보호조치는 필요하지만 제보자 신원을 알아보겠습니다. 그런데 회장님…"

국정원 팀장은 잠시 숨을 고르며 기찬의 표정을 살폈다. 조사를 하는 팀장에게 수시로 쪽지가 전달되며 상황이 계속 변한다는 것을 기찬도 알고 있었다. 마른침을 삼키며 기찬도 팀장과 시선을 마주쳤다. 서로의 눈빛이 교차하며 팀장이 다시 입을 열었다.

"단지 확인만 하면 된다고 말씀드렸는데, 상황이 이상하게 흘러갑니다."

"예? 상황이 이상하다니요?"

"어쩌면 이번 건으로 대한민국족구협회는 물론 한국체육회 세무조사까지 이어질 수도 있을 것 같습니다."

"예? 그게 말이 됩니까? 내 사비로 지불했다는 사실만 밝혀지면 되는데 세무조사입니까? 누구의 지시입니까?"

"저도 당황스럽습니다. 우리끼리 조용하게 해결하면 되는 문제인 줄 알았는데 외교채널을 통해서도 압력이 들어온답니다."

"외교채널이라니, 말도 안 되는 소리입니다. 어느 나라입니까? 아니면 어느 조직입니까?"

"예, 솔직히 말씀드리겠습니다. WOC에서 계속 연락이 온답니다."

"WOC라고요?"

정균이 말한 중국이 WOC에 영향력을 행사하고 있다는 사실이 떠올랐다. WOC가 관여한다면 외교문제로까지 비화될 수 있었다. 상황은 기찬에게 점점 더 불리하게 작용하고 있었다.

"돈이 전달된 것도 문제지만 대한민국족구협회 회장이 제3국의 북한 대사와 만난 사실만으로도 대북제재 위반이라며 억지 주장을 펴고 있답니다."

해결책이 보이지 않았다. 이렇게까지 상황이 악화될 줄 기찬은 전혀 예상하지 못했다. 머릿속에서는 여러 가지 생각이 나타났다 사라지기를 반복하고 있었다.

"그럼 제가 무엇을 제시해야 합니까? 좋습니다. 제가 북한 대사를 만난 사실과 자금을 전달했다면 어떻게 되는 겁니까? 속 시원하게 말씀해 주십시오."

"알겠습니다. 솔직히 말씀드리자면 정치적인 결단이 필요할 수도 있습니다. 제 윗선에서 결정하고 풀어야 할 문제인 것 같습니다."

"예?"

대화가 마무리되는 듯싶더니 국정원 직원이 다시 문을 열고 들어왔다. 그는 귓속말로 팀장에게 짧은 메시지를 전달하고는 바로 사라졌다. 심상치 않은 기운이 느껴졌다. 기찬은 마른침을 삼키며 팀장의 표정을 살폈다. 팀장의 표정은 변화가 없었지만 시선은 흔들리고 있었다.

"회장님, 며칠 더 조사를 해야 할 것 같습니다."

"예? 뭐라고요?"

기찬은 더 이상 할 말이 없었다. 시야가 흐려지며 극심한 두통이 몰려왔다. 들리던 소리들도 희미해지며 꿈속으로 빨려 들어가듯 기찬의 모든 감각이 사라졌다.

라오스에 체류 중인 대한민국족구협회 부회장인 이 부회장이 서둘러 라오스 주재 한국대사관으로 향했다. 민원실에 도착한 그는 신분증을 보여주며 누군가를 기다리고 있었다.

"대한민국족구협회 이대재 부회장님?"

민원실에 나타난 40대 중반의 사내는 반갑게 이 부회장을 맞이했다. 평범해 보이지만 날카로운 눈매가 예사롭지 않았다.

"예, 맞습니다."

"연락드렸던 강진수 서기관입니다. 안으로 들어오시죠."

국정원 서기관이 앞장을 서자 부회장도 발걸음을 옮겨 그를 쫓아 대사관 2층에 위치한 상담실로 자리를 옮겼다. 양옆으로 소파가 나란히 놓인 방에는 라오스 국기와 태극기가 나란히 거치대에 걸려 있었다.

"전화상으로 말씀드렸던 대한민국족구협회 홍기찬 회장 건으로 오시라 했습니다. 번거롭지만 응해 주셔서 감사합니다."

"천만의 말씀입니다. 뭔가 오해가 있었던 것 같습니다. 잘 해결되었으면 좋겠습니다."

가벼운 인사로 대화가 시작되었지만 분위기는 결코 가볍지 않았다. 강 서기관은 국정원에서 파견된 요원이었다. 제3국가에서 정보수집 및 교민안전을 책임지는 임무를 맡고 있었다. 서기관은 준비해온 메모지를 덮고는 부회장의 미간을 응시했다.

"부회장님은 재외국민으로 등재되어있기 때문에 큰 문제는 없습니다. 물론 전혀 문제가 없는 것은 아니고요. 그런데 홍 회장은 다릅니다. 대한민국 국적을 지니고 있거든요."

"예, 알고 있습니다. 제 불찰입니다. 하지만 이번 일은 꼭 해야만 했습니다."

"저도 한국 본부로부터 이야기는 들었습니다. 솔직히 저도 한국 사람이고 홍 회장을 도와주고 싶습니다. 열정을 갖고 일을 진행하셨던 것 같은데 안타깝습니다."

"말씀만이라도 고맙습니다. 그런데 제가 뭘 도와드리면 됩니까?"

허리를 펴며 자세를 고쳐 잡은 부회장은 두 손을 깍지 끼며 적극적인 모양새를 보였다. 중요한 시기에 터진 문제를 해결해야만 한다는 책임감을 드러내고 있었다.

"솔직히 말씀드리자면, 우리도 이곳에서 북한 대사의 일거수일투족을 관찰하고 있습니다. 그런데 홍 회장이 북한 대사를 만나던 그날 아무런 징후도 발견하지 못했습니다."

"그랬군요. 그런데 그런 이야기를 하는 이유가 뭡니까?"

"누군가 사전에 정보를 알고 있었다는 이야기입니다. 물론 그게 누군지 짐작은 하고 있습니다. 부회장님, 저도 도와드리고 싶어서 드리는 말씀입니다."

"예?"

궁금증이 증폭되며 부회장도 많은 생각을 떠올렸다. 아직 판단하기는 이르지만 도움이 필요한 것은 오히려 족구협회였다.

"서기관님, 무슨 말씀을 하는지 이해할 수가 없어요. 제가 할 수 있는 일은 뭐든지 하겠습니다. 필요하신 게 뭡니까? 쉽게 말씀해 주십시오."

"예, 말씀드리지요. 라오스는 참 미묘한 국가입니다. 친중국 성향과 친북 성향이 강한 나라입니다. 하지만 지금은 우리 대한민국의 영향력이 커지는 상황이죠. 홍 회장을 미행한 건 중국정보부 짓이 분명합니다. 북한대사관을 제 집 드나들듯이 하니 분명히 그들 소행입니다."

"예? 그게 사실입니까? 그게 사실이라면…"

"예, 이제 그림이 그려지시죠? 한국의 누군가가 홍 회장의 라오스 방문 정보를 중국 측 누군가에게 알려준 겁니다. 그리고 그 중국 측 누군가가 중국정보부에 사실을 알려서 이곳에 파견된 중국정보부 요원이 작업을 한 겁니다."

"설마…."

"부회장님, 백 퍼센트 맞습니다. 그리고 중요한 이야기인데, 북한 장 사장을 잘 아시죠?"

"예, 잘 알고 있습니다. 십 년 넘게 호형호제하며 지내고 있죠. 그런데 왜 그러십니까?"

사업가이기도 한 부회장은 감각적으로 상황을 판단했다. 일종의 거래라는 생각이 머리를 스치고 지나갔다. 제3국에서 그 나라의 정보를 취득하기 어렵지 않다. 하지만 북한이라는 특수한 집단의 정보를 얻기란 생각처럼 결코 쉬운 일이 아니었다.

"제가 적극적으로 홍 회장을 지원하겠습니다. 라오스의 특수성을 부각한다면 어렵지는 않을 겁니다. 대신 장 사장을 소개시켜 주십시오."

"예? 장 사장을요? 갑자기 무슨 말입니까?"

"쉽게 말씀드리죠. 중국을 물 먹이려 합니다. 족구협회 건이 시작입니다. 우리도 중국이 동북공정이라는 미명으로 황당한 일을 벌이는 것이 반갑지 않습니다. 그러기 위해서는 북한의 도움이 필요합니다. 영향력 있는 북한 친구가 필요합니다."

갑작스런 서기관의 제안이었다. 하지만 그는 분명히 방법을 알고 있는 듯 보였다. 더 이상 선택의 여지가 없었고 잃는 것도 없는 협상이 분명했다. 하지만 서기관의 말처럼 장 사장과의 만남을 주선하는 것은 결코 쉬운 일이 아니었다.

"서기관님, 솔직히 말씀드리지만 제가 장 사장과 친해지는 데 10년이라는 시간이 필요했습니다. 서기관님을 절대 만나주지 않을 겁니다."

"예, 알고 있습니다. 하지만 제게 방법이 있습니다."

서기관은 물러섬이 없었고 이미 방법을 마련해 놓고 있었다.

"진 대표, 왜 그래요?"

"아닙니다. 머리가 좀 아픈 것뿐입니다."

중국체육회 사무실에 모습을 드러낸 진 대표는 얼굴을 찡그렸다. 류 실장의 갑작스런 죽음은 그에게도 큰 충격이었다. 류 실장이 극단적인 선택을 한 다음 날 아침, 서둘러 중국 베이징행 비행기에 몸을 실었다.

"그래, 잘 들어왔어요. 괜히 한국에 남아있다 사나운 꼴을 당하는 것보다는 이게 훨씬 낫죠."

"맞습니다. 그런데 준비는 끝났습니까?"

"끝났지요. 이제 발표만 남았습니다."

진 대표와 중국체육회장 사이에는 건조한 대화만 오고 갔다. 오랜만에 중국에 들어왔지만 한국과는 다른 분위기가 진 대표에게는 낯설게 다가왔다. 답답함이 느껴졌다. 직원들이 바삐 움직이지만 마치 인형들이 움직이는 듯 느껴졌다.

"다행입니다. 빨리 움직이셔야 할 겁니다."

"예, 알고 있어요. 걱정하지 않아도 됩니다. 그런데 한국에서 추진 중이던 온라인 베팅 사업은 진행되고 있는 겁니까?"

"예, 진행되고 있습니다. 그런데 속도가 붙지 않습니다. 한국 정부에서 결정하는 데 시간이 필요합니다."

"그렇겠지요…."

의미 없는 대화만 이어졌다. 진 대표는 중국체육회장이 하고 싶은 이야기가 있음을 이미 짐작하고 있었다. 하지만 그는 말을 아끼고 있었다.

"회장님, 말씀하십시오. 준비는 되어있습니다."

참다못한 진 대표가 입을 열었다.

"예, 눈치챘군요. 말하지요. 세계족구협회 건으로 고생하셨습니다. 그런데 마무리가 깔끔하지 못해 안타깝습니다. 아무튼 진 대표 덕분에 쉽게 마무리 지었습니다. 고생하셨습니다."

"과찬의 말씀입니다."

"아니지요. 정말 고생하셨습니다. 이제는 본연의 업무로 돌아가야겠지요. 한국에서 온라인 베팅 사업을 마무리 지어야 하지 않겠습니까?"

"예? 그렇다면 한국으로 돌아가라는 말씀입니까?"

"당연하지요. 한국에서 벌인 일을 여기 중국에서 처리할 수는 없죠."

"그렇지만…."

진 대표가 기다리던 내용이 아니었다. 한국으로 돌아가란 이야기는 자신을 사지로 내몰겠다는 의도라고밖에 생각할 수 없었다.

"한국에서 벌어진 일로 진 대표가 힘들 줄은 압니다. 그런데 오히려 정면으로 돌파해야 하지 않을까요? 숨어만 있으면 의심만 증폭됩니다. 추진 중이던 사업도 타격을 받고요."

"하지만 회장님. 저는 당분간 중국에 남아있고 싶습니다. 족구협회 실장의 죽음과 직접적인 관계는 없어도 제가 관여된 것이 사실 아닙니까?"

"압니다. 하지만 직접적인 관계는 없잖아요. 왜요, 부담스럽습니까?"

체육회장은 집요했다. 진 대표가 선택할 수 있는 길은 남아있지 않았다. 중국체육회 자금을 운용하는 왕인베스트였기에 체육회장의 지시를 거역할 수는 없었다. 하지만 지금은 아니었다.

"회장님, 한 번만 더 고민해 주십시오. 제 입장이 난처합니다. 제가 보이지 않아야 사건이 쉽게 마무리됩니다."

진 대표는 물러서지 않았다. 류 실장의 죽음과 상관이 없다 하더라도 의심의 눈초리를 피할 수는 없었다. 체육회장의 시선이 그의 시야에 들어왔다. 흔들림 없는 눈동자가 섬 하게 느껴졌다. 진 대표도 눈에 한껏 힘을 주며 그의 시선을 피하지 않았다.

"허허, 겁이 많네요. 그래서 어떻게 새로운 사업을 준비합니까? 하지만 알겠습니다. 내가 고민을 더 해 보지요. 됐습니까?"

"예. 고맙습니다, 회장님."

중국체육회장도, 진 대표도 물러섬이 없었다. 중국도, 한국도 진 대표에게는 가시방석 같았지만 별다른 대안이 없었다. 중국에서의 불편한 시간이 흐르고 있었다.

D-36

"허… 국정원에서 홍 회장에 대한 조사가 길어진다고 합니다."

한국체육회장의 한숨이 깊어졌다. 만의 하나, 중국이 세계족구협회를 출범시키게 된다면 한국에서의 후폭풍이 엄청날 것이라는 사실은 충분히 예상하고도 남았다. 우리 고유의 족구를 중국에게 빼앗겼다는 비난과 책망은 피할 수 없었다.

"WOC에서 물러섬이 없습니다. 보고드렸지만 우리 한국체육회에도 엄청난 압박을 가하고 있습니다."

"예, 알고 있습니다. 답답합니다. 홍 회장을 바라만 볼 수도 없고…. 무슨 방법을 찾아야 하는 것 아닙니까? 족구협회를 가장 잘 아는 분이 최 이사님 아닙니까?"

"예, 그렇지요…."

중국의 세계족구협회 출범은 무조건 막아야 했다. 하지만 떠오르는 방법이 없었다. 보름이라는 주어진 시간은 멈춤 없이 흐르고 있었다. 주어진 시간 안에 출범을 막든지, 무조건 지연을 시켜야만 했다. 답답한 건 최 이사도 마찬가지였다.

최 이사는 손에 쥔 스마트폰을 통해 뉴스를 검색하기 시작했다. 뉴스 어디에도 세계족구협회 출범과 관련된 기사는 아직 보이지 않았다.

"뭘 그렇게 보십니까?"

대화 도중 스마트폰을 살피는 최 이사의 행동이 마음에 들지 않는 듯 체육회장의 퉁명한 목소리가 들려왔다.

"예, 뉴스를 검색 중입니다. 아직 세계족구협회 출범과 관련된 기사는 없네요. 다행입니다."

"뉴스요?"

"예, 한국이나 외신에도 아직 등장하지 않았습니다."

"그래요…. 다행입니다."

체육회장은 한시름 놓은 듯 힘없이 말을 뱉어냈다. 하지만 그의 눈동자는 끊임없이 움직이며 그가 고민하고 있음을 보여주고 있었다. 쉼 없이 움직이던 체육회장의 눈동자가 멈춰섰다. 그의 눈동자가 최 이사에게 고정되며 표정도 함께 굳어버렸다.

"최 이사님, 잠깐 귀 좀 빌립시다."

"예? 갑자기 무슨 말씀입니까?"

"아무튼 가까이 와 보세요."

어이없어 하는 표정으로 최 이사가 맞은편 소파에 앉아있는 체육회장에게 머리를 가져갔다. 체육회장은 한 손으로 입을 가리고는 최 이사의 귓가에 자신의 얼굴을 가져갔다. 짧은 이야기가 최 이사에게 전달되었다.

"예? 그게 가능할까요? 아직 확실한 정보도 없는데요."

놀란 표정의 최 이사가 황급히 자신의 자리에 앉았다. 당황한 표정과 흔들리는 목소리가 평소의 최 이사와는 판이하게 달랐다. 늘 신중하던 최 이사로서도 감정을 숨길 수는 없었다.

"예. 어차피 나올 이야기 아닙니까? 우리가 먼저 합시다."

"글쎄요…. 만약 잘못된 정보라면 문제가 심각해질 수도 있습니다."

"최 이사님, 그렇다면 다른 방법이 있습니까? 없잖아요. 그러면 이렇게라도 해야지요."

이번에는 최 이사의 눈동자가 빠르게 움직이기 시작했다. 고개를 숙인 채 그는 한동안 말없이 생각에 잠겼다. 하지만 그 시간은 오래 걸리지 않았다.

"좋습니다. 해 보지요. 그러면 저는 홍 회장 친구인 김 대표에서 자세한 내용을 확인하겠습니다."

"예, 바로 그겁니다. 김 대표에게 WOC에서 전해 들은 내용을 정확히 확인해 주세요. 저는 한국체육회 이름이 아닌 다른 이름으로 준비하겠습니다."

"예, 맞습니다. 우리 한국체육회가 등장하면 아무래도 보기가 안 좋지요. 그럼 바로 확인작업에 들어가겠습니다."

한국체육회가 바쁘게 움직이기 시작했다.

"설마 했는데…. 기다리라는 이야기가 이제는 신물이 납니다."

북한 식당 장 사장을 만나는 부회장의 낯빛이 어두워졌다. 예상하지 못한 장애물이 나타났다. 자신감을 보이던 장 사장은 더 이상 말을 잇지 못하고 겸연쩍은 표정을 지어 보였다.

"정말 북한대사관에서는 별 다른 이야기가 없는 건가요?"

"예, 없습네다. 일단 남조선에서 세부계획이 나와야 진전이 있지 않갔습네까?"

오랜만에 장 사장이 운영하는 북한 식당이 라오스 현지 식당을 찾았다. 점심때가 지난 시간이라 손님들은 그리 많지 않았다. 테이블 위에는 맛이 꽤 좋은 맥주인 비어라오가 놓여 있었다. 어색한 시간이 흘러갔다.

분위기를 바꾸려는 듯 부회장이 어깨를 펴며 테이블 쪽으로 몸을 당겨 앉았다.

"라오스를 어떻게 생각할지 몰라도 이 비어라오만큼은 최고죠? 안 그렇습니까, 사장님?"

"물론 맛있지요. 그래도 대동강맥주만 하갔습네까?"

장 사장도 맞장구를 치며 분위기를 바꾸려는 부회장의 행동에 호응했다. 서로간의 어색했던 분위기가 사라지며 그들은 다시 이야기를 시작했다.

"아, 맞습니다. 대동강맥주가 있었죠. 아마 도수가 11도인가 그렇죠?"

"예, 맞습네다. 도수가 11도라 다른 맥주보다 높지만 도수가 높아야 술 아니갔습네까?"

"역시, 북한 애국자이십니다. 허허!"

"에구, 그런 말은 그만합시다. 괜히 할 말이 없으니 별 이야기를 다 합네다. 그러면 홍 회장은 어떻게 되는 겁네까?

"저도 솔직히 모르겠습니다. 저도 어쩌면 문제가 생길지도 모릅니다. 사장님이야 북한 태생이 아닌 조교(조선 교포)라 제가 만나도 문제는 없지만 북한 대사를 만나지 않았습니까? 북한 대사를 만난 건 문제의 소지가 있을 수도 있습니다."

"어, 그런가요? 그런데 이 선생은 국적이 어딥네까? 라오스 시민권은 없을 테고…."

"당연히 남한이죠. 그런데 재외국민으로 신고가 되어있어 이곳에서 편하게 활동할 수 있는 거죠."

"아, 그렇군요. 나도 오늘 처음 알았습네다. 그동안 몰랐다고 서운해 하지 마시라요."

"아이, 별 이야기를 다 합니다. 답답한데 맥주나 드시죠."

두 사내는 앞에 놓인 맥주잔을 높이 들었다. 청량한 건배소리와 함께 맥주잔은 깨끗이 비워졌다. 다시 맥주잔들이 채워졌다. 잔이 채워지기가 무섭게 부회장의 전화벨이 울리기 시작했다.

"장 사장님, 전화 좀 받겠습니다."

"예, 편하게 하시라요."

예의를 표한 부회장은 발신자를 확인한 뒤 전화수신 버튼을 눌렀다. 자동차 소음과 함께 목소리가 들려왔다.

"아니, 강 영사가 갑자기 무슨 일로 전화를 하는 거야?"

"예, 오늘 휴가를 받아서 오랜만에 운동 중입니다. 갑자기 이 대표님 얼굴이 떠올라서 전화했죠."

"그래, 이를 어쩌나. 나는 손님을 만나고 있는데…."

"어이구야. 오랜만에 대표님하고 맥주나 한잔 할까 생각했는데, 낮술 해 본 지도 꽤 됐고 운동한답시고 땀 좀 흘렸더니 맥주 생각이 간절했는데…."

"그런가요? 그런데 지금 어디서 운동하는데요? 나는 지금 딸랏사오 근처에 있거든요"

"오, 정말이세요? 저도 그 근천데…."

"정말 우연이네요. 잠깐만요."

한 손에 전화기를 든 채 부회장은 장 사장의 표정을 살폈다. 아무렇지도 않다는 듯 그의 얼굴에는 미소가 보이고 있었다.

"사장님하고 낮술 하는 걸 시기하는 사람들이 많네요. 얼마 전 대사관에 부임한 민사영사인데 저하고 친하게 되었죠. 때마침 그 친구가 근처에서 운동하고 있다는데, 합석해도 괜찮을까요? 사장님도 알아두시면 괜찮을 겁니다."

"그래요? 그러면 오라고 하시라요. 서로 인사 나누면 좋지 않갔습네까. 남조선 영사쯤은 알아야지요."

"예, 알겠습니다. 그러면 이리로 오라고 하겠습니다."

시간이 얼마 흐르지도 않았는데 운동복 차림의 국정원에게 파견된 강 서기관이 식당에 모습을 드러냈다. 영사로 신분을 속이고 장 사장과 첫 만남을 계획하고 부회장과 입을 맞춘 상태였다. 반갑게 인사를 하며 강 서기관은 장 사장 맞은편 이 부회장 옆자리에 자리를 잡았다.

"반갑습네다. 장선일입네다."

"아, 북한 식당을 운영하는 장선일 사장님이십니까? 반갑습니다. 강진수입니다. 이 대표에게서 말씀 많이 들었습니다."

강 서기관은 능글맞게 장 사장과 인사를 나눴다. 부회장은 그가 무슨 말을 준비하고 나왔는지 아무런 내용도 알지 못하고 있었다. 한편으로는 불안하기도 했지만 그를 믿을 수밖에 없는 상황이었다.

"이 대표가 좋은 말만 했겠지요? 허허, 농담이고. 영사로 오셨다고요? 바쁘지요?"

"예, 민사영사라 할 일이 많습니다. 한국의 동사무소에서 하던 일을 외국에서 하는 거라 보시면 됩니다. 북한도 마찬가지 아닙니까?"

"그렇지요. 인민들을 위한다는 것이 어디 쉬운 일입네까?"

대화는 부드럽게 진행되고 있었다. 하지만 시간이 충분한 것은 아니었다. 장 사장을 오늘 만났다고 다음에 만날 수 있다는 보장은 할 수 없었다. 강 서기관도 결정적인 순간을 기다리고 있었다.

"그런데 남조선 외교관이 이렇게 북조선 사람과 접촉해도 괜찮은 겁네까?

"그럼요. 미리 알고 만난 것도 아니고 우연히 만난 상황인데요. 괜찮습니다."

"그렇지요…"

장 사장도 어느 정도 눈치는 채고 있었다. 우연치고는 너무 완벽한 타이밍에 민사영사가 나타난 점을 의심하지 않을 수 없었다. 이곳에서 부회장과 맥주를 하는 것도 그렇고, 이 근처에서 운동을 하고 있었다는 민사영사도 그렇고, 모두가 극본대로 움직이고 있다는 인상을 주기에 충분했다. 장 사장도 침착하게 상황을 파악하고 있었다.

"어이, 강 영사. 맥주가 먹고 싶었다면서요? 시작해 봅시다. 역시 술은 낮술이 최고 아니겠어요? 장 사장님도 같은 생각이시죠?"

이 부회장의 제안에 각자 앞에 놓인 술잔에 맥주가 가득 부어졌다. 누가 먼저라 할 것도 없이 건배가 이루어지고 잔은 어느새 비어있었다. 다시 술잔이 채워지고 이번에는 강 서기관의 건배 제의로 잔이 비워졌다.

시시콜콜한 이야기가 이어지며 세 사내의 얼굴은 붉은색으로 취기가 오르기 시작했다. 하지만 강 서기관도, 장 사장도 긴장은 놓치지 않고 있었다. 부회장 역시 정신을 집중하며 그들의 이야기에 온 신경을 집중했다. 시간은 변함없이 빠르게 흐르고 있었다. 부회장은 초조해지기 시작했다.

"그런데 말입네다, 강 영사. 여기에 온 다른 이유가 있지요?

"예? 장 사장님, 그게 무슨 말입니까?"

당황한 것은 부회장이었다. 예상하지 못했던 장 사장의 공격적인 질문이었다. 자연스럽게 자리를 마련한 것은 부회장 본인이었는데 장 사장이 눈치를 챘다면 서로 입장만 난처해질 뿐이었다. 강 서기관은 아무런 말이 없었다. 얼굴에서도 웃음이 사라졌다.

"예, 맞습니다. 장 사장님께서 정확하게 보셨습니다."

강 서기관은 머뭇거림이 없었다. 솔직히 장 사장이 상황을 파악해 주기를 바라고 있었다. 빙빙 돌며 시간을 낭비하는 것보다 이것이 바람직한 접근이었다. 장 사장도 당황하는 기색이 없었다. 그가 예상하고 있었던 상황이었다.

"그럼 혹시 족구협회 홍 회장과 관련된 일입네까?"

"예, 맞습니다. 바로 그 일로 장 사장님을 만나려 했습니다. 처음부터 말씀드렸어야 하지만 초면에 그럴 수도 없고 해서 기다리고 있었습니다."

"그래요? 그런데 민사영사가 왜 관여합네까? 교민들의 편의를 위해 파견된 민사영사가 할 일은 아닌 거 같은데요."

"예, 맞습니다. 솔직히 말씀드리겠습니다. 대한민국 국정원에서 나왔습니다. 강진수 서기관입니다."

국정원이라는 표현이 나왔지만 장 사장은 변화가 없었다. 어쩌면 당연한 만남이라 생각하고 있었다.

"그럴 줄 알았습니다. 우리 이 대표가 미리 밑밥을 뿌리는 게 이상했지요. 이 대표, 나한테 밑밥 뿌린 거 맞지요?"

당황한 이 부회장의 얼굴은 벌겋게 달아올랐다. 하지만 숨길 일도 아니고 언젠가는 밝혀질 일이었다.

"허허, 오래가지도 못하네요. 맞습니다."

어느새 분위기는 다시 처음으로 돌아왔다. 서로를 신뢰할 수밖에 없는 상황이었다.

"좋습네다. 그럼 용건이 뭡네까?"

"예, 간단합니다. 요즘 들어 중국의 움직임이 예사롭지 않습니다. 특히 우리 북한을 포함한 한국에 대한 도전이 불안합니다. 동북아시아 전체가 마치 자신들의 영토인 양 우리 한민족의 문화 전체를 자신들의 것처럼 조작하고 있습니다. 잘 아시지 않습니까?"

"그래서요? 말씀해 보시라요."

"작은 예이지만 김치며 한복이 자신들 거라 우기는 것에 한계를 느꼈는지 우리가 창안한 족구를 자신들의 것이라 우기는 것도 모자라 전 세계를 대상으로 일을 꾸미고 있습니다.”

“아이, 다 아는 이야기잖소. 핵심만 말하시라요. 시간은 기다려주지 않습네다.”

“예, 말씀드리겠습니다. 주 라오스 북한 대사를 만나고 싶습니다. 제 개인 자격이 아니라 대한민국 국정원이 만나는 겁니다. 지난번 홍 회장과의 만남과도 차원이 다릅니다.”

“북한 대사요? 그것 참, 우리 대사가 동네 강아지도 아니고…”

“압니다. 쉬운 만남이 아니란 것도 알고 중국의 눈치도 봐야 한다는 사실 잘 알고 있습니다. 그래서 장 사장님을 만난 겁니다.”

“강 서기관, 우리 자존심은 건드리지 마시라요. 중국 눈치를 왜 봅네까? 우리는 우리 주권이 있습네다. 아시갔습네까?”

다시 분위기가 험악해지고 있었다. 중국이라는 단어에 민감한 반응을 보이리라고는 전혀 예상하지 못했다. 강 서기관은 앞에 놓인 맥주를 들이켰다. 짧은 시간이었지만 생각을 정리하기에는 충분한 시간이었다.

“죄송합니다. 이게 바로 우리 한민족입니다. 북한에도 이런 이야기가 있다지요. 일본은 100년의 적이고, 중국은 1,000년의 숙적이다. 맞습니까?”

장 사장도 잠시 할 말을 잃었다. 강 서기관이 보통이 아니라는 사실을 깨닫는 데는 오랜 시간이 걸리지 않았다.

“참, 대단하십니다. 홍 회장이란 인물도 상당히 공격적으로 나오더니, 당신은 더합네다. 좋소. 고민해 보지요. 어차피 당신도 라오스에 거주하지 않습네까? 우리 서두르지는 맙시다.”

“아닙니다. 열흘 정도밖에 시간이 없습니다. 그 시간이 지나면 중국이 움직입니다. 그들이 움직이기 전에 우리가 움직여야 합니다. 사장님, 부탁드리지만 서둘러 주십시오. 이미 북한 대사도 내용은 알고 있지 않습니까?"

"참, 무지 서두릅니다. 알겠소. 내가 이 대표 얼굴을 봐서라도 이번에도 움직여야지요. 그런데 나 장선일은 잊으면 안 됩니다. 무슨 뜻인지 아시지요?"

"알겠습니다. 사장님 노력은 잊지 않겠습니다. 그리고 사업적으로 도움을 드릴 수 있다면 드리겠습니다. 걱정 마십시오."

"역시, 내 마음을 잘 아십네다."

대화가 마무리되어가자 태양도 지친 듯 석양을 만들어내며 메콩강 너머로 숨어들고 있었다.

"팀장님, 하나 나왔습니다!"

류 실장의 자살사건을 조사 중인 강남경찰서 수사1팀 형사의 목소리가 들려왔다.

"정말이야?"

컴퓨터 화면을 지켜보던 형사에게 팀장이 다가왔다. 머리를 컴퓨터 화면 가까이 가져간 그의 눈에 제법 긴 숫자가 눈에 들어왔다.

"몇 달 전 제법 큰돈이 입금됐습니다. 단 한 번 입금됐는데 10억입니다."

"그래, 냄새가 나는데…. 어디서 입금된 건데?"

화면에서 눈을 떼고 뒤로 물러선 팀장은 화면을 바라보는 형사의 등에 손을 얹었다. 자살과 관련된 유서뿐 아니라 관련된 아무런 증거도 확보하지 못하고 있는 상황에 처음으로 발견된 단서였다.

"어… 왕인베스트라는 법인에서 입금되었네요?"

"왕인베스트라고? 회사 이름이 한국 기업 같지는 않은데. 확인해 봐야겠는데."

"예, 지금 확인하고 있습니다. 잠시만요."

형사의 컴퓨터 자판 두드리는 소리와 함께 화면에 왕인베스트라는 회사의 홈페이지가 나타났다. 물러서서 화면을 지켜보던 팀장은 화면에 얼굴을 가져갔다. 언뜻 보아도 제법 큰 회사라는 느낌이 전해졌다.

"팀장님, 중국계 투자회사입니다. 한국에서 신규 사업을 준비 중이라고도 하네요."

"그래, 나도 보고 있어. 그런데 이 회사에서 왜 10억이라는 큰돈을 류 실장에서 건넸지? 법인계좌에서 바로 입금한 걸로 보면 수상한 거래 같지는 않은데, 그래도 개인에게 10억을 건넸다는 건 일반적인 일은 아니지."

"예, 저도 동감입니다. 바로 확인하겠습니다."

"그래. 왜 송금했는지 확인해 보고 보고해."

"예, 알겠습니다."

형사는 서둘러 자리에서 일어서 다른 형사 한 명과 함께 경찰서를 나섰다. 자신의 자리로 돌아온 팀장은 심상치 않은 예감을 지울 수 없었다.

'襪억이라, 작은 돈이 아닌데. 그 큰돈이 일개 족구협회 직원에게 전달됐다. 그것도 중국 투자회사에서⋯ 냄새가 나는데, 족구협회에 투자를 한 건가? 그렇다면 협회 통장으로 입금하는 게 정상 아닌가⋯'

많은 생각이 팀장의 머릿속에 그려졌다. 우선 족구협회장의 확인이 필요했다. 하지만 그는 국정원에서 조사를 받고 있었다.

"야, 박 경장! 국정원 전화번호 좀 가져와 봐."

D-32

기찬은 국정원 안에 설치된 숙소에 머물며 계속 조사를 받고 있었다. 매일 똑같은 질문이 이어지고 더 이상 할 이야기도 남아있지 않았다. 국정원 팀장 방에서 어제와 똑같은 일과를 시작하고 있었다. 하지만 팀장의 분위기가 예전과 달랐다. 뭔가 변화가 있음을 직감할 수 있었다.

"몸은 어떠십니까? 지난번 현기증 때문에 고생하셨는데, 필요하시다면 국정원 내 병원에서 진료를 받을 수도 있습니다."

"괜찮습니다. 스트레스를 받으면 가끔 그럽니다. 신경 써 주셔서 고맙습니다."

"그렇다면 다행이고요. 오늘은 홍 회장님하고 할 이야기가 많습니다."

"허허, 그렇습니까? 이미 내가 할 이야기는 다한 것 같은데, 아직도 남아 있나요?"

"그게 아니라, 오늘은 제가 할 이야기가 많습니다."

맞은편 소파에 등을 기대고 있던 팀장이 허리를 곧추세우며 테이블에 놓은 서류를 펼쳤다. 꽤 많은 내용이 적혀있는 제법 두툼한 서류 뭉치였다.

"우선 대한민국족구협회 횡령과 관련된 내용입니다. 한국체육회에서도 민감하게 반응하는 내용입니다. 경찰의 지원으로 족구협회 사무처를 조사했습니다."

"그래요? 뭔가 나왔습니까?"

"역시 회장님 말씀이 맞았습니다. 횡령과 관련된 어떤 내용도 나오지 않았습니다. 허위 제보였죠."

혹시나 하는 두려움이 없었던 것도 아니었다. 하지만 무혐의라는 소식에 기찬의 얼굴에 미소가 피어올랐다. 하지만 밝혀져야 할 허위 제보에 관한 수수께끼는 계속 남아있었다.

"허위 제보라면 그 제보자를 찾아야 하는 것 아닙니까? 그 제보로 제가 여기에 갇혀 있는 것 아닌가요?"

"맞습니다. 지금 확인 중에 있습니다. 그런데 놀라운 사실을 경찰이 알아냈더군요."

"예? 그건 또 뭡니까?"

"예, 말씀드리지요. 자살한 류 실장이 어떤 사람이었습니까?"

"류 실장이요? 글쎄, 한마디로 표현하기는 그렇지만 일을 사랑한 사람이었습니다. 그 사람이 없었다면 지금의 대한민국족구협회도 지금처럼 자리 잡지 못했을 겁니다. 그런데 그건 왜 묻는 거죠?"

"아니, 그냥 궁금해서요. 그런데 류 실장의 은행계좌에 거금이 입금된 사실, 알고 계셨습니까? 혹시 협회자금이 그 계좌에서 사용되었나요?"

"뭐라고요? 거금이 입금되었다고요? 저는 모르는 사실입니다. 협회자금은 협회 법인통장에서 사용하지, 개인 통장은 사용하지 않습니다."

"그렇겠지요. 경찰에서 알아봐 달라고 해서 여쭈어본 겁니다. 그냥 알고만 계십시오. 얼마 전 류 실장 계좌에 10억이 입금됐습니다. 송금자는 왕인베스트라는 중국 투자회사고요."

"예? 왕인베스트요?"

기찬의 심장이 갑자기 요동치기 시작했다. 짧은 시간이었지만 류 실장의 자살을 불러온 원인이 밝혀질 수도 있을 거라는 확신이 찾아왔다. 그리고 지금까지 벌어졌던 의문투성이 일들에 대한 실마리를 잡을 수 있을 것 같다는 확신이 찾아왔다.

"아니, 왜 그러십니까? 혹시 짐작 가는 일이라도 있는 겁니까?"

순간적으로 모든 걸 말해 버릴까 하는 생각도 들었지만 기찬은 마른침을 삼키며 입을 다물었다.

"아니요, 없습니다. 그럼 경찰에서 조사를 하고 있겠네요?"

"예, 맞습니다. 자살과 관련성을 조사하고 있습니다. 조만간 밝혀질 겁니다. 이건 이거고 홍 회장님이 이곳에 있게 된 건 북한 대사와의 접촉과 자금지원 문제입니다. 그 문제가 해결되어야 나가실 수 있습니다."

기찬의 가슴이 갑자기 답답해 왔다. 헤쳐 나갈 수 없는 밀림 속에 혼자 버려진 느낌이 다가오며 한숨만 새어 나오고 있었다. 길을 찾아야 하지만 혼자서는 밀림 속에 서 있는 것만으로도 모든 기력이 빠져나가고 남은 힘이 없었다. 국정원의 결정만을 기다릴 뿐이었다.

"제가 중요한 사실을 알려드리겠습니다. 회장님이 북한 대사와 만나는 장면은 중국정보부에서 촬영한 겁니다. 그리고 우리 요원이 지금 라오스에서 이와 관련해서 작업을 하고 있습니다. 그리고 저도 조금씩 이제야 알게 됐지만 회장님, 정말 대단하십니다."

"아…."

기찬은 아무런 말도 할 수 없었다. 한숨만이 나올 뿐이었다. 퍼즐이 조금씩 맞춰지며 왜 자신이 음해를 당하고 있는지 퍼즐의 완성된 그림이 눈앞에 그려지고 있었다.

"허위 제보를 하고 회장님이 라오스에 방문한다는 사실을 중국에 알린 제보자만 찾으면 됩니다. 그리고 한국체육회와 정치권에서 압력이 들어오기도 하지만 회장님의 대북 용의점을 찾지 못해서 회장님을 더 이상 이곳에 모실 이유가 없어졌습니다."

"예? 그게 무슨 말입니까?"

"허허, 우리 국정원에서의 조사가 마무리되었다는 뜻입니다. 그동안 고생하셨습니다. 돌아가셔도 좋습니다. 그리고 한 가지 추가로 말씀드리겠습니다. 라오스에서 우리 요원이 벌이는 작업은 회장님의 족구협회가 중심에 있습니다. 기대하셔도 좋을 겁니다."

끝날 것 같지 않았던 국정원의 조사가 마무리되었다. 홀가분하지만 개운하지는 않았다.

'기대해도 좋다? 그게 무슨 의미지?'

팀장이 마지막으로 남긴 말을 되새기며 서둘러 족구협회 사무실로 향하는 기찬의 전화기에서 계속해서 벨이 울리고 있었다.

"예, 지금 나갔습니다."

기찬이 국정원을 나서기가 무섭게 기찬의 조사가 마무리되었다는 보고를 받은 국정원장도 누군가와 통화를 마무리 지었다.

"제가 없는 동안 많은 일을 준비하셨네요. 감사합니다."

족구협회 사무실에 도착한 기찬은 한국체육회 최 이사와 통화를 하고 있었다.

"무슨 말이야. 이게 어디 족구협회만의 일인가. 우리 모두의 일이지. 오늘 중으로 언론사에 보도자료가 배포될 거야. 그럼 바로 언론에 노출되겠지."

"아무튼 여론몰이를 해야 합니다. 시간을 벌어야 합니다. 중국이 주도권을 쥐게 놓아둘 수는 없습니다."

"당연하지."

한국체육회에서는 중국이 설립하려는 세계족구협회에 대한 보도자료를 준비하고 있었다. 이슈로 부각해서 여론을 조성하려는 의도였다. 그들이 지금까지 벌여온 동북공정의 불합리성과 함께 족구는 우리 대한민국의 스포츠라는 사실을 부각시켜 중국에 압박을 가하려는 의도였다.

의자에 등을 깊숙이 파묻고 기찬은 잠시 눈을 감았다. 지금까지 벌어진 일들이 하나둘 머릿속에서 떠오르며 빠른 속도로 스쳐 지나갔다. 생각이 깊어지며 선명하던 기억들이 흐릿하게 변해갔다. 자신도 모르는 사이 기찬은 깊은 잠 속으로 빠져들었다.

"회장님!"

직원의 날카로운 외침소리에 기찬은 잠에서 깨어났다.

"왜 그래?"

"빨리 인터넷 포털에 들어가 보세요. 난리 났습니다."

직원의 당황한 목소리에 무의식적으로 기찬은 인터넷 포털사이트에 접속을 시도했다. 얼마 걸리지 않아 인터넷 포털사이트가 화면에 보이기 시작했다.

중국이 미쳤구나. 이제는 김치도 모자라 족구마저 자기네 거라네….
한국체육회, 일이 이 지경이 되도록 그동안 뭐 한 거야?'
대한민국족구협회라는 곳도 있었네.
우리가 먼저 세계족구협회를 만들자.

인터넷 포털은 한국체육회가 자료를 만들어 배포한 중국 주도로 설립을 준비 중인 세계족구협회에 관한 댓글로 도배되다시피 했다. 내용 중에는 중국을 비난하는 글이 대부분이었지만 한국체육회와 대한민국 족구협회의 무능을 비판하는 글도 상당수 눈에 띄었다. 하지만 예상외의 반응이었다.

족구협회 사무실에 놓은 전화기에서는 벨이 멈추지 않았다. 직원들은 전화를 받느라 식은땀까지 흘리며 한 통의 전화도 놓치지 않고 응대에 열을 올리고 있었다.

댓글 내용을 확인한 기찬은 전화기를 집어 들었다. 한국체육회장의 전화번호를 길게 누르자 목소리가 들려왔다.

"체육회장님, 감사합니다. 제 일을 대신해 주셨네요."

"뭐가 감사해. 이게 남의 일이야? 우리가 할 일을 했을 뿐이야. 이제 불은 붙였어. 나머지는 홍 회장이 마무리 지어야 해."

"예, 알고 있습니다. 최선을 다해서 마무리 지어야죠."

"그런데 나도 조금 전 알았는데, 정말 라오스에서 그 일을 벌이려는 거야?"

"예, 맞습니다. 당장 할 수 있는 유일한 방법 중 하나입니다. 다행히도 국정원에서 지원을 하고 있어서 쉽게 풀릴 수도 있을 것 같습니다."

"그래? 그럼 다행이네."

"아마도 중국이 당황했을 겁니다. 아마 거세게 대응해 오겠죠?"

"당연하지. 그런데 한 가지 걱정이야. 아무리 언론에 세계족구협회의 불합리성을 떠들어대도 그냥 만들어버리면 끝나는 거 아니야?"

"예, 솔직히 맞습니다. 그래서 라오스에 기대를 거는 겁니다."

"알았네. 그런데 추진은 잘되고 있는 거지?"

"예, 그런데 류 실장이 없으니 계획서 작성이 예정보다 길어질 것 같습니다. 걱정입니다."

"그래, 어쩔 수 없지. 류 실장에 대한 소식 들었지?"

"예, 들었습니다."

"그럴 사람이 아니었다고 하던데…."

"무슨 이유가 있었겠지요. 저도 알아보려고 합니다."

"그래, 그럼 수고해."

전화기를 내려놓는 기찬의 기색은 좋아 보이지 않았다. 류 실장이 왜 그랬는지 이유를 밝히는 것도 기찬에게 주어진 또 하나의 일이었다.

강남경찰서 수사1팀장도 인터넷을 검색하고 있었다. TV에서도 족구에 관련된 특집방송이 준비될 정도로 족구에 대한 기대 이상의 반응이 쏟아지고 있었다.

"거참, 뒷북치는 데는 대한민국이 최고야. 먼저 기득권을 잡아야지. 쯧쯧…."

혼잣말을 중얼거리는 사이 왕인베스트 조사를 담당하고 있는 형사들이 모습을 드러냈다.

"그래, 뭐 좀 건진 게 있어?"

"말도 마십시오. 말이 법인이지, 모든 일은 회사 대표가 혼자서 다 하고 있더라고요."

"그래? 그럼 대표를 만났어?"

"아니요. 며칠 전 중국으로 출국했다고 합니다. 직원들은 돈이 송금 된 과정이나 이유 같은 건 전혀 모르고 있었습니다."

"그래? 그러면 대표가 입국할 때까지 가만히 있어야 하는 거야?"

"별다른 방법이 없지 않습니까?"

"하… 그래. 방법이 없지. 그런데 갑자기 족구가 국민 관심거리로 뜨잖 아. 자살사건에 협회장은 국정원에 끌려가고…. 도대체 어떻게 되는 거 야?"

"저희들도 모르겠습니다. 그런데 예감이 안 좋습니다. 뭔가 큰 사건 에 얽혀있을 것 같은 생각이 듭니다."

"그렇지? 분명히 배후에 뭔가가 있는 느낌이야."

류 실장의 자살과 관련이 있을 것 같았지만 속수무책이었다. 팀장은 다시 인터넷을 검색하며 세계족구협회에 관련한 기사를 읽기 시작했다.

D-29

중학생 딸과 짐을 정리하는 류 실장의 부인은 아무런 표정이 없었다. 장례를 마치고도 모든 상황이 현실로 받아들여지지 않았다. 함께 짐을 정리하는 딸도 무표정하기는 마찬가지였다. 평소 말이 많아 참새라는 별명을 류 실장이 지어줬지만 별명이 무색하게 그녀도 아무 말이 없었다.

말없이 짐을 정리하던 딸의 눈에 류 실장이 사용하던 책상 아래 안쪽 깊숙이 놓인 작은 상자가 들어왔다.

"엄마! 이게 뭐야?"

딸의 목소리에 류 실장 부인이 딸의 곁으로 다가왔다. 바닥 깊숙이 놓여 평소에는 보이지 않았던 나무로 된 작은 상자가 보였다. 그녀는 무릎을 꿇고 기다시피 해서 나무상자를 꺼냈다. 꺼내온 나무상자를 유심히 바라보던 부인은 호기심보다 두려움이 먼저 엄습해 왔다. 처음 보는 나무상자였고 모든 것이 두려움의 대상으로 변해 있었다.

"엄마, 열어봐!"

딸의 재촉하는 목소리가 들리고서야 그녀는 조심스럽게 나무상자의 뚜껑을 조심스럽게 열었다. 손에서는 작은 떨림이 느껴지고 있었다.

뚜껑이 열리자 편지봉투가 눈에 들어왔다. 봉투를 보는 순간 부인의 눈에는 자신도 모르는 사이에 눈물이 고이기 시작했다. 눈물을 닦아야겠다는 생각은 떠오르지 않았다. 한동안 멍하게 나무상자에 놓인 편지봉투를 바라만 보았다.

"엄마!"

다시 딸의 목소리가 들려왔다. 부인은 조심스럽게 편지봉투를 꺼내 들었다. 편지봉투 구석에는 작은 글씨로 '사랑하는 지영, 그리고 우리 딸에게'라고 적혀있는 것이 눈에 들어왔다. 흐르는 눈물을 손등으로 닦아내고는 조심스럽게 봉투를 열기 시작했다. 봉투 안에는 두 장의 편지지가 따로 접힌 채 가지런히 놓여 있었다. 접혀있는 첫 번째 편지지 위에는 '사랑하는 지영에게'그리고 두 번째 편지지에는 '존경하는 홍 기찬 회장님께'라는 글씨가 또렷하게 적혀 있었다. 편지지를 바라보는 딸의 눈에도 눈물이 고이기 시작했다. 부인은 첫 번째 편지지에 적힌 내용을 읽기 시작했다.

　사랑하는 부인 지영에게

　그동안 고생만 시켜 미안해. 해 준 것도 없는 나를 믿고 따라준 당신을 정말 사랑해. 앞으로도 열심히 살게. 그런데 요즘 고민이 많아졌어. 초조하고 불안 하고. .

　앞으로 살날이 많지만 혹시나 하는 마음에 당신과 우리 참새 같은 딸을 위 해 따로 준비해 놓은 게 있어. 혹시 내가 어떻게 되면 신화은행 개인금고를 찾 아가. 상자 안에 열쇠하고 비밀번호를 적어 놓았으니까 어렵지는 않을 거야. 그 안에 작은 선물을 넣어놨어.

　그리고 물론 아니겠지만 내게 무슨 일이 생기면 모든 미련을 버리고 한국을 떠나길 바라. 우리 대한민국족구협회 회장님에게 보내는 편지는 당신이 직접 회장님에게 전해 주길 바라. 회장님이 도움을 주실 거야.

　이렇게 미리 준비해 놓으니까 한결 마음이 놓인다. 우리 앞으로도 행복하게 살자.

편지를 읽은 부인의 눈에서는 굵은 눈물이 흘러 내렸다. 엄마가 읽은 편지지를 받아 든 딸도 편지를 읽어 내려갔다. 그녀의 눈에서도 굵은 눈물이 흐르며 눈물이 마르지 않는 엄마를 힘껏 껴안았다.

"엄마!"

두 모녀는 한동안 움직임이 없었다. 흐르는 눈물과 작은 어깨의 들썩임만이 있을 뿐이었다.

사무실 책상에 앉아있는 기찬은 류 실장 부인이 가져온 편지봉투를 유심히 바라보았다. 류 실장의 자살과 관련된 모든 내용이 이 안에 있을 것이라는 추측은 하고 있었지만 쉽게 편지봉투를 열지는 못했다. 한동안 책상에 놓인 편지봉투를 바라보던 기찬은 손을 편지봉투에 가져갔다. 제법 두툼했다. 편지 말고도 다른 내용물이 들어있음을 직감했다. 봉투를 열자 제일 먼저 한 장의 편지지가 눈에 들어왔다. 그리고 접혀있는 몇 장의 종이가 가지런히 담겨있었다.

회장님, 죄송합니다.

편지는 죄송하다는 말로 시작되었다. 기찬은 편지를 읽어 내려갔다. 글자 하나라도 놓치지 않으려 조심스럽게 편지를 읽는 기찬의 표정에는 아무런 변화가 없었다. 시간이 멈춰진 듯 사무실은 정적으로 채워져 있었다. 아무런 움직임도, 소리도 느껴지지 않는 정적이었다.

"아…!"

자신도 모르는 사이 긴 한숨이 새어 나왔다.

다시 편지지와 종이를 봉투에 집어넣은 기찬은 한동안 움직임이 없었다. 뻣뻣해진 고개를 좌우로 움직여 풀어주는 과정을 몇 번 되풀이하고는 기찬은 편지봉투를 상의 주머니에 넣었다. 심호흡과 함께 기찬은 족구협회 사무실을 나섰다.

창 너머로 메콩강이 훤히 내려다 보였다. 메콩강가에 조성된 공원에는 시민들이 산책을 즐기는 모습이 한강시민공원을 떠올리기에 충분했다. 국정원 강 서기관은 넋 놓고 시민들의 움직임을 바라보고 있었다. 사회주의 국가이지만 민주주의와 무엇이 다른지 느껴지지 않는 일상에 강 서기관도 차츰 젖어가고 있었다. 벽에 걸린 시계가 저녁 7시를 향해가고 있었다.

젖혀졌던 커튼을 다시 치고는 객실에 마련된 회의용 탁자로 발걸음을 옮기는 순간 초인종이 울리기 시작했다. 강 서기관은 다시 시계를 바라보았다. 정확히 저녁 7시를 가리키고 있었다.

강 서기관은 조심스럽게 문을 향해 걸어갔다. 문 중앙에 만들어진 조그만 구멍을 통해 밖을 확인했다. 장 사장의 얼굴이 또렷하게 보이며 그 옆에 서 있는 다른 사내의 모습도 확인할 수 있었다.

심호흡을 한 강 서기관이 문을 열었다.

"늦지 않았습네까?"

"아닙니다. 정확히 7시입니다."

객실에 들어오는 장 사장의 밝은 목소리에 긴장감은 한순간 사라졌다. 뒤이어 들어온 사내는 방 주변을 살피며 조심스럽게 발걸음을 옮기고 있었다.

"대사님, 남조선 국정원 강진수 서기관입니다."

장 사장이 북한 대사에게 강 서기관을 소개하자 대사는 가볍게 고개를 숙이며 인사를 건네왔다.

"강 서기관, 이분이 북조선을 대표하는 라오스 주재 북조선대사관의 리영일 대사이십네다."

강 서기관도 고개를 숙여 인사를 건네고는 손으로 객실 중앙에 놓은 회의용 테이블을 가리켰다. 리 대사와 장 사장이 테이블로 향하자 강 서기관도 테이블로 발걸음을 옮겼다.

"반갑습니다, 대사님. 힘든 결정을 해 주셔서 감사합니다."

"허허, 괜찮습네다."

"그럼 바로 이야기 드리겠습니다. 이미 대한민국족구협회 홍기찬 회장이 제안대로 일이 진행될 수 있도록 협조 부탁드립니다. 꼭 이루어져야 합니다."

"아니, 그런 일에 남조선 국정원까지 나섭네까? 우리가 어련히 알아서 할 테니 고하지 맙시다. 우선 제안서나 만들어오시라요."

"예, 제안서는 곧 보여드리겠습니다. 그리고 대사님께서 말씀하신 대로 이런 일에 국정원이 나서지는 않습니다. 하지만 크게 보아야 합니다. 중국을 견제해야 합니다."

"그 말은 수도 없이 들었소이다. 그 말 하려고 나를 부른 겁네까? 다른 이야기는 없는 겁네까?"

둘의 이야기를 듣던 장 사장의 얼굴에서도 미소가 사라졌다. 똑같은 이야기를 반복하려 이런 만남을 준비해 달라고 하지는 않았을 거란 기대가 무너지고 있었다. 새로운 이야기가 없다면 자신의 입장도 난처해질 수밖에 없었다.

"물론 아닙니다. 대한민국족구협회가 생각하던 내용과 우리 국정원이 생각하고 계획하는 내용은 조금 다릅니다."

"그래요? 그럼 이야기나 들어봅시다."

"강 서기관, 남조선 국정원이 무슨 카드를 들고 왔나 나도 정말 궁금합네다."

말을 아끼던 장 사장도 거들고 나섰다. 강 서기관은 의식적으로 호텔방 구석구석을 살폈다. 물론 방에 들어오자마자 도청장치가 없는지는 이미 확인했지만 본능적인 행동이었다.

"좋습니다. 말씀드리겠습니다."

강 서기관은 옆에 놓여있던 가방에서 메모지를 꺼냈다.

"아니, 갑자기 메모지는 뭡네까?"

강 서기관의 갑작스런 행동에 장 사장과 리 대사는 놀라는 눈치였다. 심상치 않은 분위기가 느껴졌다.

"보안을 위해서입니다. 우리 국정원이 준비 중인 내용을 적겠습니다. 잘 보십시오."

강 서기관은 서둘러 메모지에 무엇인가를 적었다. 그리고는 글자가 적힌 메모지를 대사 앞으로 밀어 놓았다.

메모지를 바라보는 대사의 표정에 변화가 보이기 시작했다. 함께 메모지를 바라보는 장 사장의 얼굴에서도 변화가 일어났다. 굳어진 얼굴의 대사와 장 사장은 서로의 시선을 교차했다. 그들은 말이 없었다.

"강 서기관, 이게 진짜요?"

"예, 물론 계획이지만 북측에서 확답을 준다면 실행할 수 있습니다. 북측에서도 동일한 수준으로 준비해 주시기를 바랍니다. 우리는 이번 기회가 경직된 남북관계 해소에 큰 역할을 할 것이라고 믿고 있습니다. 정치권이 할 수 없는 일을 민간이 할 수 있습니다."

"그것 참, 일을 크게 만드는 거 아닙네까? 감당할 수 있겠소?"

"북측에서 보장만 해 주면 가능합니다. 이왕 벌이는 일, 크게 벌여야죠. 이번에는 제가 묻겠습니다. 대사님, 감당할 수 있겠습니까?"

"허… 이게 미치겠네."

대사의 탄식이 흘러나왔다. 그로서도 감당하기 쉬운 일은 절대 아니었다. 하지만 역으로 생각하면 자신의 가치를 올릴 수 있는 둘도 없는 좋은 기회이기도 했다.

"아마 대사님도 생각하시겠지만 이번 건이 성사되면 대사님에게는 엄청난 기회가 생기는 겁니다."

"알고 있소. 그런데 준비하기에 시간이 너무 촉박한 거 아닙네까? 여기 라오스 정부도 준비를 해야 하지 않소."

"그건 걱정하지 마십시오. 어차피 그 기간에 국제회의가 있어서 큰 문제는 없을 겁니다."

"강 서기관, 이건 이 자리에서 결정할 사안이 아니란 거 알고 있죠? 시간이 필요합네다."

"예, 알고 있습니다. 그런데 주어진 일정 자체가 빡빡합니다. 모레까지 답을 받을 수 있겠습니까?"

"모레요?"

난처한 표정의 리 대사가 장 사장을 바라보았다. 장 사장도 난처한 표정을 짓기는 마찬가지였다. 놓치고 싶지 않은 기회가 분명했지만 기회를 얻기 위한 준비를 하기에도 버거운 시간이었다.

"좋소. 가능성 여부를 모레까지 알려 드리겠소. 됐습네까?"

"예, 좋습니다. 모레 오후 5시까지 연락을 주셔야 합니다. 그래서 우리 남한에서도 준비할 수 있습니다."

"알겠소이다."

강 서기관이 건넨 메모지를 잘게 찢은 리 대사가 자리에서 일어서자 장 사장도 함께 일어섰다. 가벼운 인사와 함께 그들은 호텔 방을 나섰다. 강 서기관도 주변을 살핀 뒤 옆에 놓인 가방을 챙겨 호텔 방을 빠져 나갔다.

"도대체 이게 뭐야?"

기찬이 건넨 편지봉투를 받아 든 한국체육회장은 아연실색하지 않을 수 없었다. 옆자리에 앉아있는 최 이사도 마찬가지였다.

"류 실장이 남긴 편지입니다. 읽어 보십시오."

편지봉투를 열고 안에 들어있는 내용물을 확인한 체육회장이 먼저 편지를 읽어 내려갔다. 그리고는 나머지 종이를 꺼내 내용을 확인했다. 뒤이어 최 이사도 편지지와 나머지 종이에 적힌 내용을 읽어 내려갔다. 오랜 시간이 걸리지 않았다. 편지를 읽어 내려가며 그들의 표정은 굳어가고 있었다.

"어떻습니까?"

"하… 한숨밖에 안 나오네."

체육회장의 깊은 한숨 소리에는 놀라움과 함께 황당함이 묻어있었다.

"왕인베스트의 진 대표입니다. 그가 류 실장을 죽음으로 몰고 간 겁니다. 족구에 관련된 각종 자료며 저의 일정 등을 빠짐없이 보고받았습니다. 그리고 류 실장에게 무리한 요구를 계속해 왔습니다. 허위 제보까지도 요청했습니다. 물론 돈이 문제지만요."

"그래, 맞아. 진 대표야. 어쩐지 나하고 류 실장에게 살갑게 다가오더라고. 다 속셈이 있었던 거야. 그런데 지금 한국에 없는 것 같던데."

최 이사도 황당함을 숨기지 못했다. 하마터면 자신도 덫에 걸릴 수 있었다는 사실이 믿겨지지 않았다.

"그렇겠지요. 바로 도망갔겠지요. 자살이라 법적인 책임을 물을 수 있는지는 모르겠지만 반드시 잡아야 합니다."

"그래, 잡아야지. 아마 중국에 있을 거야. 어떻게 한국에 데려오지…."

갑자기 정적이 찾아왔다. 방법을 찾아야 했지만 뾰족한 방법이 떠오르지 않는 듯 세 사내는 아무 말도 없었다.

"잠깐만요. 류 실장 자살 그리고 중국이 추진 중인 세계족구협회 설립…. 분명히 관계가 있는 거잖아요?"

갑자기 생각이 떠오른 듯 기찬은 천천히 말을 이어가며 생각을 정리했다. 연관관계가 있다면 한국에게 유리하다는 생각이 떠올랐다.

"그렇지. 연관이 있지. 그렇다면…."

최 이사도 생각을 거들기 시작했다.

"중국은 말도 안 되는 세계족구협회 설립을 위해 대한민국족구협회 직원을 죽음으로 몰고 갔다… 사실이지 않습니까? 큰 이슈이자 중국에 치명타로 작용할 수 있겠죠?"

"맞아. 큰 이슈야. 중국은 우리가 퍼뜨린 세계족구협회 설립의 부당성에 대해 아무런 반응도 없어. 굳이 벌통을 건드릴 필요가 없다는 생각일 거야. 그런데 류 실장의 죽음에 그들이 만들고자 하는 세계족구협회가 관여되어있다면 상황이 달라질 거야."

"맞습니다. 그래서라도 진 대표를 어떻게든 한국에 들어오게 해야 합니다. 류 실장의 죽음이 헛되어서는 안 됩니다."

"맞아. 최 이사, 좋은 방법 없을까?"

최 이사를 향해 체육회장은 곧바로 질문을 던졌다. 멍하니 천장만을 바라보던 최 이사가 체육회장과 눈을 마주쳤다.

"있습니다. 아주 간단합니다."

"예?"

기찬뿐 아니라 체육회장도 쉽게 나온 최 이사의 대답에 놀라지 않을 수 없었다. 절대 쉽게 나올 대답이 아니었지만 최 이사는 자신감이 넘쳤다.

"물론 100% 가능한 건 아니지만 충분히 가능성이 있습니다."

"알았어요. 답답하니 빨리 말해 봐요."

"왕인베스트가 한국에서 추진 중이던 온라인 스포츠베팅 사업입니다."

기찬도 체육회장은 아무런 반응이 없었다. 그저 놀라울 뿐이었다. 진 대표는 이 미끼를 물지 않을 수 없었다. 하지만 그가 움직일지는 아무도 예측할 수 없었다.

"제가 왕인베스트에 연락하겠습니다."

자신감을 얻은 최 이사는 두 손을 움켜잡았다. 먹음직스러운 미끼의 유혹을 떨쳐내기가 쉽지 않을 것이라는 확신이 있었다. 진 대표를 설득하거나 어떻게든 한국에 들어오게 만들어야 했다. 모두에게 절박함이 묻어있었다.

자신의 사무실에서 강 서기관은 계속 서성이고 있었다. 예상하지 못한 국정원 상부의 지시가 처음에는 당혹스러웠지만 북한 대사에게 무리 없이 전달했다. 북한 대사도 충분히 이해하고 돌아갔지만 쉽지 않은 과정이 남아있음을 잘 알고 있었다. 만약 제안대로 일이 성사된다면 누구도 예상하지 못했던 사건을 만들 수 있었다. 강 서기관도 기대하고 있었다.

강 서기관의 스마트폰이 울리기 시작했다. 발신자를 확인하고는 서둘러 수신버튼을 밀었다.

"예, 강진수입니다."

"잘 지내십네까?"

장 사장의 목소리가 들려왔다. 기대하던 전화가 예상보다 빨리 걸려왔다. 그에게서 무슨 말이 나올지 강 서기관의 전화기를 쥔 손에 힘이 들어갔다.

"생각보다 빨리 결정이 나왔나 봅니다."

"예, 대사가 서둘렀더군요. 그런데 미안합네다. 시간이 너무 촉박하다고 평양에서는 남조선에서의 제안을 거부했습네다."

"예? 거부라뇨? 이처럼 좋은 기회를 거부하다니요. 물론 힘들겠지만 서로에게 좋은 기회입니다. 자세히 말씀해 보세요."

"압네다. 그런데 어쩌겠소, 평양에서는 준비하는 데 물리적으로 시간이 부족하다는데…."

"하, 미치겠네. 하지만 어쩔 수 없죠. 북한에서의 준비에 문제가 있다는 거죠? 라오스에서 준비 중인 내용도 거부된 겁니까?"

"다행히도 평양에서의 준비만 거부된 겁네다. 라오스 건은 계획대로 진행될 겁네다. 평양에서 관여할 만한 내용이 아니거든요."

"그래요, 천만다행입니다. 일정하고 세부내용을 준비하겠습니다. 그런데 좋은 소식이 있습니다."

"예? 또 무슨 일입네까? 남조선에서는 벌어지는 일들이 많아 항상 조마조마합네다. 그래, 말해 보시라요."

"그건 북한도 마찬가지지요. 아무튼 대한민국족구협회장이 조사를 마치고 나왔습니다. 앞으로는 그가 모든 일을 준비할 겁니다."

"아, 그래요. 너무 잘됐습네다. 진작 그랬어야지요. 좋은 사람이던데…."

"장 사장님이 고생하십니다. 대사님에게도 수고하셨다는 인사 전해 주십시오."

"예, 알갔습네다. 고생하시라요."

전화가 마무리되었지만 기대하던 답은 돌아오지 않았다. 기대도 했지만 물리적으로 시간이 촉박한 것도 사실이었다. 가능했다면 좋았지만 불확실했던 홍 회장의 제안이 받아들여졌다는 것에 의미를 부여할 수 있었다. 하지만 기회가 완전히 사라진 것은 아니었다. 언제든 계획은 바뀔 수 있다는 희망은 사라지지 않았다.

"뭐라고? 그게 사실이야?"

전화를 받는 진 대표는 놀라며 계속 확인을 했다.

"예, 맞습니다. 조금 전 한국체육회 최 이사에게서 연락이 왔습니다. 다급한 것 같습니다."

"알았어. 내가 여기 일정 확인하고 연락 줄게."

전화기를 내려놓았지만 뭔가 개운하지 않았다. 류 실장의 죽음과 자신이 연결되어있다는 사실을 모를 리 없는 한국이었다. 하지만 한국이 모를 수도 있다는 생각이 문득 들었다. 류 실장이 약점이 있어서 자신과의 관계를 밝히지 않았을 수도 있었다. 판단을 내려야만 했다.

그는 다른 방에 있는 중국체육회장을 찾아갔다.

"그게 사실이면 잘된 일 아니야?"

"예, 맞습니다. 잘된 일이죠. 그런데 개운하지가 않습니다."

"뭐가? 족구협회 직원이 자살한 거?"

"예. 지시대로 그에게 돈을 건네지 않았습니까? 그런데 그가 자살을 했다면 저와 분명히 관계가 있다는 사실을 알 텐데 기대하지도 않았던 온라인 베팅 사업을 승인해 준다니…"

"진 대표, 당신이 생각이 많은 거야. 사람이라는 것이 어디 단순한 동물이야? 자살한 직원도 모든 걸 숨기고 극단적인 행동을 한 거야. 그에게는 가족이 있잖아? 가족의 안위를 먼저 생각하고 행동했을 거야."

"그럴 수도 있겠죠…. 그런데 우리 중국이 추진하는 세계족구협회를 언론을 통해 적극적으로 비난하고 나선 한국입니다. 불안합니다."

"불안하긴 뭐가 불안해? 우리는 계획대로 세계족구협회를 설립하면 되는 거야. 굳이 한국의 비난에 반응할 필요도 없어. 우리가 반응이 없으면 한국도 금세 식을 거야. 그게 한국이잖아."

"그렇지만… 알겠습니다."

"그래, 잘 판단해. 그리고 한 가지 명심해. 지금 당신이 추진 중인 온라인 스포츠베팅 사업에 우리 체육회 펀드가 포함되어있어. 우리 돈으로 한국을 잠식시킬 수 있다는 말이야. 아주 중요한 사업이야."

"예, 이미 잘 알고 있습니다."

이야기를 마무리 지었지만 체육회장의 속내를 알 수 없었다. 솔직히 온라인 스포츠베팅 사업은 중국체육회에서도 크게 기대를 걸지 않고 있었다. 그런데 갑자기 관심을 보이며 자신을 한국으로 되돌려 보내려는 의도를 알 수가 없었다. 혹시나 하는 불길함이 진 대표를 불안하게 만들었지만 달리 방법이 없었다. 하지만 고민은 멈출 수가 없었다.

'불안해…'

진 대표의 고민은 깊어만 갔다.

"어쩔 수 없지. 하지만 항상 긴장하고 있어야 해. 상황이 어떻게 바뀔지 아무도 모르는 거야."

강 서기관의 보고에 한국 국정원은 차분하게 반응했다. 쉽게 움직이지 않는 북한임을 잘 알고 있었기 때문에 실망은 필요 없었다.

기찬을 조사했던 국정원 팀장은 전화기를 집어 들었다.

"홍 회장님, 국정원 김 팀장입니다."

"예, 반갑습니다."

전화를 받은 기찬의 밝은 목소리가 들려왔다. 기찬도 국정원의 전화를 기다리고 있었다. 팀장이 남긴 기대해도 좋다는 말의 의미를 알고 싶었다.

"회장님, 제가 국정원에서 말씀드렸던 라오스에서의 작업 말입니다. 윤곽이 잡혔습니다."

"예? 그게 무슨 말입니까? 북측에서 답변이 왔습니까?"

"예, 왔습니다. 회장님이 제안한 대로 진행하겠다고 합니다. 세부일정을 알려달랍니다."

"그래요? 잘됐습니다. 제안서 때문에 걱정했는데 류 실장이 자료를 만들어 놓았더군요…"

기찬은 말을 이어가지 못했다. 끝까지 자신의 일을 마무리 지어놓고 극단적인 선택을 한 그가 자꾸 머릿속에 떠올랐다. 어쩌면 그의 죽음이 이 모든 문제를 해결할 열쇠였구나 하는 고마움에 가슴 한구석이 먹먹해졌다.

"다행이네요. 그리고 한 가지 우리 국정원에서 추가로 제안을 한 내용이 있습니다."

"예? 국정원이 추가로 제안할 내용이 있었단 말입니까?"

"예, 그래서 제가 국정원에서 여운을 남긴 겁니다. 아마 궁금하실 겁니다. 회장님만 알고 계십시오."

팀장은 간단하게 북한 대사에게 전달되었던 내용을 설명했다. 덧붙여 그 제안을 북한에서 수용하지 않았다는 말도 함께 남겼다.

"팀장님, 그게 사실이라면 엄청난 사건이 될 텐데, 정말 가능한 일입니까? 저는 믿겨지지가 않습니다."

"아마 그러실 겁니다. 하지만 충분히 가능합니다. 정부가 하는 일도 개인이나 기업과 크게 틀리지 않습니다. 가능성이 보이면 계속 밀어붙이는 거죠. 북한이 수용하지 않았다고 우리가 포기하는 것은 아닙니다. 아직도 유효한 제안입니다."

"그래요? 그렇다면 다행이고요. 계획대로 잘되었으면 좋겠습니다."

"예, 잘될 겁니다. 그리고 한 가지 더 말씀드리겠습니다. 류 실장의 죽음에 중국 투자회사의 대표가 연루되었을 가능성에 대해서 들었습니다. 맞지요?"

"예, 맞습니다. 그런데 그걸 어떻게 아셨습니까? 참 대단합니다."

"경찰에서 연락받은 것뿐입니다. 아무튼 그 대표가 중요하다는 사실은 회장님께서 더 잘 아실 겁니다. 경찰도 있지만 우리 국정원에서 그의 신병을 먼저 확보해야 합니다. 중국의 어처구니없는 동북공정을 우리도 예의 주시하고 있었습니다."

기찬은 자신이 한국체육회에서 했던 이야기가 생각이 났다. 류 실장의 죽음이 중국체육회 및 중국정부의 동북공정의 불합리성과 그들의 인륜배반적인 행동을 나타내는 상징적인 사건이 될 수도 있었다.

"예, 고맙습니다. 같이 힘을 합쳐야죠. 우리 체육계에서 할 수 있는 일은 한계가 있습니다. 영향력 있는 국가기관의 도움이 필요합니다."

"당연하죠. 그래서 부탁이 있습니다. 우리가 확인할 수도 있지만 시간낭비일 것 같아서 부탁드리는 겁니다. 중국 투자회사 대표가 입국할 경우 그 정보를 바로 알려주십시오."

"예, 알겠습니다."

시간은 계속 흐르고 있었다. 중국에서 세계족구협회 설립을 발표하기 전에 라오스에서 준비된 일이 먼저 벌어져야 한다. 그리고 왕인베스트의 진 대표도 그 이전에 한국에 발을 들여 놓아야 한다. 하나라도 틀어질 경우, 지금까지의 노력이 허사가 되며 중국이 원하는 대로 족구는 중국의 스포츠 종목으로 전 세계에 공표되는 어처구니없는 일이 발생한다.

"일이 어떻게 되는 거야?"

국정원이 관여하며 커진 일이 커지고 있었다. 이왕 벌인 일이 크게 성공하면 더없이 좋지만 커진 부담감 또한 기찬을 짓누르고 있었다.

"내가 잠시 생각을 잘못한 것 같군."

중국체육회장은 어디론가 전화를 걸고 있었다.

"예, 맞습니다. 진 대표는 한국으로 돌아가면 안 됩니다. 무슨 말이 그의 입에서 나올 줄 모릅니다."

"그렇지. 그까짓 온라인 베팅 사업이야 잊으면 그만인 걸 너무 집착했을 수도 있어."

"예, 맞습니다."

대답을 던진 상대방은 체육회장의 다음 말을 기다리고 있었다. 그러나 침묵이 이어지고 있었다. 상대방도 체육회장이 잠시 고민하고 있음을 눈치채고 있었다.

"회장님, 그럼 어떻게 하실 생각입니까?"

참지 못하고 상대방은 침묵을 깼다.

"고민 중이야. 예상하지 못한 사건이 벌어지지만 않았어도 모든 게 완벽했는데…. 그런데 한국에서 정말 눈치를 채고 있을까?"

"그건 저도 장담을 못하겠습니다. 그런데 감안은 하셔야 합니다. 만의 하나 문제의 소지가 밝혀지면 정말 피곤해집니다."

"그렇지. 다 된 밥인데 코를 빠뜨릴 수는 없지."

"맞습니다. 무조건 한국에 들어가면 안 됩니다. 진 대표도 원하지 않는다고 들었는데, 잘된 일 아닙니까?"

"당신 말이 맞아. 그러면 이번 기회에 준비했던 작업을 할까?"

"예?"

당황한 목소리가 전화기를 통해 들려왔다. 예상하지 못한 듯 전화기 너머 상대방은 머뭇거리며 말을 이어가지 못했다.

"회장님, 굳이 그럴 필요까지 있겠습니까?"

"아니야. 확실하게 해 두는 것도 나쁘지는 않지. 계속 고민할 필요가 없잖아. 진 대표가 아직 중국에 있지?"

"예. 그런데 회장님 말씀이 맞는 말씀이지만…."

"그런데 왜 이렇게 말이 많아. 언제부터 내 의견에 토를 달았어?"

"예? 죄송합니다…."

당황하는 상대방의 목소리가 고스란히 전화기 너머에서 들려왔다.

"더 이상 말하지 말고 바로 진행해. 당신 의견도 그거 아니야?"

"예. 알겠습니다, 회장님."

"그래, 알았어. 우리가 만든 세계족구협회가 안정화될 때까지 긴장하고 있어야 해. 분명히 한국도 가만히 있지는 않을 거야. 지금 같은 상황에 왜 가만히 있는지 도대체 알 수가 있어야지, 그러고 보면 진 대표가 한국에서 정보를 전해 줄 때가 좋았어. 안타까워."

"예, 그렇습니다. 앞을 볼 수가 없으니 답답합니다."

"그래, 그러면 우리 일에 집중하자고."

"예, 알겠습니다."

전화기를 내려놓은 중국체육회장은 깊은 숨을 내뱉으며 고개를 뒤로 젖혔다. 생각하고 판단해야 하는 일들이 산적해 있었다. 그중 진 대표의 문제가 가장 애를 먹이고 있었다. 온갖 생각이 떠오르며 그의 생각은 복잡한 미로 속에서 헤어나지 못하고 있었다.

"홍 회장. 왕인베스트를 통해 진 대표에게 내용이 전달됐어. 내가 내일로 미팅이 잡혔다고 했는데 아무런 연락이 없네."

"그러게 말입니다. 혹시 눈치를 챈 것 아닐까요? 자신이 할 수 있는 모든 정성을 들이며 준비 중이던 일이 내일이면 결과가 나온다고 하는데, 아무런 반응이 없다는 게 솔직히 불안합니다."

최 이사와 전화통화를 하는 기찬의 목소리에서도 불안함이 느껴졌다. 진 대표가 눈치를 채고 미끼를 물지 않는다면 다른 방법이 없었다. 라오스를 기대하는 수밖에 없었지만 파급력은 분명히 약해질 수밖에 없었다.

"그러면 늦어도 오늘 중에는 연락이 와야 하네요? 오늘까지 연락이 없다면 눈치를 챘다고 봐야겠군요."

"그래, 하지만 모르지. 내일이 지나서라도 연락이 올 수 있거나 한국에 나타날 수도 있겠지. 그런데 시간이 없단 말이야."

최 이사도 불안하기는 마찬가지였다. 다음 주말 중국의 발표가 나오면 모든 일이 허사가 된다. 물론 라오스에서 그전에 일이 마무리된다면야 약간의 가능성은 남게 되지만 그것도 확신할 수는 없었다.

"다른 방법은 없겠습니까? 다른 유인방법 말입니다."

"글쎄…. 계속 고민해 볼게. 우리 힘내자고. 그러면 라오스 건은 어떻게 준비되는 거야?"

"오늘 준비되었던 물건들을 항공편으로 발송했습니다. 그리고 계획서도 북측에 전달되었고요."

"그래. 이제 기다리는 일만 남았군."

진 대표가 나타나지 않는다고 쌓아놓은 탑이 무너지는 것은 아니었다. 진 대표는 하나의 보조수단이었음을 되새기며 기찬은 전화를 마무리 지었다. 류 실장이 남겨놓은 진 대표라는 방법을 살리지 못할 수도 있다는 아쉬움이 느껴졌지만 기찬은 다시 기지개를 펴며 할 수 있다는 작은 다짐을 내뱉었다.

D-20

늦은 저녁시간 베이징시 외곽에 조성된 공원에는 운동을 즐기는 시민들로 가득했다. 반려견을 데리고 산책하는 사람부터 광장에 모여 스포츠 댄스를 즐기는 사람 그리고 한가로운 수변공원을 산책하는 사람들로 공원은 제 역할을 톡톡히 하고 있었다.

진 대표도 한가로이 공원을 산책하고 있었다. 한가로이 흐르는 강물이 가져다주는 너그러움에 쌓여있던 긴장도 강물에 쓸려 내려가고 홀가분함만이 느껴졌다. 하지만 그 홀가분함도 오래가지 못했다. 주머니에서 강한 진동이 느껴졌다. 그는 천천히 바지 주머니에서 전화기를 꺼냈다. 중국제육회 부회장의 전화였다.

"예, 부회장님. 늦은 시간에 전화를 다 하십니까?"

"내가 실례를 범했네요. 통화하기가 부담스러우면 다음에 걸지요."

"아닙니다. 잘 지내시죠? 중국에 들어와서 한 번도 못 뵈었습니다."

"잘 지냅니다. 진 대표도 중국에서 편히 쉬고 있죠?"

"예. 당분간 중국에 머무르려 했는데 다시 한국에 가라는 지시가 있어서 고민 중입니다. 안 그래도 의견을 듣고 싶었습니다."

"나도 알고 있어요. 그 일로 할 이야기가 있어서 전화했어요."

한국에 있을 때도 그랬지만 중국에서도 항상 자신을 챙겨주는 체육회 부회장이었다. 투자회사를 운영하게 된 것도 그의 지원 때문에 가능했다. 하지만 이번에 중국에 복귀해서는 그의 얼굴을 볼 시간조차 갖지 못했다.

"예? 그러셨다면 너무 감사합니다."

"그래요. 필요했다고 하니 나도 좋습니다. 아무튼 한국에서 큰일을 하셨습니다. 작은 문제도 발생한 걸로 알고 있는데, 괜찮은 거죠?"

"그럼요. 말씀대로 사소한 문제입니다."

"그래요. 그렇다면 다행입니다. 진 대표, 내 말 잘 들어요. 가능한 빨리 중국을 떠나세요. 서둘러야 합니다."

"예?"

걷던 걸음을 멈춘 진 대표는 전화기를 자신의 얼굴에 가까이 가져갔다. 갑작스런 통화도 그렇지만 중국을 떠나라는 말도 안 되는 소리를 자신이 믿고 따르는 체육회 부회장의 입에서 나왔다.

"체육회장이 정신을 차린 듯싶어요. 지금 진 대표 당신의 입에서 흘러나오는 말 한마디에 중국 정부가 공들였던 동북공정이라는 문화확산사업이 한순간에 무너질 수도 있습니다."

"부회장님, 갑자기 그건 또 무슨 말입니까? 아니, 저는 제 역할만 열심히 했습니다. 물론 사소한 문제가 생겨서 중국에 복귀했지만요."

"바로 그거에요. 그 사소한 문제가 덜미를 잡을 수 있다는 말입니다. 만일 한국 정부가 그 사실을 알고 당신의 입을 통해 중국체육회의 지시로 돈을 전달하고 불법으로 정보를 수집했고 결국 그 당사자가 고통을 이기지 못하고 자살했다는 말이 언론에 발표되는 순간, 모든 것이 끝납니다."

"예?"

진 대표도 예상하고 있었던 내용이었다. 그렇다면 더더군다나 중국에 머물러야 하는 상황이었다.

"부회장님, 저도 예상하고 있었습니다. 그러니까 중국에 있어야 하는 것 아닙니까? 그렇다면 회장님께서 한국 복귀를 지시하시지도 않았을 겁니다."

"허허, 왜 하나밖에 못 봅니까?"

"그건 또 무슨 말입니까?"

아무렇지도 않은 듯 대답은 던져놓았지만 갑자기 불안해지기 시작했다. 생각하기도 싫은 끔직한 상상이 떠올랐다. 상상이 맞지 않기만을 바랐지만 그 바람은 오래가지 않았다.

"진 대표, 체육회장 성향을 몰라요? 위험요소는 무조건 제거하고 나가는 사람입니다. 오늘 나에게 섬뜩한 이야기를 하더라고요. 물론 직접적으로 이야기하지는 않았지만 분명히 실행할 사람입니다. 아마 진 대표 당신에게 한국으로 복귀하라는 지시를 후회하고 있을 겁니다."

"설마…"

"맞아요. 당신의 입에서 흘러나올지도 모르는 말을 원천적으로 막으려면 그가 어떻게 할 것 같습니까?"

질문에 대답을 하기가 싫었다. 구역질이 올라왔다. 부회장의 말이 사실이라면 다음은 생각할 필요조차 없었다.

"이봐요, 진 대표. 나를 모르겠습니까? 잘 알지 않습니까? 당신 아버지의 둘도 없는 친구이고 당신을 끝까지 책임져 주겠다고 고인이 되신 당신 아버지께 약속했습니다. 물론 그 약속을 지금까지 지켜왔고요."

머릿속이 하얗게 변했다. 아무것도 생각할 수 없었다. 부회장의 목소리는 울림으로 계속해서 머릿속을 맴돌며 진 대표를 몰아붙이고 있었다. 하얗게 변한 머릿속이 다시 원래대로 돌아오는 데 시간이 필요했다. 침묵의 시간이 지나갔다.

"후…. 판단하기가 어렵습니다. 그러나 저는 부회장 말씀을 믿습니다. 그러면 제가 어떻게 해야 합니까? 물론 중국은 떠나야겠지만 한국은 나를 잡으려 하고 있을 테고…. 방법이 떠오르지 않습니다."

"정면돌파하세요. 중국에 남아있는 가족은 없잖아요?"

"예, 그렇죠."

"그래요. 그럼 더 쉽네요. 정면으로 돌파하세요. 더 이상 설명할 시간이 없습니다. 이제 고민은 그만하고 빨리 움직여야 합니다. 안 그러면 진 대표 당신의 목숨을 장담할 수 없습니다."

"예? 제 목숨까지요? 알겠습니다. 고맙습니다, 부회장님."

한바탕 폭풍이 휩쓸고 지나갔다. 폭풍이 지나고 정신을 차리기까지 긴 시간이 걸리지 않았다. 모든 것을 파괴하고 떠난 폭풍이 원망스러웠지만 불필요한 것들을 사라지게 해줬다. 오히려 정신이 맑아졌다. 진 대표는 서둘러 숙소로 발걸음을 옮겼다.

공원의 그 많던 사람들도 하나둘 사라지며 적막감이 공원을 감싸기 시작했다.

"아니, 회장님! 그것도 못 넘깁니까?"

라오스 한인회관 앞마당에서 족구 경기가 열리고 있었다. 삼삼오오 모여든 한인들이 오랜만에 땀을 흘리며 가쁜 호흡을 내뱉고 있었다. 경기를 지켜보는 족구협회 이 부회장의 얼굴에는 미소가 배어있었다. 웃음을 머금고 공을 제대로 넘기지 못하는 한인회장을 향해 핀잔 아닌 핀잔을 주고 있었다.

"이 대표, 당신도 해 봐. 이게 생각처럼 쉬운 게 아니야. 한국에서 족구협회 부회장이라는 사람이 시범을 보여야지."

"알았어요. 다음에 확실하게 시범을 보여드릴게요. 오늘은 아니고요."

잠시 멈췄던 경기가 다시 시작되었다.

"사장님, 보셨죠. 이게 한국의 족구입니다. 쉬워 보이지만 절대 쉽지 않습니다."

"에이, 뭐 쉽겠구먼."

이 부회장 옆에서 함께 경기를 지켜보는 장 사장은 별거 아니라는 듯 퉁명스럽게 자신의 생각을 내비쳤다.

"글쎄요. 장 사장님도 아직 안 해 보셨잖아요? 장담하지만 절대 쉽지 않습니다."

"우리 북조선에서도 이와 비슷한 놀이가 있습네다. 경기 규칙이야 조금 틀리지만 유사합네다."

"그래요? 물론 있겠지요. 전 세계에 이와 유사한 경기가 어디 한두

가지입니까? 물론 북한에도 있을 겁니다."

경기가 진행될수록 참가한 선수들의 함성소리와 경기를 지켜보는 교민들의 응원소리가 교민회관 앞마당을 가득 메웠다. 교민회관은 라오스 수도인 비엔티안의 정부청사가 밀집해 있는 지역이었다. 울려대는 응원소리가 궁금한 듯 지나가던 라오스 현지인들도 진행되는 족구 경기가 신기한 듯 하나둘 모여들며 경기를 지켜보고 있었다.

족구와 유사한 세팍타크로가 보편화되어있는 동남아시아에서 족구는 이질적인 경기가 아니었다. 현지인들도 경기 중 실수가 나오면 아쉬운 한숨을 내뱉으며 경기에 몰입하고 있었다. 현지인들의 응원에 힘입었는지 선수들의 실수가 줄어들며 경기는 점점 무르익어 갔다. 교민들의 경기가 마무리되었지만 현지인들의 예상외의 반응에 예정에도 없던 현지 라오스 인들과의 경기가 준비되었다.

"이 대표, 이거 반응이 장난이 아닌데."

경기를 마치고 땀범벅이 된 한인회장은 이 부회장 옆으로 다가왔다. 함께 있던 장 사장과 악수를 나눈 한인회장은 예상 밖이라는 놀라움을 숨기지 못했다.

"그러게요. 이렇게 반응이 좋을 줄은 몰랐습니다."

"그렇지? 아마 세팍타크로에 익숙해서 그럴 거야. 그거보다 쉬워 보이거든."

"예, 그렇네요. 세팍타크로는 전문적인 기술이 필요하지만 족구는 그렇지 않잖아요. 그리고 동남아시아 사람들이 체구가 작아서 세팍타크로보다 더 재미있게 할 수도 있습니다."

"맞아. 여기다 족구팀을 만들어도 되겠어?"

"그렇죠? 저도 그 생각을 하고 있습니다. 아마 반응이 괜찮을 겁니다."

"그래, 재미있을 거야. 족구가 보편화되면 우리 한인회도 활력을 찾을 수도 있고 꽤 괜찮을 거야. 장 사장님, 사장님도 같은 생각이시죠?"

평소 친분이 있던 한인회장은 장 사장을 자연스럽게 대화에 참여시켰다. 라오스인들이 참여하는 경기에 집중하던 장 사장은 한인회장의 목소리를 듣지 못한 듯 대답이 없었다. 한인들과 라오스 현지인들의 경기가 준비되고 있었다.

"장 사장님!"

다시 한번 한인회장의 목소리가 들려오자 그제야 장 사장은 한인회장에게 고개를 돌렸다.

"뭐라고 그랬습네까? 못 들었습네다."

"아이구야, 우리 장 사장님이 족구에 빠지셨습니다. 별 이야기 아닙니다. 족구 재미있죠?"

"허허, 북조선에도 비슷한 경기가 있다고 이 대표에게 이미 말했습네다. 재미있는 놀이가 분명합네다."

라오스 현지인들의 함성소리가 들려오기 시작했다. 곧이어 교민들의 함성소리가 들려왔다. 함성소리와 함께 한국 교민과 라오스 현지인들의 족구 경기가 시작되고 있었다.

"와, 그림이 괜찮은데. 그런데 우리가 생각했던 거 하고는 차원이 다른데."

기찬이 보여주는 계획서를 읽던 정균은 놀라움을 감추지 못했다.

"그렇지, 예상보다 규모가 커졌어. 물론 그 계획이 변경될 수도 있어."

"홍 회장, 가능성이라도 있으면 되는 거야. 없는 것보다는 낫잖아. 그러면 이걸 전자메일로 발송할 거지?"

"응, 당장 보내야지. 한글로 된 건 북한대사관에 보내고, 영문은 WOC에 보낼 거야. 이제부터가 시작이야. 네 역할이 중요해. 잘 알지?"

"당연하지. 이 정도 명분이 주어지면 WOC도 고민할 거야. 그리고 내가 확실하게 존스에게 압력을 넣을게. 북한대사관은 이 부회장이 전달할 거지?"

"응, 라오스는 이 부회장이 책임지고 전달할 거야. 이미 이야기는 다 돼 있지만 형식은 갖춰야지. 중요한 건 WOC야. WOC가 움직여줘야 하는데…. 시간이 없어."

기찬과 대화를 나누는 정균이 벽에 걸린 시계를 바라보았다. 시간은 멈춤 없이 흐르며 일주일도 안 되는 여유만을 남겨놓았다.

이야기 도중 기찬의 휴대폰이 울리기 시작했다. 알지 못하는 번호였지만 곧바로 전화기의 수신버튼을 밀며 통화를 시작했다.

"예, 홍기찬입니다."

상대방의 목소리가 들려오자 기찬의 얼굴에 변화가 나타났다. 상대방의 목소리에 집중하는 기찬을 바라보는 정균도 숨을 죽여가며 기찬의 표정에 집중하기 시작했다.

"정말입니까?"

당황하는 기찬의 목소리가 들려왔다. 심상치 않은 내용이 확실해 보였다. 기찬은 상대방의 이야기만을 들으며 온 신경을 전화기에서 들려오는 목소리에 집중했다. 심각해 보이는 기찬을 바라보는 정균도 긴장하지 않을 수 없었다. 지금 돌발 상황이 벌어진다면 다시 쓸어 담을 시간이 없었다. 정균의 맥박도 요동치고 있었다.

전화는 오래 지속되지 않았다. 당혹함을 감추지 못하던 기찬이 입을 열었다.

"일이 이상해진다."

"그게 무슨 말이야? 좋은 일이야, 나쁜 일이야? 궁금하잖아."

"나쁜 일은 아닌 거 같아. 내가 다녀와서 이야기해 줄게."

말을 마친 기찬은 가볍게 손을 들어 정균에게 신호를 보내며 사무실을 나섰다.

국정원에 도착한 기찬과 그를 맞이한 국정원 팀장이 마주 앉았다.

"조건이 붙었습니다."

기찬은 담담하게 말을 꺼냈다. 맞은편의 팀장도 담담하기는 마찬가지였다.

"당연하겠지요. 조건이 붙어야겠지요. 상황이 예상보다 심각했나 봅니다."

"예, 긴장한 목소리로 전화를 했습니다. 팀장님, 괜찮겠습니까?"

"그 정도 조건은 괜찮습니다. 그런데 몇 시에 만나기로 했습니까?"

"오전 11시에 만나기로 했습니다. 서울 시내 커피숍입니다."

"가만 있자, 지금이 10시니까 움직여야겠네요."

팀장이 서둘러 자리에서 일어서자 기찬도 자리에서 일어섰다. 잠시 잊고 있었지만 결국 예상대로 일이 벌어지기 시작했다.

기찬과 팀장이 움직이기 시작하던 시간, 중국체육회 회장은 전화를 받고 있었다. 전화를 받는 그의 인상이 일그러졌다.

"언제 확인한 거야?"

"예, 조금 전 확인했습니다. 숙소가 깨끗하게 정리되어 있었습니다."

"알았어. 전화 끊어."

한시름 놓았다고 안일한 생각에 빠져있었다는 후회가 밀려왔다. 하지만 빨리 방법을 찾아야만 했다.

"빨리 공안에 연락해서 출국 금지시켜. 공항뿐 아니라 항구도 마찬가지고."

진 대표가 사라졌다는 보고를 받은 중국체육회장은 인터폰으로 급하게 지시를 내렸다. 당황한 그의 목소리에서 사태의 심각함이 곧바로 느껴졌다. 당혹감을 감추지 못하며 체육회장은 자신의 집무실을 이리저리 움직이며 상황을 정리하기 시작했다.

"영악한 놈이야. 어떻게 낌새를 챘지…? 정말 한국으로 갔을까? 아니야, 한국으로 가는 것은 자살행위야. 바보가 아닌 이상 한국으로는 안 갔어. 아니지…"

생각에 꼬리를 물며 계속해서 다른 추측들이 떠올랐다. 제3국으로 출국했을 가능성도 배제할 수는 없었다. 하지만 그의 행적을 추측할 만한 단서가 없었다. 한국과 중국만을 오가던 진 대표였다.

"아, 내가 한 발 늦었어…. 그렇다고 변하는 건 없지. 아무리 떠들어 봐야 우리에게 영향을 주는 건 없잖아."

후회와 함께 긴 한숨이 새어 나왔지만 흔들리지는 않았다. 진 대표로 인해 사람이 죽었다면 진 대표는 한국에서 철창신세를 면할 수 없었다. 중국체육회는 그와 직접적인 관계가 없었다고 발뺌만 하면 그만이었다. 하지만 불안함이 사라지지 않았다. 당장이라도 세계족구협회 설립 발표를 하고 싶었지만 WOC회장이 출장에서 복귀해야만 결재가 가능한 상황이었다.

생각이 정리되어가자 책상 위에 놓인 그의 전화기가 요란하게 울리기 시작했다. 당혹해하던 체육회장의 모습은 사라졌다. 그는 천천히 울리는 전화기를 손에 쥐었다.

"뭐라고? 그래, 알았다."

간단한 대답만을 하고는 전화기를 내려놓았다.

"예상대로 미친 짓을 했구먼. 살기 위해 판단은 잘했지만 방법이 틀렸어. 한국은 아니야."

애써 태연하게 혼잣말을 내뱉은 중국체육회장은 자신의 의자에 앉아 의자 등받이에 몸을 깊숙이 파묻었다. 하지만 고민은 멈춰지지 않았다. 진 대표를 제거하지 못한 후회가 밀려들고 있었다.

D-15

이른 시간이라 커피숍은 한산했다. 기찬과 국정원 팀장은 커피숍 구석에 자리를 잡았다. 시계가 정확히 11시를 가리키자 모자를 눌러쓴 진 대표가 모습을 드러냈다. 주변의 눈치를 살피며 그는 기찬이 앉아있는 테이블로 다가와 자리를 잡았다.

"고생이 많으십니다. 이쪽은 국정원 김영찬 팀장입니다."

기찬은 옆에 앉아있던 팀장을 소개했다. 진 대표는 처음 만나는 팀장에게 가볍게 고개를 숙여 인사를 건넸다. 팀장도 고개를 숙여 인사를 나누었다.

"홍 회장에게서 연락을 받았습니다. 상황이 급박했나 봅니다."

"예, 다른 방법을 생각할 여지가 없었습니다. 들어오지 말아야 할 호랑이 굴에 다시 들어왔습니다."

"무슨 말씀을…. 잘 오셨습니다."

국정원 팀장과 진 대표는 형식적인 말로 분위기를 살피고 있었다. 기찬은 이야기를 건네는 진 대표의 얼굴을 유심히 관찰했다. 한국에 있을 때는 못 느꼈던 불안감이 그의 얼굴에 고스란히 남겨져 있었다. 마음고생이 심했음을 짐작할 수 있었다.

"우선 심심한 사과를 드립니다. 저로 인해 류 실장이 극단적인 선택을 했다는 점, 저도 인정합니다. 그에 따른 처벌도 달게 받겠습니다."

"대표님, 아직 예단하기는 이릅니다. 자살과 관련된 내용은 경찰에서 조사하고 있지, 우리 국정원과는 상관이 없습니다."

"그래요, 진 대표님. 조사는 경찰에서 하고 있습니다. 아직 경찰은 진 대표님이 한국에 없는 줄 알고 있고 더 이상 수사를 진행하지 않고 있습니다. 솔직히 류 실장에게는 미안하지만 우리를 도와주시기만 하면 됩니다."

류 실장이라는 단어가 진 대표에게는 비수처럼 들려왔다. 자신도 류 실장이 그런 행동을 할 줄은 꿈에도 몰랐다. 그로 인해 모든 일의 순서가 뒤죽박죽되었지만 미안한 감정을 감추고 싶지는 않았다.

"좋은 사람이었는데…. 아무튼 제가 가져온 자료입니다."

진 대표는 옆 의자에 놓아둔 가방에서 한 뭉치를 서류를 꺼냈다. 테이블 위에 놓여진 서류를 기찬과 팀장은 한동안 바라만 볼 뿐 손도 대지 않았다.

"제가 그동안 류 실장하고 벌였던 일입니다. 물론 중국체육회에 보고 된 내용이고요."

기찬이 읽기 시작한 서류에는 류 실장이 남겨놓은 편지에 쓰여 있던 내용이 자세하게 기록되어있었다. 대한민국족구협회와 족구에 관한 세세한 내용과 기찬의 행적이 빽빽하게 적혀 있었다. 서류만 가지고도 족구를 이해하고 협회운영을 어떻게 할지가 눈에 선하게 그려질 정도로 자세하게 정리되어 있었다. 자신의 행적을 적어놓은 부분은 영화를 보듯 적나라하게 드러나 있었다. 기찬은 당혹감을 감추지 못했다. 류 실장의 편지를 이미 읽었지만 그 예상을 훨씬 뛰어넘는 수준의 자료였다.

"아…."

작은 한숨이 기찬의 입에서 새어 나왔다. 철저하고도 집요하게 중국이 준비하고 있었다는 사실에 놀라움을 넘어선 공포감마저 들었다.

"진 대표님, 너무 걱정하지 마십시오. 대표님께서 부탁하셨던 신변의 안전에 대해서는 우리가 책임지겠습니다."

가장 걱정되던 신변문제에 대한 팀장의 이야기가 들려오자 진 대표의 표정이 한결 부드러워졌다. 자신을 이용했던 중국에 대한 배신감이 다시 고개를 들었다.

"그런데 대표님. 류 실장에게 송금할 때 왜 개인이 아니라 법인 명의로 송금했습니까? 아니면 현찰로 전달해도 되는데요. 저는 이게 궁금했습니다."

기찬은 이해할 수 없었던 송금자료에 대한 답을 듣고 싶었다. 개인 명의나 현찰로 전달했다면 진 대표가 의심받을 이유와 사건의 전말은 밝혀지지 않았을 것이다. 자신을 일부러 드러낸 행동으로밖에 보이지 않았다.

"그거요…."

진 대표는 잠시 생각에 잠겼다. 자신이 드러난 가장 중요한 단서를 자신이 제공했다는 사실은 그 누구도 상상하기 힘든 대목이었다. 작은 한숨이 새어 나오고 그가 입을 열었다.

"류 실장의 조건이었습니다."

"예?"

전혀 예상하지 못한 답변이 들려왔다.

"저도 처음에는 당황했습니다. 단서를 남기자는 조건에 저도 처음에는 반대를 했습니다. 그런데 이해할 수 있겠다 싶더라고요. 그리고 저에게도 불리하지만은 않은 조건이었습니다."

"그건 또 무슨 말입니까? 정말 이해할 수 없습니다."

"솔직히 저도 보험을 든다는 심정으로 받아들였습니다. 오늘처럼 무슨 일이 생긴다면 모든 것을 제가 뒤집어써야 하는데, 물론 송금 사실이 드러나지 않는다면야 상관없겠지만 어디 세상일이 그렇습니까? 류 실장이라는 제 카운터 파트너가 엄연히 있었는데…."

궁금증이 하나둘 풀려가며 그들의 대화는 이어졌다. 진 대표의 자료와 발언은 더없이 중요한 가치를 지니고 있었다. 중국 측을 압박할 수 있는 분명한 카드였다. 국정원 팀장은 또 다른 생각을 하고 있었다.

"홍 회장님, 이 내용을 언론에 공개할 예정이죠?"

"예, 당연하죠. 중국을 벼랑으로 몰고 가야죠."

"예…. 그런데 제게 다른 생각이 있거든요."

팀장은 조심스럽게 자신의 생각을 설명해 나갔다. 그의 설명을 듣는 기찬도, 진 대표도 아무런 질문도 던지지 않았다. 팀장의 이야기가 마무리되며 기찬은 긴 숨을 내뱉었다.

"그것도 하나의 방법이 되겠네요. 여러 조건을 제시하자는 거 아닌가요?"

"예, 맞습니다. 이런 조건을 제시했는데도 반응이 없다는 최후의 방법으로 가자는 겁니다. 진 대표님 생각도 동감하십니까?"

"예, 좋습니다."

길었던 대화가 마무리되어가고 있었다.

"좋습니다. 그렇다면 팀장님께서 말씀하신 대로 바로 진행하겠습니다. 진 대표님, 우리 편이 되어주셔야 합니다."

"허허, 알겠습니다."

진 대표는 망설임 없이 바로 답을 보내왔다. 기찬의 얼굴에는 안도감과 함께 가벼운 미소가 피어오르며 새로운 희망이 솟아나고 있었다.

"그런데 진 대표님 숙소는 어디십니까?"

"예, 서울의 호텔에 묵고 있습니다."

"그래요, 불편하시거나 불안하시다면 국정원에서 안가를 제공할 수 있는데…"

"괜찮습니다. 이미 자료도 다 넘겨드렸고 할 이야기도 다 했는데 두려울 게 뭐가 있겠습니까? 저는 괜찮습니다. 그런데 마지막으로 한 가지만 묻고 싶습니다."

이야기가 마무리되어가는 상황에 갑작스런 진 대표의 질문이 이어졌다. 자리에서 일어서려던 기찬과 팀장은 다시 자리에 앉았다.

"별일 아닙니다. 우리 회사에서 추진 중이던 온라인 인터넷 스포츠베팅 사업은 계속 진행되고 있는 거죠? 그 일로 한국에 들어오라는 이야기가 거짓인 줄은 눈치챘지만 그래도 궁금하네요."

"예, 아마 궁금하실 겁니다. 계속 추진 중이지만 결과가 쉽게 도출될 것 같지는 않습니다. 얼마 전 한국체육회에서 들었던 내용입니다. 기다리시는 방법밖에는 없을 것 같습니다."

"예, 알겠습니다. 예상은 했지만 역시 쉬운 일은 아닙니다. 어떻게든 이 일을 마무리 지어야 하는데…. 홍 회장님이 도와주십시오."

"예? 제가요? 예, 알겠습니다. 작지만 힘이 되어 드리지요."

지금까지 맥없이 자리에 앉아있던 그의 어깨에 힘이 들어가는 모습이 기찬의 눈에 들어왔다. 오히려 제안을 하며 아무 일도 없었다는 듯 태연하게 자신의 일을 챙기는 사업가인 진 대표 본연의 모습이 보여졌다.

"새로운 소식이 생기면 바로 연락드리겠습니다."

진 대표와 작별인사를 나눈 기찬이 자리에서 일어서자 팀장도 가볍게 고개를 숙여 진 대표에게 인사를 건넸다. 인사가 마무리되고 그들은 서둘러 커피숍을 나섰다.

다음 날 이른 아침, 한국체육회에 모습을 드러낸 기찬은 받아든 서류를 보고는 흡족한 표정을 지어 보였다.

"밤새워서 만든 거야. 이 정도면 충분하겠지?"

기찬과 마찬가지로 흡족한 표정을 지어 보이는 체육회장의 목소리가 들려왔다.

"예, 충분합니다. 우리 대한민국족구협회 이름으로 보내도 되지만 그래도 서로 격이 맞아야 해서 부탁드린 겁니다. 고맙습니다."

"고맙기는. 이건 우리 일이야. 그런데 답이 바로 올까?"

"글쎄요. 하지만 진 대표가 한국에 있지 않습니까? 그가 언론에 등장하게 되면 더 난처해진다는 사실을 누구보다 잘 알고 있을 겁니다."

"그렇지. 진 대표가 한국에 있지. 알았어. 바로 발송할게."

"예, 알겠습니다."

진 대표가 전달한 내용을 정리해서 중국체육회에 발송하기로 결정했다. 그들의 비이성적인 행동으로 사람이 죽었음에도 멈추지 않고 세계족구협회 설립을 준비하는 그들에게 경고를 하고자 했다. 물론 중국이 반응할지는 장담할 수 없었지만 중국도 다시 한번 생각하게 하는 계기가 될 것이라는 자신감이 있었다.

체육회장은 책상 위에 놓은 결재서류에 서명을 하고는 곧바로 인터폰을 눌렀다.

"바로 발송해!"

중국에게 보내는 마지막 경고가 발송됐다.

"장 사장님, 남조선이 바쁘지요?"

북한 대사는 통명하게 장 사장에게 말을 던졌다. 북한대사관에서 그와 대화를 나누는 북한 식당의 장 사장은 별다른 반응을 보이지 않았다. 웃음만 보이며 대사의 반응을 살필 뿐이었다.

"허허, 그렇지요. 그런데 평양에서 답변이 왔나 봅네다. 맞지요?"

"역시, 내가 그 촉은 못 당합네다. 평양에서 공식적인 답이 왔습네다."

"그래요, 뭐 부정적인 답은 아니겠지요? 그러지 않고서야 대사님이 나를 부를 이유가 없지요."

"맞습네다. 지난번 구두로 전달된 내용하고 같습네다. 행사는 라오스 우리 대사관에 일임하겠다고 합네다. 단 평양에서는 직접적인 도움은 줄 수가 없다고 합네다. 그런데 가능성은 열어놓겠다고 합네다."

"예? 가능성이요? 그렇다면…"

테이블 위에 놓인 차를 마시는 장 사장은 평소와 달리 긴장하는 모습이었다. 평양이 아닌 이곳 라오스에서 벌어지는 북한과 관련된 대부분의 일에 관여하는 장 사장이었지만 이번만은 놓칠 수 없는 중요한 이벤트였다.

"예. 가능성은 열어 놓았지만 확신을 못하는 거지요."

"그럴 수도 있겠네요. 남조선이나 북조선이나 하룻밤 사이 바뀌는 일들이 어디 한두 건이었습네까?"

북한 대사도 기대하지 않았다는 반응이었다. 라오스 현지에서 알아서 하라는 답변도 솔직히 기대하지는 않았었기에 그 답변만으로도 만족하고 있었다.

"그런데 장 사장님, 가능하겠습네까? 나야 평양의 지시만 전달하면 되지만 장 사장님이 다 움직여야 하는 것 아닙네까? 가능성이 남아있는 게 솔직히 걱정입네다. 규모를 늘릴 수 있습네까?"

"허허, 별 걱정을 다하십네다. 대사님이 도와줄 것도 아니면서. 아무튼 내가 맡은 일은 내가 다 알아서 합네다. 그럼 이 소식을 지난번에 만난 이 대표에게 전달해도 상관없는 거지요?"

"예, 상관없습네다. 빨리 전달하시라요. 남조선에서도 빨리 움직여야지요. 그런데 다음 주인데 솔직히 걱정이 됩네다."

"그건 남조선 몫이고 우리는 우리 준비만 하면 됩네다. 대사님, 고생하셨습네다."

"뭘요, 허허. 그런데 장 사장님. 장 사장님이 얻는 게 뭡네까? 내가 사장님을 잘 알고 있는데 이렇게 열정적인 모습은 처음입네다."

"궁금하신가 봅네다. 내가 얻는 거요? 글쎄…"

장 사장은 즉답을 회피했다. 웃음만 보일 뿐 쉽게 입을 열지 않았다. 하지만 그의 얼굴에는 알 수 없는 자신감이 배어있었다. 북한 대사는 그런 장 사장의 속내가 점점 더 궁금해졌다.

"아 참, 솔직히 말씀해 보시라요. 내가 뺏어 가갔습네까?"

"아니, 정말 집요하십네다. 말하지요. 당장 얻는 것은 없습네다. 하지만 미래에 투자하는 것입네다."

"미래요?"

"예, 미래입네다."

알 수 없는 답변이었다. 항상 직답을 회피하는 장 사장의 성격으로 더 이상의 이야기는 무의미하다는 사실을 북한 대사도 잘 알고 있었다. 해가 저물고 있었다.

북한대사관을 나서는 장 사장은 전화기를 꺼내 들었다. 전화기 너머에서 족구협회 이 부회장의 밝은 목소리가 들려왔다.

"이 대표, 평양에서 정식 승인이 났고 남조선 국정원에서 제안한 내용에 대해서도 가능성을 열어놓겠답니다. 그런데 명심하시라요, 단지 가능성입네다. 확정되지 않았습네다."

"알겠습니다. 어쩔 수 없지요. 이것만으로도 큰일을 하신 겁니다. 사장님하고 제가 바빠졌습니다."

"그렇지요. 아무튼 잘해 봅세다."

내용을 전달받은 이 부회장도 한시름 놓을 수 있었다. 혹시나 하는 부정적인 생각이 사라지지 않으며 잠을 제대로 잘 수 없었다. 하지만 모든 것이 해결되었다. 홀가분한 마음으로 이 부회장은 전화기를 들었다.

D-12

사무실에서 한가롭게 차를 마시는 중국체육회장과 부회장에게 체육회 직원이 종이를 들고 들어왔다. 한국체육회에서 보내온 공문이었다.

"부회장님, 한국이 답답한가 봅니다. 거의 매일 이렇게 공문으로 협박 아닌 협박을 해오니…. 역시 이번에는 진 대표를 이용합니다."

함께 차를 마시던 부회장도 전달된 공문을 읽어 내려갔다. 예상하고 있던 내용이라 크게 놀라는 표정은 아니었다.

"어떻게 하실 생각입니까?"

"생각이요? 생각할 게 뭐가 있습니까? 그냥 무시하면 되지요. 전 세계는 콧방귀도 뀌지 않을 겁니다. 그건 내가 장담합니다."

항상 자신만만해하는 체육회장의 자신감을 넘어선 오만함에 지쳐있는 부회장이었지만 굳이 그와 대립할 필요는 없었다. 정치에 야망이 있는 그와 부회장은 완전히 다른 것을 추구하는 인물들이었다.

"이봐. 한국에 우리 중국체육회는 대응할 가치를 못 느낀다고 바로 답신 보내!"

"예, 알겠습니다."

"그리고 한 가지 더. 계속 이런 식의 공문을 보낸다면 우리 중국 외교부에서 공식적으로 외교문제를 삼겠다고 해. 그리고 먼저 하는 놈이 주인이지, 무슨 말도 안 되는 논리를 펴냐는 말도 꼭 집어넣어."

"예, 알겠습니다."

지시를 받은 직원은 인사를 하고 곧바로 사라졌다. 지시를 내리는 체육회장에게서 짙은 야생의 냄새가 풍겨났다. 부회장은 그와 함께하는 것이 역겨웠지만 함께 나누던 이야기를 마무리 지으려 하고 있었다.

"부회장님, 우리 하던 이야기는 마무리 지어야죠. 때마침 한국에서 연락도 오고 참 미묘합니다."

"예. 진 대표가 문제의 중심에 있는 건 저도 공감입니다. 하지만 섣불리 행동하지는 않을 겁니다. 한국 편에 설 명분이 약합니다. 증거도 약하고요."

"예, 그렇다면 좋겠지요. 하지만 어디로 튈지 모르는 인물이라. 예상했던 대로 한국에서 진 대표 카드를 보여주네요. 허허…"

체육회장은 진 대표가 누구의 조언을 듣고 서둘러 한국행을 택했는지 의심조차 하지 않고 있었다. 당연히 그 스스로 결정해서 움직인 걸로 알고 있었다. 이야기를 나누는 부회장도 빨리 이야기를 마무리 짓고 싶었다.

"진 대표가 언론에 등장한다고 해서 큰 문제가 될 것은 없습니다. 우리는 부정만 하면 됩니다."

"그렇지요. 이럴 줄 알았으면 서둘러 제거했어야 하는데…"

짧게 내뱉은 말이었지만 그의 말에는 뼈가 있었다. 물론 중국 정부 차원에서 남북공정의 일환으로 문화침탈을 강행하고 있었지만 체육회장은 그 스스로가 덫에 걸려 있었다. 본질보다는 실적이 우선인 인물이었다.

"WOC 사무총장의 결재만 떨어지면 됩니다. 그러면 족구는 우리 중국 것이 됩니다. 회장님, 이제 차분하게 기다리는 것만 남았습니다."

"역시, 부회장님은 통찰력이 보통이 아닙니다. 문제의 본질을 꿰뚫는 능력이 타의 추종을 불허합니다. 그런데 대한민국족구협회장이 왜 라오스에 갔을까요? 그게 궁금합니다. 혹시 아시는 내용 있습니까?"

"허허, 그거야 그 사람만이 알지 않겠습니까? 진 대표가 거기에 대해서 말하지 않았나요?"

"일정은 확인했지만 거기에 대해서는 자신도 아는 게 없다고는 하더라고요. 북한 대사를 만난 사실로 라오스 주재 북한 대사관에 문의했더니 답이 없더라고요."

"개인적인 일이겠지요. 덕분에 우리가 시간을 벌지 않았습니까?"

"그렇지요. 부회장님 말대로 이제 지켜만 보면 됩니다."

더 이상 중국은 반응을 보이지 않기로 결정을 내렸다. 한국에 외교 문제를 운운하며 마지막 답신을 발송하는 것으로 한국과의 관계를 마무리 지으려 하고 있었다.

예상을 앞지르는 답신이 중국체육회에서 도착하자 기찬과 한국체육 회장은 놀라움을 감추지 못했다. 공문을 발송하고 채 한 시간도 안 되어 답신이 도착했다.

"홍 회장. 역시 예상대로야. 혹시나 기대를 하고 시간을 끌어볼까 했지만 역시 대화나 협상이 안 되는 집단이야."

"예, 그러네요. 정말 답답합니다. 지나친 집착을 보이는 거 같아 안타깝기도 합니다."

한국체육회에 남아있던 기찬도 생각을 정리해야만 했다. 순식간에 벌어진 일이었고 라오스에 있는 이 부회장에게서도 연락을 받았다. 짧은 시간 많은 일이 벌어진 만큼 서둘러 결정을 내려야만 했다.

"진 대표 기자회견을 준비해야지?"

"예, 준비해야죠. 당장 내일이라도 해야 하지 않겠습니까?"

"당연하지. 이제 시간도 우리 편이 아니야. 중국에 맞설 수 있는 마지막 선택이야. WOC와 전 세계의 반응을 끌어모아야 해. 잘 될까?"

"희망을 가져야죠. 너무 조급하게 생각하지는 마십시오. 라오스에서 준비하는 것도 있습니다."

"그래, 알았어. 그러면 홍 회장이 진 대표에게 연락할 거야?"

"예, 제가 해야죠."

기찬이 주머니에서 전화기를 꺼냈다. 진 대표의 최근 번호를 확인하고 송신버튼을 누르려는 순간 오히려 기찬의 전화기가 울리기 시작했다. 잠깐 움찔했지만 발신자를 확인하고는 기찬은 전화기의 수신버튼을 밀었다.

"국정원 김 팀장입니다."

기찬은 짧게 체육회장에서 발신자가 누구인지를 알려줬다. 전화기에서는 국정원 팀장의 목소리가 들려오고 있었다.

"홍 회장님, 일이 터진 것 같습니다."

"예? 그게 무슨 말입니까? 자세히 설명해 보세요."

당황한 기찬의 목소리가 여과 없이 체육회장의 귀에 들려왔다. 그의 목소리에서 작은 떨림이 느껴지며 전화기에 얼굴을 한껏 가져가는 모습에서 심상치 않은 일임이 고스란히 느껴졌다.

"일단 제가 알려드리는 주소로 지금 당장 오셔야겠습니다."

전화는 바로 끊어졌다. 다급함이 느껴지는 전화였지만 팀장은 더 이상 설명을 하지 않았다. 불길한 예감이 스치고 지나갔다. 통화를 옆에서 듣던 체육회장도 당황하고 있었다. 기찬은 체육회장에게 인사를 건네고는 서둘러 한국체육회 건물을 나섰다.

D-10

기찬이 도착한 호텔은 분위기가 심상치 않았다. 경찰이나 구급대원의 모습은 보이지 않았지만 검은색 수트를 입은 건장한 사내들이 호텔 정문을 지키고 있었다. 사내들 틈 사이에서 국정원 팀장의 모습이 보였다.

"빨리 오시죠!"

팀장의 안내로 정문을 통과한 기찬은 엘리베이터에 올랐다. 다급한 마음에 기찬은 아무런 생각도 떠오르지 않았지만 팀장이 먼저 말을 건네왔다.

"불안한 마음에 진 대표에게 사람을 붙였습니다. 그런데 식당을 간다거나 룸서비스를 시킨다거나 하는 움직임이 없어 강제로 문을 열고 들어갔습니다."

이야기를 듣는 기찬은 이곳으로 오기 전에 떠올렸던 불길한 생각이 다시 떠올랐다. 팀장은 침착하게 말을 이어갔다.

"자살을 선택했습니다."

불길한 예감이 적중했다. 벌어지지 말아야 할 일이 벌어지고야 말았다. 문을 열고 들어선 호텔 객실에는 진 대표가 널브러져 있었다. 그 외에는 아무것도 보이지 않았다.

아무 생각도 떠오르지 않았다. 팀장의 목소리도 들리지 않았고 현장에서 오고 가는 이야기도 들리지 않았다. 넋을 잃은 기찬은 자신이 어떻게 숙소로 돌아왔는지도 기억에 남아있지 않았다.

잠을 잤는지 기억도 없는 아침, 일찍부터 국정원 팀장이 족구협회 기찬의 집무실로 찾아왔다. 수척한 모습의 기찬은 하룻밤 사이 많이 변해있었다. 자신감 넘치는 활기찬 모습은 온데간데없이 말없이 팀장을 소파로 안내했다.

"놀라셨을 겁니다."

"예, 많이 놀랐습니다."

국정원 팀장은 조심스럽게 말을 꺼냈다. 대답을 하는 기찬의 목소리에서는 힘이라고는 느껴지지 않는 조용한 울림만이 들려왔다.

"솔직히 화가 납니다. 도대체 얼마나 많은 사람이 죽어야 하는지 모르겠습니다."

조용하던 목소리가 화난 목소리로 바뀌었다. 기찬은 치밀어 오르는 화를 억제할 수 없었다. 류 실장의 죽음이 잊혀지기도 전에 그의 죽음에 관여된 진 대표마저 극단적인 선택을 했다. 이해할 수 없는 사건이 계속 이어지고 있었다.

"아마 진 대표도 죄책감을 이기지 못한 것 같습니다."

"그렇겠죠."

기찬은 국정원이 깊이 관여한다는 사실이 힘이 되기도 했지만 궁금한 점이 너무 많았다. 명분 없이 도움만을 준다고는 생각하지 않았다. 오늘 같은 경우도 마찬가지다. 굳이 아침부터 족구협회를 찾아올 이유가 없었는데도 팀장은 아침 일찍 찾아왔다.

"회장님, 힘내셔야 합니다. 흔들리시면 안 됩니다. 아시겠습니까?"

"당연하지요. 국정원과 통일부에서 생각하는 내용은 알고 있습니다. 그렇게까지 된다면야 더없이 좋겠지요. 하지만 저는 우리 족구협회에서 생각했던 대로만 되면 만족합니다."

"예, 압니다. 하지만 기회는 두 번 다시 주어지지 않습니다. 회장님께서 더 잘 아시겠지만 중국을 견제해야만 합니다. 아니 크게 한 방을 먹여야 합니다. 그리고 더 큰 계기로 삼아야 합니다."

도무지 이해할 수 없었다. 원론적인 이야기만은 해대는 팀장의 속마음을 알 수가 없었다. 이 이야기를 하러 아침 일찍 찾아오지는 않았을 것이라는 예상을 해 봤지만 팀장은 말을 아끼고 있었다.

"팀장님, 솔직히 말씀해 주십시오. 왜 국정원이 이렇게 관심을 갖고 움직이는지 이해가 안 됩니다. 저도 그 속내를 알아야 적절하게 움직이지 않겠습니까?"

"예, 맞습니다. 그래서 이렇게 찾아온 겁니다. 말씀드리지요. 이번 행사가 마무리되면 다음 단계로 나아갈 겁니다. 그 내용은 아마 아실 겁니다. 그러기 위해서는 보다 큰 충격이 필요합니다."

"충격이요? 우리가 기획한 것만으로도 충분히 충격적인데, 더 큰 충격이 필요합니까?"

"예, 더 큰 충격이 필요합니다. 전 세계가 느낄 수 있는 충격이 필요합니다."

팀장은 무의식적으로 주변을 살폈다. 물론 기찬의 집무실에는 기찬과 팀장 단둘이 있을 뿐 다른 사람은 없었다. 팀장이 다시 입을 열었다.

"회장님, 잘 들으셔야 합니다. 우리 요원도 라오스에서 작업을 하고 있지만 회장님도 함께 움직이셔야 합니다."

국정원 팀장의 이야기가 본격적으로 시작되었다. 길지 않은 이야기였지만 그 짧은 이야기만으로도 기찬은 당혹감을 느끼고 있었다. 설마 이렇게까지 판이 커질 수 있을까 의구심도 들었지만 이미 상당 부분 진행된 듯 느껴졌다. 팀장이 찾아온 이유를 이제야 이해할 수 있었다.

"하, 그런 계획이 있었습니까? 미리 이야기를 해 주셨으면 좋았을 텐데."

"죄송합니다. 최근에야 결정이 났습니다. 하지만 최종적인 결정은 위에서 내려질 겁니다."

"위라고요? 설마…."

"맞습니다."

기찬은 머릿속이 소용돌이치기 시작했다. 단순한 의도로 시작한 계획이 이 정도로 커질 줄은 전혀 예상하지 못했다. 걱정이 아닌 두려움이 느껴지기까지 했다.

"회장님도 나름대로 계획이 있을 줄 압니다. 계획하신 대로 움직이시면서 다른 쪽에서도 움직이고 있다는 사실은 명심하셔야 합니다."

"예, 충분히 이해했습니다. 이제야 속이 후련하군요."

이야기를 마무리 지은 팀장은 가벼운 목례를 하고는 집무실을 나섰다. 솔직히 국정원이 진행하는 사안에 족구협회가 도움을 줄 수는 없었다. 족구협회는 당장 해야 하는 다른 일이 있었다. 류 실장과 진 대표의 죽음이 다시 떠올랐다. 중국체육회의 성의 없고 무책임한 답변을 보는 순간 그 분노는 이미 커질 대로 커져있었다. 다행히 국정원 팀장과의 대화로 잠시 잊고 있었지만 분노는 다시금 살아났다.

"그래, 내가 간다!"

기찬은 어디론가 전화를 걸기 시작했다.

"아니, 일을 왜 이리 복잡하게 만듭네까? 우리가 놀고 있는 줄 아나 본데, 우리도 바쁩네다."

전화를 받는 라오스 주재 북한 대사는 짜증을 뱉어냈다.

"아니, 동무. 왜 이리 말이 많소. 당에서 시키는 대로 하면 되지, 말이 많은 거 같소이다."

상대방의 목소리가 더 크게 들려왔다. 본국의 지시를 받은 대사였지만 갑작스럽게 전달된 내용을 수긍하기에는 터무니없이 부족한 시간과 인력이었다.

"아니, 내 말은 지원을 해 달라는 겁니다. 갑자기 지시를 내리면 어떡합네까? 확정되지도 않았다면서요? 움직일 수 있는 인원이 턱없이 부족합니다. 물론 평양의 의도는 충분히 이해하지만 말이오."

강하게 불만을 표시하던 대사의 목소리가 누그러졌다. 절대적인 당의 지시에 항명은 상상도 할 수 없는 일이었다.

"압니다. 하지만 당을 위한 일이잖소. 그래서 당신을 거기에 보낸 거고. 내 말이 틀렸소?"

"아닙네다. 죽으라면 죽어야죠. 그런데 정말 그렇게 할 겁네까?"

"당에서 판단한 거요. 몇 번을 말했소, 시키는 대로만 하면 됩네다. 그리고 인원수는 맞춰야 합네다. 당의 지시란 사실 명심하시오. 초라해 보이면 안 됩네다. 내 말뜻 아시지요?"

"휴… 알갔습네다. 솔직히 준비는 하고 있었지만 명령이 떨어졌으니 더 철저하게 준비하갔습네다."

통화가 마무리되자 대사는 서둘러 전화기를 다시 집어들었다.

"장 사장님, 평양에서 연락이 왔소. 사람들을 끌어모으랍니다. 지금보다 최소한 다섯 배는 늘리라는군요."

"예? 다섯 배요? 그게 현실적으로 가능합네까? 아니, 지난번 말하고 틀리지 않습네까? 다섯 배를 만들자면 지방 광산에 파견된 인원들까지 모으란 이야기인데, 하, 힘듭네다."

"나도 압네다. 그런데 어쩌겠소, 당의 지시라는데…."

"확정되지도 않은 일을 놓고 왜 이리 말이 많습네까? 미치겠네…."

"모르겠소. 아무튼 장 사장님, 저는 이야기 전달했습네다. 이제부터는 장 사장님 몫입네다. 장 사장님이 일을 벌였잖소."

말을 끝내기가 무섭게 대사는 전화기를 내려놓았다. 책상 위에 놓인 달력을 유심히 바라보는 대사의 표정은 어둡기만 했다. 보는 것만으로는 부족한지 손으로 달력에 적힌 날짜를 하나하나 짚어가는 그의 표정은 더욱더 어두워져만 갔다.

공항에 내린 기찬과 정균은 망설임 없이 택시에 올랐다. 마지막으로 WOC와 일전을 벌이기로 다짐하고 스위스에 도착했다. 잠시 눈을 감은 사이 택시는 WOC본부가 있는 로잔에 도착했다.

"본부 건물이 아닌 외부에서 존스를 만나기로 했어. 눈치가 보이나 봐."

정균은 기찬에게 일정을 알렸다. 존스의 일정이 빡빡해 맞추기 힘든 일정이었지만 어렵사리 시간을 마련했다. 호텔에 도착해 여장을 푼 기찬과 정균은 호텔 로비에 마련된 커피숍으로 발걸음을 옮겼다. 전쟁터로 향하는 군인의 심정을 이해할 것 같았다. WOC와의 만남은 이것으로 마지막이 될 것이라는 각오였다.

"바쁜데 미안해, 하지만 대한족구협회장인 내가 직접 담판을 짓는 게 나을 것 같아서."

"알아. 또 이게 정답이야. 전화로는 분명히 한계가 있어."

둘이 이야기를 나누는 사이 커피숍에 존스가 모습을 드러냈다. 항상 밝은 얼굴의 존스는 오늘도 변함이 없었다. 맞은편에 자리를 잡은 존스는 기찬과 정균에게 악수를 건넸다. 악수를 나눈 그들은 서로를 의식하며 자세를 고쳐 잡았다.

"미스터 존스, 다시 왔습니다. 스위스가 멀기는 멉니다."

"당연히 멀지요. 피곤하시지요?"

기찬의 인사에 존스도 형식적인 대답을 던지며 대화 분위기가 자리 잡기 시작했다.

"존스, 어쩌면 이번이 마지막이 될 수도 있어. 우리는 그런 각오로 여기에 온 거야. 우리 입장 잘 알잖아?"

정균도 본격적으로 대화를 준비하며 존스에게 가볍게 말을 건넸다. 한국에서 출발하기 전에 이미 개략적인 이야기는 전달해 놓았다. 대한민국족구협회의 의지와 계획을 직접 만나 전달하고자 기찬과 함께 다시 스위스를 찾았다.

"나도 맥스 네 이야기를 듣고 적지 않게 놀랐어. 어떻게 그런 일이 벌어지는 거야? 사람 목숨보다 중요한 일은 없어."

"예, 맞습니다. 사람 목숨보다 중요한 일은 없습니다. 솔직히 분노를 참을 수 없습니다."

차분하게 의사를 전달하려 했지만 기찬은 자신의 감정을 숨길 수 없었다. 이성을 앞서는 것이 감정이었다. 감정이 폭발하고 있었지만 기찬은 예의를 갖추며 이야기를 펼쳐갔다.

"진정하세요. 감정은 다스려야 합니다. 그리고 저는 당신들 편입니다. 저도 당신들을 도우려고 지금 이 자리에 있는 겁니다."

"예, 알겠습니다. 그리고 항상 고맙게 생각하고 있습니다."

"미스터 홍, 지난번 대한민국축구협회에서 보내준 자료는 잘 받았습니다. 상당히 고무적이라는 평가가 우리 WOC 내에서도 있었습니다. 그 계획대로 진행된다면 정말 좋을 것 같습니다."

"맞아. 우리뿐 아니라 WOC도 명분을 얻을 수 있는 좋은 기회야. 스포츠가 왜 존재하는데?"

"맞아, 나도 맥스 너의 의견에 백 퍼센트 동감이야. 그런데 말이야…"

예상처럼 쉽게 넘어가지 않았다. 존스도 나름대로 최선을 다하고 있지만 내부 사정은 호락호락하지 않다는 사실을 예상하고도 남았다.

"모든 일이 이상만을 좇을 수는 없는 거야. 복잡한 이해관계가 얽혀 있다는 사실, 잘 알고 있잖아?"

"물론 알고 있어. 그래서 마지막이라는 단어를 쓴 거야. 우리도 더 이상 너를 난처하게 만들고 싶지는 않아."

"맞습니다. 지금까지 도움 주신 것만으로도 고맙습니다. 하지만 마지막으로 제안을 하고자 합니다."

정균과 기찬은 번갈아 존스에게 말을 건네며 마지막이라는 단어를 강조했다. 마지막으로 준비한 카드를 꺼내야 하는 시간이 다가왔다.

"허허, 또 무슨 제안을 하려는 거야, 맥스? 나는 무슨 이야기가 나올지 도무지 예측을 못 하겠어. 항상 생각하지도 못했던 이야기가 나오니까 내가 미치겠어요."

분위기를 부드럽게 하기 위해서인지 존스는 여유를 부리는 척하며 의자 등받이에 자신의 등을 깊숙이 파묻었다. 항상 여유가 있는 존스가 어떨 때는 부럽기조차 했다. 하지만 존스도 나름 긴장하고 있음이 확실해 보였다.

"미스터 존스, 우리가 여기에 온 목적은 우선 그 무엇보다 중요한 사람의 목숨까지 뺏어가며 말도 안 되는 일을 준비하는 중국을 성토하기 위해서입니다. 다음에 누구의 목숨이 사라질지 모릅니다."

말을 잠시 중단한 기찬은 마른침을 삼키고는 이야기를 계속 이어갔다.

"다른 이유는 WOC가 중국의 세계족구협회를 승인하는 것에 대해 더 이상 이야기하지 않겠다는 것을 말씀드리기 위해서입니다. 우리도 더 이상 치졸하게 승인을 거부해 달라고 이야기하지 않겠습니다. 하지만 한 가지…"

말을 중간에 끊은 기찬을 바라보는 존스는 아무런 표정의 변화도 없었다. 담담하게 그의 이야기를 듣기만 할 뿐 말 대신 머릿속에서 수많은 생각을 만들어내고 있었다.

"예, 말씀하시죠. 저는 준비되어 있습니다."

"예. 다음 주 라오스에서 벌어지는 행사에 WOC의 참여를 바랍니다. 그것이 우리가 바라는 마지막 요청입니다."

"예? 그게 무슨 말입니까? 이해가 안 되는데요."

"간단합니다. 라오스에서 준비 중인 행사를 WOC가 공식적으로 승인해 달라는 겁니다. 보내드린 자료에도 나와 있지만 라오스에서 족구 경기를 준비 중입니다. 그런데 그 경기가 WOC에서 공식적으로 인정한 경기로 해 달라는 겁니다."

"예?"

전혀 예상하지 못한 기찬의 제안에 존스는 당황했다. 솔직히 어려운 일은 아니었지만 그 의도를 파악할 수 없었다. 굳이 WOC에서 인정한 경기가 큰 의미를 갖는 것은 아니었다. 물론 상징적인 의미가 없는 것은 아니었다.

"존스, 내가 다시 부연 설명해 줄게."

정균이 다시 나섰다.

"몇 가지 이유가 있어. 나중에 알게 되겠지만 WOC가 라오스에 관여하길 잘했구나 하는 생각이 들 거야. 그리고 중국이라는 존재는 자연스럽게 사라지게 될 거고. 그건 내가 장담할 수 있어."

"아니, 쉽게 설명한다더니 더 헷갈리게 하잖아. 쉽게 말해 봐."

"규모와 격이 필요해. 좋아 내가 이야기하지. 이 사람이 관여하고 있어."

말과 함께 정균은 오른손 엄지손가락을 펼쳐 보였다. 그리고는 말을 계속 이어갔다.

"그 사람이 깊이 관여되어 있고 우리 족구에도 지대한 관심을 보이고 있어. 그리고… 이제 알아들었지?"

이야기 도중 정균이 존스에게 귓속말을 건넸다.

"에이, 그걸 내가 어떻게 믿어?"

"나도 그럴 줄 알았다. 물론 정식으로 WOC에 요청서를 보낼 거야.

그건 걱정하지 마."

"아니, 그게 정말이야? 솔직히 나는 믿기지가 않아."

의심 어린 눈초리로 이야기를 듣던 존스의 얼굴에 변화가 보였다. 이 이야기가 사실이라면 지금까지 들어온 이야기와는 차원이 다른 이야기였다. 믿기 어려웠지만 스위스까지 찾아온 이유를 알 수 있을 것도 같았다. 단지 기존의 이야기를 반복하려 찾아오지는 않았을 것이란 생각이 떠올랐다.

"미스터 존스, 모두가 사실입니다. 믿으셔야 합니다. 그리고 WOC 사무총장을 설득해야 합니다."

"그 계획이 확정된 겁니까?"

"예, 조만간 확정됩니다. 위원장님도 북한을 잘 아시지 않습니까?"

출발 직전 라오스로부터 기찬이 전해 들은 소식은 존스를 당황시키기에 충분했다. 당황하는 존스였지만 눈동자는 계속 움직이며 생각을 정리하고 있었다.

"미스터 홍, 그게 사실이라면 내게 다른 생각이 있는데, 들어볼래?"

이번에는 오히려 존스가 자신의 생각을 기찬과 정균에게 늘어놓기 시작했다. 작은 목소리로 이야기를 늘어놓는 존스는 신이 난 듯 멈춤이 없었다. 이야기를 듣는 기찬과 정균도 그가 말하는 의도를 파악하기 위해 온 신경을 집중했다.

"맥스, 내 생각이 어때?"

"오우, 좋은 생각이지. 그런데 그게 가능해?"

"가능하도록 만들어야지. WOC 사무총장도 당황할걸. 더불어서 그렇게 된다면 중국의 세계족구협회 승인도 자연스럽게 늦춰질 거고, 어쩌면 거부할 수도 있을 거야."

"맞아. 충분히 가능해. 일거양득이야."

기찬도 만족한 듯 오랜만에 밝은 목소리가 들려왔다. 자신이 봐도 대단한 생각인 듯 존스는 의자에 허리를 편 채 미소를 보였다.

"좋습니다. 그렇게 우리 측에서 요청서를 준비해서 보내겠습니다. 미스터 존스, 잘해 봅시다!"

"그럼요. 나는 당신들 편입니다. 맥스, 네가 더 잘 알잖아?"

존스의 농담으로 웃음을 머금은 세 명의 사내는 서로 악수를 나누며 자리에서 일어섰다.

"존스, 우리는 내일 아침 한국으로 돌아갈 거야. 바로 연락 줄 수 있지?"

"알았어, 맥스. 내가 선물로 준비할게."

다음 날 이른 아침, 기찬과 정균은 서둘러 짐을 챙겨 호텔을 나섰다.

D-6

아침 햇살이 대한민국족구협회 창가를 비추기 시작했다. 대한민국족구협회는 평소와 달리 아침부터 분주하게 움직이고 있었다. 기찬은 족구협회 사무처 직원들과 악수를 나누며 일일이 인사를 나누었다.

"그동안 고생했어."

"뭘요, 이제부터가 진짜지요. 회장님께서 고생 많으셨죠."

말을 건네는 기찬에게 사무처 직원들도 대답을 하며 서로를 응원했다.

"그럼 언제 돌아오시는 거죠?"

"글쎄. 며칠 정도는 있어야 하지 않을까? 이번 주 토요일에 행사가 있으니까 행사 마치고 마무리 지은 뒤 바로 돌아올 거야."

"예, 알겠습니다. 그동안 협회는 저희가 책임지겠습니다. 걱정하지 마십시오."

"그래, 알았어. 고마워."

직원들과 대화를 나눈 기찬은 전화기를 꺼내 들었다.

"회장님, 지금 출발합니다."

"그래, 일 잘 처리하고 돌아와. 나도 금요일 아침에 출발할 거야."

한국체육회장의 목소리였다.

"예, 알겠습니다. 그럼 그날 뵙겠습니다."

모든 준비가 끝났다. 기찬은 마지막으로 사무처 직원들에게 손을 흔들어 인사를 하고는 대한민국족구협회를 빠져나갔다.

대한민국족구협회 이대재 부회장은 손목에 찬 시계를 들여다보았다.

라오스 비엔티안 국제공항 전광판에는 인천에서 출발한 항공기가 도착했음을 표시하고 있었다. 입국장 출입문에는 항공기에 내린 승객들 사이로 기찬의 모습이 보였다.

"오시느라 고생하셨습니다."

"뭘요. 이건 고생도 아닙니다. 여기서 준비하시느라 부회장님께서 고생하셨죠."

간단한 인사를 나누고 기찬과 부회장은 주차장으로 향했다. 공항청사를 나서자 커다란 플래카드가 눈에 들어왔다.

"큰 행사네요."

"예, 맞습니다. 바로 내일 열립니다. 그리고 다음 날이 우리 행사입니다."

한-아세안 10개국 정상회담이라는 플래카드와 각 국가의 깃발이 공항 전체를 에워싸고 있었다. 이국에 보는 태극기는 언제나 감동을 만들었다. 기찬도 그 감동을 느끼고 있었다. 차에 오른 그들은 시내를 향해 움직였다. 이동하는 도로도 플래카드와 국기들로 가득 차 있었다.

"부회장님, 그런데 우리 플래카드는 보이지 않습니다. 알려야 하는 것 아닌가요?"

"예, 걸어야죠. 그런데 라오스 정부에서 정상회담이 열리기 전까지 다른 플래카드를 걸지 못하게 조치해 놓았습니다. 아무리 달래 봐도 소용이 없더라고요."

"그래요? 그러면 언제 걸 수 있는 겁니까?"

"내일 행사가 끝나면 걸려있던 플래카드들을 제거한답니다. 그다음에 걸 수 있답니다."

"아니, 우리 행사가 모레인데, 그게 의미가 있나요? 그리고 가능한가요?"

"하, 저도 답답하지만 어쩌겠습니까, 정부 지시라는데…. 그리고 내일 기존의 플래카드가 제거되면 우리 플래카드를 바로 걸 겁니다. 사람들은 준비해 놓았습니다."

"그래요…. 고생 많으셨네요."

달리는 차 안에서 도로를 바라보며 불안한 기운이 느껴졌다. 행사를 알리는 어떤 정보나 소식도 거리에서는 발견할 수 없었다.

"부회장님, 지금 경기가 열릴 국립경기장으로 가는 거지요?"

"예, 맞습니다. 거의 다 왔습니다."

수도 비엔티안 중심가에 있는 오래된 국립경기장이 있었다. 새로 지은 국립경기장은 시 외곽에 최신 시설로 건설되면서 예전에 사용하던 국립경기장은 사실상 운영이 중단된 상태였다. 국립경기장 주차장에 차를 주차한 부회장의 안내로 국립경기장 입구에 들어섰다.

"아니, 여기에도 플래카드나 포스터가 보이지 않네요."

"예, 여기도 마찬가지입니다. 사회주의 국가라 많이 다르죠?"

라오스에서 십 년 넘게 살아온 부회장은 아무 일 아니라는 듯 평소와 다름이 없었다. 기찬이 느끼는 이질감과 불안감은 눈치채지 못하고 있었다. 기찬은 혹시나 하는 불안함에 국립경기장 안에 들어섰다. 눈에는 한국에서 보내진 네트와 심판석 등이 가지런히 설치되어있었다.

"다행이네요. 경기 준비도 안 되어 있으면 어쩌나 불안했습니다."

"예? 설마 제가 이것도 안 해 놓았겠습니까?"

"아, 그런데 경기장 라인이 안 그려져 있네요. 그려 놓아야 하는 거 아닌가요?"

운동장을 거닐며 기찬의 눈에는 부족한 점들이 계속 들어왔다. 불안함에 기찬의 표정은 이미 굳어있었다. 하지만 부회장은 전혀 그렇지 않았다. 모든 것을 당연하게 받아들이고 있었다.

"예, 맞습니다. 그런데 비가 오면 라인은 지워집니다. 정부에서 유성 페인트는 사용 못 하고 수성 페인트만 가능하다고 하니 어쩔 수 없죠. 이곳 날씨는 정말이지 예측하기 어렵습니다. 경기가 벌어지는 날 새벽에 그릴 겁니다."

"하, 정말 한국 같지 않네요. 그런데 경기 당일 비가 오면 어쩝니까? 지워질 것 아니에요."

"그래서 수성 페인트가 아닌 흰색 테이프를 사용할까 고민 중입니다. 다행히 인조잔디라 가능할 것 같습니다."

"그건 다행이네요."

부회장과 운동장을 거닐며 이야기를 나누는 기찬의 눈에 경기장에 들어서는 서너 명의 사내들이 들어왔다. 라오스 경찰처럼 보였다.

"아니, 저건 또 뭡니까?"

당황한 기찬과 함께 부회장도 당황한 듯 얼굴이 굳어버렸다. 전혀 예상하지 못한 경찰의 등장에 등에서는 식은땀이 흘렀다. 이곳에서 경찰의 힘이라는 것은 무소불위의 권력이었다. 그들의 지시에는 무조건 따라야 하기 때문에 혹시나 하는 불안함을 숨길 수 없었다.

"잠시만요, 회장님. 이곳에서 경찰의 등장은 좋은 일이 아닙니다. 트집을 잡히면 끝입니다."

"설마 그럴 수 있나요? 우리 대사관에서 경기장 사용 요청을 하지 않았습니까? 대한민국 대사관이 요청해서 승인을 한 외교 사안입니다."

"맞아요. 하지만 경찰이 아니라면 아닌 겁니다. 설마 그렇지야 않을 겁니다. 제가 다녀오겠습니다."

기찬에게 양해를 구한 부회장이 경찰에게 뛰다시피 다가갔다. 이 광경을 지켜보는 기찬은 당혹감을 감출 수 없었다. 그 순간 기찬의 전화기가 요란한 벨을 울리기 시작했다. 평소와 달리 전화 벨소리에 놀라 주머니에서 전화기를 꺼내 들었다.

한국에서 걸려온 정균의 전화였다.

"잘 도착했어?"

"응, 도착해서 지금 국립경기장에 와 있어. 말도 마라. 우리하고는 너무 틀리다. 지금은 난데없이 경찰이 들이닥쳐서 부회장이 얘기하러 갔어. 이거 잘못되는 거 아닌지 모르겠다."

"그러지는 않을 거야. 너무 걱정하지 마. 원래 그러려니 해야 해. 홍 회장, 존스가 방금 전화를 해 왔어."

"그래?"

존스라는 이름에 기찬의 온 신경이 곤두섰다. WOC가 반응을 보인다면 더없이 좋은 기회가 될 수 있었다.

"존스 이야기가 WOC 사무총장이 스위스 복귀를 늦췄대. 어쩌면 존스 설득이 먹혔을 수도 있다는 이야기야."

"그럼 이리로 온다는 거야?"

"그럴 가능성이 높대. 아직 최종결정은 안 났대. 홍 회장도 알지만 WOC 사무총장은 국가 원수급 인물이야. 전 세계 스포츠 대통령이잖아. 아마 결정이 나면 라오스 정부도 바빠질 거야."

"하, 그럼 좋겠다. 그럼 경찰이 그 일로 왔나? 아니지. 아직 결정되지 않았잖아."

"맞아, 아직 최종결정이 안 나왔어. 조금만 더 기다려 보자. 그리고 희망을 갖자고."

"그래, 알았어. 연락 오는 대로 바로 알려줘."

기대하지 않았던 소식이었다. 답답하던 기찬의 마음에 조금이나마 위로가 되는 통화였다.

경찰들과 이야기를 나누러 간 부회장이 굳은 얼굴로 경찰들과 마주하는 모습이 보였다. 기찬은 긴장하며 부회장의 행동을 바라보았다. 굳어있던 그의 얼굴이었지만 얼마 뒤 함박웃음을 짓는 모습으로 변했다. 큰 손짓과 함께 호탕하게 웃는 모습이 보였다.

걱정이 가득하던 기찬의 표정에서도 알 수 없는 미소가 보여지기 시작했다. 큰 손짓으로 설명을 하던 부회장이 주머니에서 지갑을 꺼내는 모습이 보였다. 그리고는 몇 장의 지폐를 꺼내 경찰들에게 건네는 모습과 함께 경찰들의 웃는 모습이 들어왔다. 오히려 경찰들이 부회장에게 웃으며 손을 들어 인사를 하고는 경기장 밖으로 사라지는 모습이 익숙하지는 않았지만 정겹게 보이기까지 했다.

경찰들을 보낸 부회장은 천천히 기찬에게 다가왔다.

"별일 아닙니다. 준비가 되어가나 궁금해서 왔답니다."

"그래요? 그런데 돈은 왜 줍니까?"

"그거야 뻔한 거 아닙니까? 말이 준비상황을 보러 온 거지, 돈 좀 뜯어보자고 온 거 아니겠습니까?"

"아, 그런 뜻이 있었군요. 부회장님이 아니면 나는 이곳에서 한 발자국도 못 움직일 것 같습니다."

웃음을 보이는 부회장에게 기찬은 조금 전 걸려온 정균의 전화에 대해 설명했다. 설명을 들은 부회장도 한껏 기대가 부푸는 듯 목소리에 자신감이 묻어나기 시작했다.

"잘됐습니다. 좋은 징조입니다. 그러면 심판진은 언제 도착합니까?"

"내일 오후에 도착합니다. 아마 경기장 세팅도 그들이 도와줄 겁니다."

"그래요? 천만다행입니다. 경기장 코트 수가 예상보다 많아져서 고민이 좀 됐는데 정말 다행이네요."

"그렇지요? 그런데 현지인들도 경기에 참가한다면서요? 그래서 코트 수를 늘린 건가요?"

"예, 현지인 서너 팀이 참가한답니다. 그리고 예상보다 많은 팀이 출전하게 되어서 늘린 겁니다. 지난번에 보내주신 컨테이너 하나를 모두 다 썼습니다."

"아, 잘됐네요."

이번에는 기찬과 함께 이야기를 나누며 경기장 이곳저곳을 살피던 부회장의 전화가 울리기 시작했다.

D-3

전화기를 손에 든 부회장은 미소를 보이기 시작했다.

"오랜만입니다, 서기관님."

"오랜만은요. 얼마 전에 만나지 않았습니까? 거두절미하고, 지금 어디 계시죠? 혹시 국립경기장에 계신가요?"

"예, 맞습니다. 국립경기장에 있습니다. 모레가 행사일 아닙니까?"

"그렇죠. 그러면 족구협회장도 함께 있습니까?"

"예, 함께 있습니다."

"잘됐네요. 저도 지금 국립경기장으로 가고 있습니다. 그럼 잠시 뒤에 뵙겠습니다."

내용을 알 수 없는 전화였다. 전화를 마친 부회장은 고개를 갸우뚱하며 전화기를 주머니에 집어넣었다.

"누군데요?"

"라오스에 파견 나온 국정원 요원입니다. 이분이 많은 일을 해줬죠. 그런데 지금 이리로 오고 있다면서 회장님도 함께 계시냐고 묻네요?"

"예? 저를요?"

"예, 이유도 없이 그냥 묻기만 하네요. 아무튼 조금 뒤 도착한다니 곧 그 이유를 알겠지요."

말이 채 끝나기도 전에 약하지만 진동이 느껴졌다. 진동과 함께 국립경기장 차량 출입구로 라오스 경찰 차량이 들어오기 시작했다.

"아니, 이건 또 뭡니까?"

들이닥치는 경찰 차량을 바라보는 기찬은 어이가 없었다. 잠시도 그냥 놔두지 않는 라오스 현지에서 도착한 지 몇 시간도 안 돼 황당한 일들이 계속 벌어지고 있었다. 부회장 역시 당황하지 않을 수 없었다.

선두에 모습을 보인 경찰차 뒤를 검은색 승합차들이 뒤따르고 있었다. 마지막으로 경찰차가 보이며 자동차 행렬이 전체 모습을 드러냈다.

"휴…. 저도 황당합니다."

지금까지 자신만만해 보이던 부회장의 입에서 한숨이 새어 나왔다. 그도 이런 광경은 처음 접해 보는 것이었다. 생각 없이 차량 행렬만을 바라보던 그의 눈에 맨 처음 승합차에서 내리는 서기관의 모습이 보였다.

"아, 서기관이었구나. 그런데 나머지 차량은 뭐지?"

"서기관이라고요?"

"예, 저기 차에서 내리는 사람이 국정원 서기관입니다. 그런데 다른 차량들은 뭔지 모르겠습니다."

대화를 나누는 그들의 눈에 서기관을 따라 내리는 기찬의 눈에 낯익은 사람이 보였다.

"아니, 저 사람은…."

기찬도 황당한 듯 말을 잇지 못했다. 한국에 있어야 할 국정원 김 팀장이 서기관 뒤로 모습을 보이고 있었다. 차에서 내린 그들은 경기장 한가운데 있던 기찬과 부회장에게 다가왔다.

"부회장님, 반갑습니다."

다가온 서기관은 반갑게 부회장과 악수를 나누었다. 웃음을 머금고 뒤에 서 있던 팀장도 부회장과 악수를 나누었다.

"서기관님, 이분이 대한민국족구협회 회장이신 홍기찬 회장님이십니다."

서기관은 다시 기찬과 악수를 나누었다.

"반갑습니다, 회장님. 그리고 뒤에 계신 분은 잘 아시죠? 부회장님은 아마 처음이실 겁니다, 대한민국 국정원에서 오신 김영찬 팀장님이십니다."

교차하며 서로에게 인사를 나누자 김 팀장이 앞으로 나섰다.

"회장님을 여기서 뵐 줄은 몰랐습니다. 저도 다급하게 이곳에 왔습니다."

인사를 나누느라 신경을 쓰지 못하는 사이 승합차에서는 검은색 위장복을 입은 요원들이 내리며 라오스에서는 보기 힘든 군견까지 승합차에서 내렸다. 차에서 내린 그들은 일사불란하게 경기장 본부석과 관중석으로 흩어졌다.

"저도 당황했습니다. 무슨 일입니까?"

경기장에 흩어지는 요원들의 모습을 바라보던 기찬이 팀장과 대화를 시작했다.

"조용하게 드릴 말씀이 있습니다. 어젯밤 결정된 일입니다. 그리고 지금 WOC로부터도 연락이 왔습니다."

팀장은 한 걸음 앞으로 나오더니 손으로 입을 가리고는 기찬의 귀에 자신의 얼굴을 가져갔다. 그가 이야기를 시작하자 기찬은 미간을 찌푸리고 그가 하는 이야기에 집중하기 시작했다. 짧은 시간이었지만 팀장은 지금의 상황을 기찬에게 설명하고는 입을 가렸던 손을 내렸다.

"그래서 이런 소동이 벌어지는군요."

기찬은 미리 알고 있었다는 듯 크게 놀라지 않았다. 하지만 부회장은 전혀 그 내용을 알지 못하고 있었다. 기찬이 부회장에게 다가가 팀장처럼 손으로 입을 가리고 설명을 시작했다.

"아, 그게 정말입니까?"

"예, 맞습니다. 부회장님 우리에게 할 일이 또 생겼습니다."

"예? 또 일이 생겼다고요?"

"어려운 일은 아니고요. 다른 준비를 해야죠."

기찬과 부회장이 이야기를 나누는 사이 김 팀장과 서기관이 그들에게 다시 다가왔다.

"말씀드린 대로입니다. 잘 부탁합니다."

김 팀장은 말을 건넨 후 서기관과 함께 관중석으로 향했다. 관중석에서는 검은색 위장복의 요원들이 흩어진 채 주변을 수색하고 있었다.

"회장님, 그럼 저들은 누굽니까? 라오스 경찰입니까?"

"아니요, 청와대 경호처 요원들입니다. 내일 대통령이 참석하는 회의 때문에 한국에서 직접 날아왔다고 하네요. 참 대단합니다."

"아, 그래요. 그런데 준비를 해야 한다면서요?"

"예, 해야죠. 이럴 때 류 실장이 있었으면 편한데…."

기찬은 손에 쥔 전화기에서 번호를 찾아 길게 누르기 시작했다. 잠시 뒤 상대방의 목소리가 들려왔다.

"어머, 회장님. 잘 도착하셨나 봐요."

족구협회 사무처 여직원의 밝은 목소리가 들려왔다.

"응, 잘 도착했어. 여기가 지금 4시니까 한국은 6시겠네. 퇴근해야지?"

"예, 퇴근해야죠. 그래도 시키실 일 있으면 시키세요. 멀리서 고생하시는데 우리도 한국에서 지원해야죠."

"그래, 고마워. 우리 족구홍보단이 내일부터 행사에 참가하지?"

"예, 맞습니다. 내일부터 이틀 동안 행사에 참가하는데요. 그런데 왜 그러시죠?"

"응, 잘 들어. 행사 참석 취소하고 바로 비행기 표 예매해. 무조건 내일 라오스에 도착해야 해. 그래, 내일 출발하는 심판들하고 같은 비행기를 타면 되겠네."

"예, 알겠습니다. 그런데 한 조를 보내야죠?"

"한 조? 한 조면 두 팀이잖아. 그래, 한 조를 보내. 역시 수경 씨가 최고야. 홍보단 팀원들에게 바로 연락할 수 있지?"

"예, 그럼요. 연락하고 제가 바로 항공편 예약할게요."

"그래, 고마워."

전화를 마친 기찬이 힘껏 기지개를 폈다. 안도하는 모습이 부회장의 시야에 들어오자 부회장의 얼굴에도 웃음이 묻어 나오고 있었다.

"잘됐습니다, 회장님."

"그러게요. 마침 홍보단이 준비를 하고 있어서 잘됐습니다."

기찬과 부회장의 긴 하루가 지나가고 있었다.

D-2

수도 비엔티안 최고의 호텔인 라오플라자 호텔은 외부인의 출입이 통제되고 있었다. 내일 개최되는 행사에 참석하는 해외 인사들의 숙소로 사용되고 있었다.

최상위층 스위트룸에 WOC 사무총장이 도착했다. 그를 기다리던 사내가 다가와 가볍게 악수를 나누며 그를 회의탁자로 안내했다. 주변에는 수행원으로 보이는 사내들이 정렬하며 회의가 시작되었다.

"바쁘실 텐데 미팅에 응해 주셔서 감사합니다."

사내가 정중하게 인사를 건네자 통역이 맞은편에 앉아있던 WOC 사무총장에게 통역을 하기 시작했다.

"괜찮습니다. 어차피 스위스로 돌아가기 전에 시간이 비어 있었습니다. 오히려 저를 불러주신 점에 감사를 드립니다."

"다행입니다. 좋은 행사가 이곳 라오스에서 열리는데 보여 드리고 싶었습니다."

"예, 저도 이미 보고를 받았습니다. 좋은 의미가 부여된 행사에 우리 WOC가 참여하게 되어 더없이 기쁩니다."

형식적인 인사가 마무리되어갔다. 잠시 침묵이 이어지며 두 사내는 잠시 숨을 고르며 자신들의 생각들을 정리하고 있었다.

"사무총장님, 단도직입적으로 말씀드리고 싶습니다. 냉철하게 판단해 주십시오."

WOC 사무총장도 이미 예상하고 있던 내용이었다. WOC 종목채택 위원장인 존스로부터 이번 행사의 내용과 의미 등을 이미 보고받은 상태였다. 지금 갖는 이 회의도 그 보고와 연관되어 있다는 사실도 보고받은 상태였다.

"대한민국족구협회와 관련된 일이겠죠?"

"예, 맞습니다. 객관적이고 합리적인 판단을 해 주시리라 믿습니다. 특정 국가를 지정하지는 않겠지만 그들의 제안과 계획이 옳다고 생각하십니까? 사무총장님의 의견이 궁금합니다."

사내는 공격적으로 사무총장을 압박했다. 애써 표정을 숨기는 사무총장이었지만 많은 생각들이 교차하며 그의 눈동자는 빠르게 움직였다. 대답이 없자 사내가 다시 말문을 열었다.

"물론 그들로부터 많은 지원이 있는 걸로 알고 있습니다. 그것 때문에 결정을 못 내리시는 것도 잘 알고 있습니다. 제 말이 틀렸습니까?"

"하, 너무 세게 나오십니다. 예, 솔직히 말씀드리겠습니다. 그 말이 맞습니다. 그들을 내칠 수가 없습니다."

예상했던 답변이 흘러나왔다. 맞은편의 사내가 주변에 서 있던 수행원에게 눈짓을 보내자 수행원이 대한민국 정부 마크가 선명하게 찍힌 파일을 테이블 위에 올려놓았다.

"대한민국을 깊이 생각해 보십시오. 여기에 우리의 의지를 담았습니다. 대한민국족구협회의 제안과 그들의 고민을 가볍게 보시면 안 됩니다. WOC의 역할과 그에 따른 명예가 달려있습니다."

말을 마친 사내는 파일을 사무총장 앞으로 슬며시 밀었다. 무표정한 사무총장은 움직임을 보이지 않았다. 지금의 행동은 세계 스포츠를 지배하는 WOC 사무총장에 대한 도전이었다.

잠시 숨을 고르던 사무총장이 파일을 열었다. 파일 안에는 서너 장의 문서가 가지런히 정리되어있었다. 그는 조심스럽게 그 내용들을 살피기 시작했다. 그를 바라보는 사내는 침묵 속에 그의 행동을 바라보고 있었다. 표정 없이 파일 속 문서를 읽던 사무총장이 파일을 덮으며 사내와 시선을 마주쳤다. 흔들리는 그의 눈동자가 시야에 들어왔다.

"알겠습니다. 참모들과 고민해 보겠습니다. 솔직히 저도 그들이 못마 땅하지만 제 상황도 이해해 주셨으면 합니다."

마무리 인사를 건네고 파일을 손에 쥔 사무총장이 자리에서 일어섰 다. 그는 사내에게 악수를 청하고는 스위트룸을 빠져나갔다.

"시간이 됐습니다."

그가 모습을 감추자 수행원이 시계를 가리키며 사내에게 말을 건네 왔다. 사내도 자리에서 일어서 수행원들과 함께 스위트룸을 빠져나갔 다. 또 다른 미팅을 그를 기다리고 있었다.

태양이 솟아오르며 어둠이 물러가고 있었다. 라오스의 수도 비엔티 안에 위치한 국립경기장에도 물러가는 어둠과 함께 사람들이 모여들 고 있었다.

"우선 네트 고정하고 여기 있는 흰색 테이프로 라인을 만드는 겁니 다. 미리 바닥에 선을 그려놓았기 때문에 그 선만 따라가며 테이프를 붙이면 됩니다."

어제 도착한 대한민국족구협회 심판위원장의 목소리가 들려왔다. 다행히 오늘은 비가 온다는 소식이 없어 경기하기에는 더없이 좋은 날이었다. 위원장의 설명이 끝나자 삼삼오오 모여 있던 심판요원들은 각자 테이프를 들고 네트가 설치된 코트로 흩어졌다.

"회장님, 어젯밤에 시내 주요도로에 플래카드를 설치를 완료했습니다."

"그래요. 부회장님이 고생이 많습니다. 정말 수고하셨습니다."

밤새 플래카드를 설치하느라 새벽 늦게 잠을 청한 탓에 부회장의 얼굴에는 피곤함이 그대로 묻어있었다. 기찬도 긴장한 모습이 역력했다. 경기장 라인에 맞춰 테이프를 붙이는 심판요원들도 숨을 죽인 채 집중하며 라인을 그려가고 있었다.

"그러면 경기장에 설치하는 일만 남았네요."

"예. 경기장 입구와 본부석에 설치하는 일만 남았습니다."

말을 마친 부회장이 기다리고 있던 라오스 현지인들에게 신호를 보냈다. 그들은 사다리와 장비 등을 챙겨 정해진 위치로 이동하기 시작했다. 기찬과 부회장은 경기장 입구로 향했다. 사다리를 놓고 올라선 사내들이 플래카드를 펼쳐 걸기 시작했다.

라오스 거주 남북교민 친선족구대회

펼쳐진 플래카드에 또렷하게 적힌 글자가 기찬의 눈에 들어왔다. 세계 최초로 열리는 남북 교민들의 친선 족구대회였다. 남한과 북한에 거주하는 주민들은 접촉이 금지되어 있었지만 제3국에 거주하는 교민들은 그런 제재를 피할 수 있었다. 아무도 생각하지 못한 남북한 교민들의 경기를 기획하며 수많은 과정을 거쳐야 했던 기찬의 감회는 남다를 수밖에 없었다. 이를 바라보는 부회장 역시 마찬가지였다. 기찬의 눈가에 눈물이 고였다. 족구대회를 개최한다는 사실도 감격스러웠지만 남북한 사람들이 함께 모여 즐긴다는 사실이 믿겨지지 않았다.

"수고가 많습네다."

장 사장의 목소리가 들려왔다. 평소와 달리 말끔하게 수트를 입고 웃음을 보이며 장 사장이 다가왔다.

"수고는요. 모두가 고생했죠."

부회장 옆에선 장 사장도 설치가 마무리된 플래카드를 한참을 바라보았다. 그도 표현하지는 않았지만 뭉클한 감동을 느끼고 있음이 분명했다.

"이렇게도 되네요. 상상만 했던 일인데 현실에서 눈앞에 펼쳐집니다."

"그러게 말입네다. 처음에 남측에서 이걸 하자고 할 때 나도 이게 정말 성사될 줄은 몰랐습네다."

"그러게요."

장 사장과 대화를 나누며 기찬은 경기장 안으로 발걸음을 옮겼다. 경기장은 플래카드로 도배되다시피 했다. 관중석 아래부터 정면 본부석은 물론 눈에 띄는 공간마다 플래카드가 설치되어있었다. 경기가 열린 코트도 흰색 테이프로 라인이 만들어지며 족구 코트가 완성되어가고 있었다.

"와! 멋있습네다. 녹색 인조잔디 위에 그려진 흰색의 라인이 정말 보기 좋습네다."

장 사장은 탄성을 연발했다. 축구경기장 전체에 6면의 족구 코트가 놓인 모습은 놓치기 아까운 장면이었다.

"우리 선수들이 잘해야 할 텐데…. 물론 남조선 선수들보다는 잘할 겁네다. 우리 선수들이 젊지 않습네까?"

"그러네요. 하지만 아닙니다. 우리도 젊은 교민들이 꽤 있습니다. 아마 대등한 경기가 될 걸요."

"그렇습네까?"

부회장과 농담을 주고받으며 장 사장은 한껏 신이 나 있었다. 경기 준비가 어느덧 마무리되어가자 기찬은 본부석에 올라 족구 코트가 선명하게 그려진 경기장을 바라보았다. 녹색과 조화를 이룬 흰색의 라인이 묘한 조화를 이루고 있었다. 뒤이어 장 사장도 본부석에 올라왔다.

"회장님, 제가 중요한 정보 하나 알려드리갔습네다."

"예? 갑자기 무슨 말씀이십니까?"

기찬의 옆자리에 앉은 장 사장이 나지막하게 말을 걸어왔다. 함께 있던 부회장도 몸을 돌려 장 사장을 향했다. 느닷없는 장 사장의 말 한마디에 긴장감이 조성되며 기찬은 온 신경을 장 사장의 목소리에 집중했다.

"아마 아시게 되겠지만 평양에서 귀한 분이 오셨습네다."

"예? 평양에서요?"

"예, 맞습네다. 어젯밤 북한 대사가 연락해 왔습네다. 대사도 무지 당황한 것 같습네다."

기대는 하고 있었지만 장 사장의 이야기를 백 퍼센트 믿을 수는 없었다. 그 이야기가 사실이라면 국정원에서 알려줬을 텐데 아직 아무런 연락도 받지 못했다.

"아마 남조선 국정원이나 라오스 국가 보안국에서 알려올 것입네다."

"예, 그렇겠죠."

기찬은 손목에 찬 시계를 바라보았다. 이제 막 7시를 넘긴 시간이었다. 경기는 9시부터 시작될 예정이었다.

"회장님, 저는 이만 가 보갔습네다. 아침은 먹어야 하지 않갔습네까? 준비 잘하시라요. 잠시 뒤에 뵙갔습네다."

인사를 건넨 장 사장은 경기장을 떠났다. 경기가 열리기 전까지 예상하지 못한 일들이 계속 벌어지며 기찬을 긴장하게 만들었다.

"평양에서 누가 왔을까요?"

"글쎄요. 꽤 높은 사람인가 봅니다. 그런데 국정원 팀장이 아침에 온다고 하지 않았습니까?"

부회장의 질문에 기찬은 다시 시계를 바라보았다. 경기준비에 신경을 집중하다 보니 국정원 팀장과의 약속을 잊고 있었다.

"예, 맞습니다. 7시 30분에 오기로 했습니다. 이제 곧 오겠네요."

대화가 끝나기가 무섭게 운동장을 가로질러 걸어오는 국정원 김 팀장의 모습이 보였다. 그 옆에는 강 서기관의 모습도 함께 보였다. 팀장과 강 서기관은 빠른 걸음으로 본부석으로 올라왔다.

"준비가 다 되었네요."

"예, 이제 시작만 하면 됩니다."

"고생하셨습니다. 회장님, 예상하셨겠지만 제가 여기 온 목적은 전체적인 일정 조율과 한국에서 오는 정보를 전달하는 겁니다. 우선 오늘 일정을 알려드리겠습니다."

기찬과 부회장의 시선이 팀장에게 집중되었다. 잠시 숨을 고른 팀장이 입을 열기 시작했다.

"오전 11시에 이벤트가 벌어집니다. 이벤트가 벌어지게 되면 경호가 가장 중요합니다. 경기가 시작되고 관중들이 올 겁니다. 그 관중들 사이에 사복 차림의 라오스 국가보안국 요원들과 우리 경호처 요원들이 함께할 겁니다. 그리고 북한 경호국 요원들도 함께할 겁니다."

"예? 북한도요. 조금 전 북측에서 손님이 왔다는 이야기를 들었는데, 그 일 때문에 북한 경호국이 관여하는 건가요?"

"들으셨군요. 맞습니다. 그 일 때문입니다."

"그런데 누가 왔나요?"

"예, 아시게 되겠지만 넘버 투가 왔습니다."

"예? 넘버 투요?"

기찬과 부회장은 크게 당황했다. 조그맣게 시작한 행사가 걷잡을 수 없이 커져 버렸다. 물론 크게 행사를 벌여 큰 충격파를 주는 것이 좋았지만 한편으로는 걱정이 앞서고 있었다.

"팀장님, 이거 너무 판이 커진 것 아닙니까? 판을 키우는 것도 좋지만 저는 대한민국족구협회 회장입니다. 이벤트로 족구가 가려지는 것 아닌지 솔직히 걱정됩니다."

"회장님, 절대 그럴 일은 없습니다. 족구가 큰일을 하는 겁니다. 그리고 한 가지 말씀드리겠는데, 회장님이 국정원에서 조사를 받다가 도중에 바로 나오시지 않았습니까? 그 이유를 아십니까?"

"예? 그게 다른 이유가 있었나요? 더 이상 조사할 게 없어서 나온 것 아닙니까?"

"형식적으로야 그렇지만 회장님을 무조건 도우라는 지시가 있었습니다."

"예?"

기찬은 당황했다. 자신도 모르는 사이에 많은 일이 준비되고 있었다는 사실에 소름이 돋아 올랐다. 이야기를 꺼낸 팀장도 긴장하고 있는 모습이 역력했다.

"그게 누군지 아십니까?"

기찬은 대답이 없었다. 당황스럽고 놀라운 일들이 그의 생각을 이미 마비시켜 놓았다.

"바로 대한민국 넘버 원이십니다."

"예?"

놀라움은 계속되고 있었다. 표현할 방법도 생각나지 않았다. 마른침을 삼키며 이야기를 계속 이어가는 팀장의 얼굴만을 바라볼 뿐이었다.

"그분께서 족구를 특히 좋아하십니다. 가끔 경내에서 비서실과 경호처 직원들과 족구 경기를 하기도 하십니다. 그런데 우연히 회장님께서 추진하시는 이번 행사 내용을 알게 되신 겁니다. 족구가 정부 차원에서 하지 못하는 민간에서의 큰 역할을 할 거라는 기대를 하시게 되었습니다. 여기까지만 말씀드리겠습니다."

더 이상 할 말이 머릿속에 떠오르지 않았다. 중국이 추진하는 세계족구협회를 막고자 계획했던 것을 넘어 더 큰 그림으로 그려지고 있었다. 충격의 여운이 지속되며 경기시작을 향한 시간은 멈춤 없이 움직이고 있었다.

D-0

라오스 국립경기장에 인파가 몰려들고 있었다. 간단한 몸수색을 받은 한국, 북한 그리고 라오스 현지인들이 관중석을 메웠다. 본부석 중앙에는 대회를 주최하는 한국교민회 회장 그리고 북한교민회를 대표해 장 사장이 자리했다. 그들 옆에는 한국 대사와 북한 대사가 각각 자리하고 있었다. 그리고 한국 대사와 북한 대사 옆에는 대한민국족구협회장인 기찬과 부회장이 자리 잡고 앉아 본부석을 구성했다.

시계가 정각 9시를 가리키자 대한민국족구협회장인 기찬이 자리에서 일어서 연단으로 발걸음을 옮겼다.

"감사합니다. 우리 한민족의 스포츠인 족구를 이렇게 남북한이 함께하게 되었습니다. 말로 표현할 수 없는 벅찬 감동을 숨길 수 없습니다."

원고 없이 기찬은 자신이 느끼는 감동을 관중석을 향해 표현했다. 옆에서 통역을 맡은 부회장의 라오스어로 된 감동도 곧이어 관중석을 향해 전달되었다. 남북한 대사의 짧은 인사도 감동으로 전달되었다.

"남북한 교민 친선족구대회 개최를 선언합니다!"

부회장의 대회선언이 이어졌다. 경기장에서 본부석을 바라보던 남북한 그리고 라오스 선수들은 박수로 화답했고 관중석에서는 환호성이 터져 나왔다.

마침내 경기가 시작되었다.

다리를 90도로 올려 발 안쪽으로 볼의 옆면을 강타하는 인사이드킥을 자유자재로 구사하는 북한팀의 기술이 예사롭지 않았다. 한국교민

팀도 인사이드킥은 물론 발 바깥쪽으로 볼을 강타하는 아웃사이드킥을 구사하며 예상하지 못했던 고난이도의 기술들을 선보였다. 관중석에서는 현란한 기술이 나올 때마다 환호성이 터져 나왔고 분위기가 한껏 달아올랐다. 본부석에서도 환호성이 터졌고 서로 이야기를 주고받으며 경기에 빠져 들어갔다. 시간이 흐르며 라오스 국립경기장은 축제 분위기에 휩싸였다.

경기 관람에 빠져있는 기찬에게 국정원 팀장이 다가왔다.

"지금 오십니다."

메시지를 전달한 팀장이 이번에는 한국 대사에게 다가가 귓속말로 같은 메시지를 전달했다. 메시지가 본부석에 전달되자 곧이어 장내 아나운서의 방송이 시작되었다.

"지금 귀하신 손님들께서 오십니다. 모습을 드러내시면 큰 박수를 부탁드립니다."

"손님들이라고? 그러면 혹시 동시에 입장하는 건가?"

의아해하는 것은 기찬만이 아니었다. 본부석에서 경기를 지켜보던 남북한 대사와 한인회장도 마찬가지였다. 경기는 잠시 중단이 되고 선수들은 대기실로 철수했다. 텅 빈 경기장을 보여주는 것은 아닌지 관중석에서는 웅성거림이 들려오기 시작했다. 하지만 바로 뒤 대한민국 족구협회의 족구홍보단원들이 모습을 드러냈다. 그들은 공을 주고받으며 가볍게 몸을 풀기 시작했다.

잠시 정적이 이어지나 싶더니 본부석 상단에 마련된 귀빈석에 사람들이 모습을 보이기 시작했다. 한-아세안 정상회의를 주관하는 라오스 대통령을 필두로 한국의 대통령이 모습을 드러냈다. 그리고 정상회의에 참석했던 동남아시아 국가 연합체인 아세안의 대통령들과 국가수반들이 모습을 드러냈다. 그중에는 WOC 사무총장의 모습도 있었다.

예상하지 못한 각국 정상의 등장에 당황해하던 관중석에서는 환호와 함께 박수가 터져 나왔다. 본부석에 앉아있던 기찬을 비롯한 대사와 교민 대표들은 자리에서 일어서 그들 뒤에 자리를 잡는 각국 정상들에게 고개를 숙이며 인사를 전달했다.

그런데 한국의 대통령 옆에는 낯선 여성의 모습이 눈에 띄었다. 국정원 팀장이 이야기한 북한의 넘버 투가 바로 그녀였다. 북한의 수반인 국무위원장의 친동생인 김유정 북한노동당 부부장이었다. 그녀를 확인한 기찬과 부회장은 당황하지 않을 수 없었다. 남북한 최고위층이 나란히 앉아있는 모습은 상상도 하지 못하던 일이었다.

귀빈들이 손을 흔들며 자리에 앉자 경기장에서 몸을 풀던 한국 홍보단이 경기를 준비하며 나머지 코트에도 선수들이 돌아와 경기를 준비하기 시작했다.

"이게 바로 우리 한민족의 족구입니다."

한국의 대통령은 귀빈석에 앉아있던 아세안 국가수반들에게 간단하게 족구를 설명했다. 몸풀기를 마친 족구홍보단을 시작으로 경기가 다시 시작되었다.

족구홍보단이 경기를 시작하자 모든 시선이 그들에게 집중되었다. 다른 경기와는 비교할 수 없는 화려한 기술이 쉬지 않고 터져 나왔다. 인사이드킥, 아웃사이드킥은 기본이었다. 몸을 옆으로 누이면서 강한 서브를 구사하면 몸을 던져 공을 받은 후 몸을 360도 회전하면서 발의 바깥쪽으로 볼의 옆면을 강타하는 회전 발리킥을 구사하는 등 현란한 기술이 쉬지 않고 등장했다. 국립경기장은 환호로 가득 찼다. 동남아시아에서는 처음 보는 족구가 낯설지도 않았지만 그 현란한 기술에 모두가 감탄사를 연발했다.

화려한 기술을 보여준 족구홍보단의 경기가 아쉬움을 남기고 마무리되었다. 경기를 끝낸 선수들을 향해 관중석에서는 환호와 박수가 멈추지 않았다. 각국의 정상들은 박수로 그들의 시범에 화답했다.

박수가 마무리되자 한국의 대통령이 본부석에 마련된 연단으로 자리를 옮기기 위해 자리에서 일어섰다. 그는 연단으로 가면서 본부석에 있던 기찬과 나머지 인원들과 악수를 나누고는 연단에 자리를 잡았다.

"고생하셨습니다. 정상회담을 마치고 회의에 참석하신 정상 분들에게 양해를 구하고 이곳 경기장으로 모셨습니다. 한국의 족구를 알리고 싶었습니다. 아울러 남북한 교민 여러분 그리고 자리에 함께한 대한민국족구협회장님께 선물을 드릴까 합니다. 우리 남북한은 공동으로 족구연합체를 만들기로 했습니다. 남한과 북한, 각각의 족구가 아니라 하나가 된 것입니다. 동일한 규칙과 룰을 적용하며 가칭 남북족구연맹 본부를 휴전선 비무장지대에 건립하기로 이 자리에 함께하신 김유정 부부장님과 합의했습니다. 평화의 상징으로 남북한이 함께 족구를 즐기게 될 겁니다. 그리고 족구 세계화의 상징으로는 WOC본부가 있는 스위스 로잔에 세계족구협회를 우리 대한민국 주도로 설립하기로 WOC 사무총장님과도 합의를 했습니다. WOC는 남북한이 스포츠로 하나 되는 모습에 감동했다고 합니다. 또한 이에 부응하여 동남아시아를 상징하는 아세안 10개국 전체에 족구협회를 설립하기로도 했습니다. 이제 족구는 전 세계인의 스포츠로 거듭날 것입니다. 충분한 선물이 되었으면 좋겠습니다. 남북의 교민 여러분, 남북한 교민이 하나가 된 모습은 남북 평화의 상징으로 영원히 남을 것이며 경직된 남북관계 개선의 출발점이 될 것입니다. 마지막으로 남북한을 하나로 잇는 이번 행사를 기획하고 힘든 여건 속에서도 결과를 이루어낸 대한민국족구협회 홍기찬 회장과 임직원 여러분들께 특별한 감사를 전합니다. 교민 여러분 건강하십시오. 감사합니다."

꿈을 꾸고 있는 것 같았다. 어쩌면 허무하기도 했다. 모든 사람들에게 결과는 쉽게 나오는 것처럼 보여졌지만 그 과정은 한걸음, 한걸음이 고통이었다. 아무것도 느껴지지 않으며 기찬의 눈가에 작은 물방울이 맺혀가고 있었다. 힘들었던 여정을 되돌아볼 틈도 없이 발표를 마친 대통령이 기찬에게 다가왔다.

미소를 머금은 그는 기찬의 어깨를 가볍게 두드리며 귓속말을 건네왔다.

"예?"

당황하는 기찬의 모습이 역력했다. 여정이 마무리된 것이 아니었다. 단지 하나의 목표에 도달했을 뿐 또 다른 도전이 그를 기다리고 있었다.

'대한민국 다 족구하라 그러십시오! 그리고…'

대통령의 목소리가 귓가에서 사라지지 않았다.

글을 마무리 지으며

    지구촌 축제인 동계 올림픽이 열리고 있는 시기에 맞춰 본 작품이 마무리되었다는 우연한 사실에서 미묘한 흔들림이 느껴지지만, 소설 내용과 흡사한 상황이 현실에서도 연출되고 있다는 점이 안타깝기만 합니다.

    현실이 아닌 허구의 세계지만 아무쪼록 독자 여러분들의 갈증을 해소하며 작지만 만족을 선사하는 작품으로 기억되기를 바라는 마음으로 본 작품을 마무리 짓습니다.

감사합니다.

작가 *김덕수* 배상